格致·格尔尼卡

战地快讯

[美] 迈克尔·赫尔 (Michael Herr) 著

谢诗豪 译

格致出版社　上海人民出版社

献给我的母亲和父亲

读完《战地快讯》，你很难传达它对你的全部影响，因为对爱国主义、英雄主义和美国干预越南的巨大欺诈的遮掩，都消失在恐惧、战争和死亡的事实中。

——威廉·S.巴罗斯

如果这只是一本非传统的新闻报道，它无疑属于最优秀的那一批——但它远不止于此……它是多么精彩，多么富有激情和同情心啊！《战地快讯》以一种不可思议的精准，唤起了越南战争的神髓——它的空间措辞、它的超现实心理、它的苦涩幽默——毒品、兴奋剂、尸袋、腐烂，所有这些……我相信它可能是已有的关于战争——任何战争——的最好的个人日记。

——罗伯特·斯通

很简单，关于越南战争，《战地快讯》是写得最好的一本书……到目前为止，甚至没有任何其他的东西能传达出这场战争与我们之前的任何一场战争有多么不同——或者说它的方式以及那些为我们而战的人们有多么不同。

——C.D.B.布莱恩，《纽约时报书评》

在克兰、奥威尔和海明威的伟大队列中……他似乎为这本书带去了音乐家的耳朵和画家的眼睛，就像弗兰克·扎帕和弗朗西斯·培根。

——《华盛顿邮报》

太出色了……他以一种能与《西线无战事》相媲美的方式，让战争中的恐怖变得无比鲜活。

——汤姆·沃尔夫

它包含了全部的主观能量，受伤的耳朵，对 20 世纪 60 年代最出色的刻画。它是一种风格，一种消失在实体、历史中的风格，就像战争一样，对自己的观察又爱又恨。在咕哝抱怨的沉闷时间，它就像一枚刀片，在心头又划又刮。我希望这是本小说。

——约翰·伦纳德，《纽约时报》

没有任何一本书比《战地快讯》更多地塑造了我们对越南战争的看法和它本身的意义。迈克尔·赫尔的回忆录……是对这场战争独有的疯狂的一次激烈迷惑，同时又令人振奋不已的审视。他用真实的细节填充画面，这些是一个没那么勇敢、诚实的记者会主动规避的东西：毒品、暴行、妓女、无意义以及义务兵面对一场绝望战争的恐惧和疲惫……他使用的手法将成为新新闻主义的标志。他的写作就像在用散文创作摇滚，充满了切分、快剪以及一种近乎迷幻的气质。

——《时代》

序　言

在 2004 年底的前几周，我用四包美国制造的万宝路香烟，和一名我此前从未见过的士兵交换了这本你即将阅读的书。它被翻得相当破旧。很幸运，我与美国菲利普·莫里斯公司的一名员工是亲戚，所以我总能不断地搞到香烟，质量比那些在伊拉克的普通士兵身上的要好得多。因为这层关系，我清楚认识到两点：第一，作为一名美国士兵，我最大的作用可能就是拥有并慷慨地处置香烟；第二，我"消耗"书的速度远远超过我消耗香烟的速度。

在我服役期间，我从没思考过我的战争经历是否算得上困难。我凭直觉认为，我所经历的事情比一些人更糟糕，但也比一些人更容易。同时我还知道，阅读在一定程度上减轻了我的困难，就像它对其他人所做的那样，无论他们所处的境况如何。这也是我和乔开始对话的方式，他来自其他部队，当时大约读了这本书的一半。过去，我也曾这样和人做过交易，有过类似的谈判。但在那之前或之后，没有一本书对我的影响，能和我第一次阅读《战地快讯》的感受相提并论。当交易最终完成时，我问他："这本书怎么样？"

"太奇怪了，兄弟。"他回答。

他没说错。

在我看来，《战地快讯》完全是以一种全新的方式在书写战争，无论是它的组织结构，还是报道方式本身都是那么独特。就像这本书英文版的前辅文上所写："本书的部分内容最初发表在《新美国评论》第 7 期、《时尚先生》和《滚石》杂志上。"然而，当这些作品在约莫十年后再次被收入《战地快讯》时，之前的发表反倒成为他写作背景的标识。简单的观察行为很少受此优待。为什么会有这些观察几乎从未被讨论，作者本人也没有给出太多个人信息。我不知道这在多大程度上是有意的选择，无论这种选择来自出版商还是作者。但这个框架确实让赫尔无与伦比的洞察力和清晰的思想得到了最突出的呈现，也给读者打开了一扇窗户，得以看到"正在发生"的战争，而不是战前或战后。

这本书对我们如何看待越南战争以及报道战争的方式，都产生了深远影响。这种影响怎么夸大都不为过，对我们这些在越战之后出生的人来说尤其如此。对我们这代人而言，越南的概念与两部电影有着千丝万缕的联系——《全金属外壳》和《现代启示录》。它们分别是两位最杰出的导演库布里克和科波拉的作品。它们对战争主题的处理，都不同于传统的好莱坞式的胜利和英雄主义。它们都呈现了赫尔在越南的部分经历，这些经历是电影中许多令人难忘的场景的来源。这两部电影差异明显，可这本书却同时存在于两者的基因之中，并且是它们杰出的原因之一。

就像这本书可能已经通过两部伟大电影进入你的意识，你在赫尔之后几代战地记者的写作中感到它的可能性同样很大。正如记者埃德·武利亚米在《卫报》上写的那样："每一个尝试写战地报道的作家（包括我自己）都会'遇见'迈克尔·赫尔，就像每一个学大提琴的人都会接近姆斯蒂斯拉夫·罗斯特罗波维奇一样。"那么，赫尔的这本书究竟有什么不同于之前对战争中士兵的描述，让那些最出色、最有才华的记者，都欣然表示对这本书的感激之情呢？我想用赫尔自己的话，来说明我所认为的原因。

"媒体得到了全部事实（或多或少），它得到太多事实了，但它从未找到一种有意义的方式报道死亡，毫无疑问，那才是它真正的目的。"（第204页）《战地快讯》的读者看到的是关于死亡的有意义的报道。在我看来，它是有史以来关于这一主题的最清晰、最坚定和最有激情的文章。它摒弃了所有虚幻的想法，这些想法会分散读者的注意力，使我们忽视这样一个事实，即最简单地说，战争就像一个工厂，它唯一的产品就是死亡。政治与政策，道德与战术，它们的存在只是为了证明，它们是我们作为人类所需要的东西，这样我们就可以轻松地避免与死亡在其最有效的传递系统——战争中直接对抗。

这并不是说荒谬的"五点蠢事"（记者对军事新闻发布会的戏称）不会出现，或者军事策划者和参谋们非凡的"心理体操"不在作者的关注范围内。它们也在。比如下面这段：

> 那天晚上，我听到一位上校从蛋白质的角度解释这场战争。我们是一个高蛋白摄入、吃肉的猎人国家，而他们只吃米饭和几个脏兮兮的鱼头。所以我们现在准备用肉把他们打死？除了"上校，你疯了吗？"，你还能说什么？（第59页）

但即使是这样的疯狂，也以一种奇怪的方式得到了同情的尊重。读者会一次又一次地感觉，这部作品所做的是纪实和描述，甚至是保存，而非评价。当然他很疯狂，可在一场战争中，你还能是怎样的呢？

我们希望战争是明确的：有明确的目标和"汇率"，这在某种程度上让它变得"有意义"。有结束和开始：我们的士兵为了一条准则，或者为了解放被压迫的人民而牺牲。也许这曾经是可能的，也许它还会再次出现。在越南战争和之后西方的其他战争中，说不定有这种正当暴力的具体、有限的例子。也许，说不定。但死亡，原始、永恒的死亡，才是战争的本质特征。死亡的多种形式，死亡和人们对它的反应，死亡和我们对自己说的话，在死亡不可避免地发生之前。本书的作者提出了一个困难的任务，即找到一种方法，让他的文字"居住"在那个世界，与它的"居民"交谈，讲述他们的故事。本书开头，有一段话告诉我们，当作者想起小时候看过的战争照片时，他意识到这项任务是多么地艰巨。那段话值得详尽地引用：

> 你知道它是怎么回事，你想看又不想看。我还记得当我是个孩子时，看到《生活》周刊上的战争照片的奇怪感觉。这些照片展示尸体或很多死人密集地躺在田野或街道上，很多都相互碰触着，好像在彼此拥抱。即使照片非常清晰，但还有一些内容并不清楚。某些被压抑的东西监视着这些图片，并隐瞒了其中的基本信息。（第16—17页）

这本书告诉了我们一种获取"基本信息"的方法，很少有人能做到这点。赫尔的主题恰恰就是那些"并不清楚"的东西。他在任何需要的地方寻找它，高至盘旋在战场上空的一百架直升机中，低至他能找到的最脏乱的散兵坑里。他不偏袒任何一种观点，也拒绝崇拜他在那里找到的人。对于他的记录对象，他从不轻易谴责或不假思索地赞扬。如果说这本书忠诚于什么，那就是坚定不移地寻找和描述基本信息。它们有时会非常糟糕，以至于我们很多人都不想看到它们。

我把自己也算在其中。但在我生命的一段时间里，我放弃了是否要去看战争本质的选择。现在，尽管这往往很困难，但我发现"提醒"自己那段时间的存在很重要。这里我并不是说，我们这些过着安全舒适的生活的人应该去接触战争现实，或者认为它是现代世界中一个有见识的公民的重要组成部分。这些可能是真的，但这是其他人的想法。如果你买了这本书，你可能正在寻找关于战争的真相——尽管它可能很难定义，或者你可能希望暴露在那些士兵们经历的"战争现实"之中。我相信《战地快讯》是少数几本能将这些真相传递给读者的书之一。

我在伊拉克摩苏尔的一个前方作战基地读完了它，那大约是在圣诞节前一周。我记得，当时我觉得这是本好书，但它描述的一切看起来和我经历的战争相距甚远。几天后，当我走向基地的餐饮设施时，一名自杀式炸弹袭击者在基地内引爆了炸药，造成二十二人死亡，数十人受伤。我试着帮助伤员，但即使是现在，我仍然怀疑我是否只是在挡路。我讲这个故事不是为了在你们面前炫耀我过去的怪诞经历，而是因为我希望它能作为这本书力量的一个小小证明。当时，我甚至认为书中讲述的故事，似乎与我的战争经历背道而驰，但在接下来的几天、几周、几个月、几年，到现在几乎整整十年过去了，《战地快讯》中的一句话仍然让我感觉与记忆中的时空相连："那里的士兵经历着最糟糕的事，无论什么都随时可能着火。"（第 118 页）我不知道为什么这句话让我印象深刻，但我认为它是我读过的关于战争最真实诚恳的句子。

犬儒主义者对这一切的回答是，我们都已经知道战争是可怕的了。这没错。但我认为，知道和理解并不总是一回事。有时，我们需要同时记住这两点。正如《时代》周刊的一位评论家谈到这本书时所说："有些故事必须讲出来——不是因为它们会愉悦人心、给人启示，而是因为它们发生了。"这些故事发生了。近半个世纪前，它们发生在年轻的美国人和越南人身上，后来它们又发生在这篇序言的作者身上，那年他二十三岁，身在伊拉克。现在，它们正发生在乌克兰、叙利亚和世界各地的人们身上。可悲的是，只要人类存在，它们可能就会一直发生。但通过《战地快讯》，迈克尔·赫尔给了我们一份难得而珍贵的礼物：一些值得被一直讲述，直到它们不再发生的故事。

凯文·鲍尔斯

目　录

吸　气

　　有一张越南地图挂在我西贡公寓的墙上。某些夜里，我晚归至这座城市，躺在床上看着它，什么也不想做，只想赶紧甩掉靴子。这张地图真是神奇，尤其是现在，它挂在那好像不是真的。它格外老旧，是多年前的一个租客留下的。我猜那是个法国人，因为地图上写着"巴黎制作"。由于西贡的湿热天气，经年累月，图纸已在画框内褶皱变形，看起来就像在它所描绘的国家上笼上了一层面纱。地图上，越南被以更古老的方式划分为东京、安南和交趾支那，向西穿过老挝和柬埔寨，就是暹罗王国。它很古老，我会告诉访客，这真是一张非常古老的地图。

　　如果这些过去的地名能够重现，像逝者那样萦绕不去，它们可能会将这张地图标为"当下的"，然后烧掉那些自 1964 年以来一直被使用的地图，但这不会发生。现在已经是 1967 年末了，而即使是最详细的地图，也无法传递更多信息，阅读它们就像阅读越南人的脸，就像阅读一阵风一样，徒劳无用。我们知道，大多数的信息都被"灵活使用"，不同立场的人对着不同的听众，讲述着截然相反的故事。我们还知道，许多年来，这里没有国家，只有战争。

　　代表团总是对我们讲，越共正在被攻击、摧毁，然后过一个月，他们又全副武装地重新出现，这并不是什么惊悚的怪谈。而当我们攻入他们的阵地时，通常会强调"占领"，哪怕我们无法一直占领它们，但至少你能看到，我们曾经去过那里。当我到越南一个星期时，我在第 25 师古芝司令部遇到了一位信息官，他向我展示了他的地图，后来又在直升机上告诉我，他们在洪波林做了什么。那片雨林，被巨型罗马犁、化学药品和漫长而缓慢的火焰摧毁。数百英亩的人工种植园和原始森林，就这样永远消失不见了。他说："敌人失去了宝贵的资源和掩体。"

这是他近一年来的部分工作，告诉人们这里的战况。他对记者讲述，对来巡的国会议员讲述，对电影明星、公司总裁，以及世界上半数军队的参谋讲述，他不能自已地讲述战争。这似乎使他变得年轻起来，他喋喋不休的热情，甚至让人觉得这些内容占满了他写给妻子的信。他完全展现了一个口才出众的人所能做到的极致。可如果此后的几个月里，C 战区周围的敌人活动"显著"增多，美军损失一再翻倍的话，那么在该死的洪波林就什么也没有发生过，你最好相信他们的话……

———

晚上外出的时候，医护人员会给你一些药片，右旋安非他命的味道闻起来就像是一条在罐子里闷了很久的死蛇。不过我从未遇到需要用它们的时候，小规模交火，或者任何听起来像是交火的声音，都会给我带来超出承受范围的刺激。每当我听到我们凑紧的小圈子外有什么动静时都会格外紧张，向上帝祈祷我不是唯一注意到它的人。当一公里外有几发子弹划过黑夜，那感觉就像一头大象突然跪在我的胸口。我艰难地呼吸，像是被闷在靴子里一样。曾经我看到一道亮光在丛林中移动，耳边突然响起低语："我还没做好准备，我还没做好准备。"那时我很想放弃这一切去做些别的事情，在属于我的夜晚。我既不是夜晚的伏兵，也不是远程侦察部队队员，他们每晚都在外面做长途巡逻，匍匐着靠近越共营地或北越[*]纵队。我的生存环境总是很严峻，而我所能做的全部就是接受它。不论如何，我必须把这些药片存起来，留给之后的西贡，以及那里如影随形的深深绝望。

我知道第 4 师的一位侦察队队员，他直接从他虎斑迷彩的左口袋里掏出一把药片，塞进嘴里，又从右口袋里抓了一把。第一把帮他清理出了条小路，第二把帮他沿着小路前进。他告诉我，这些药片能让他冷静下来，让他在夜里也能看清这片古老的丛林，就像透过夜视仪一样，"它们的确能让你看得更远、更清楚"。

那是他的第三个服役期。1965 年，他是他们那个骑兵排在德浪河谷战役中唯一的幸存者。1966 年，他随着特种部队重回战场。在一次清晨的伏击之后，越共拿着刀走来走去，确认他们都死了，而他躲在战友的尸体下逃过一劫。越共脱下他们的装备，包括贝雷帽，然后大笑着离开。从那以后，他在战争中一无所有，除了侦察队。

"我回不到那个世界了。"他告诉我，最近一次回家时，他整天坐在自己的房间里，有时会把猎枪伸出窗外，对准经过他家的人和车，直到他唯一的意识落在那握扳机的指尖上。"这曾让我的家人

---

[*] 北越，即越南民主共和国的通称。越南民主共和国是 1945 年至 1976 年间在越南北部建立的社会主义政权，如无特殊说明，本书页下注均为译者注。——译者注

非常不安。"他说。其实,即便是在这里,他也让人感到不安。

"没有人像他那样,对不起,他实在太疯狂了,"他队伍中的一个人说,"你所要做的就是看着他的眼睛,那就是全部故事。"

"是的,但你最好快点,"另一个人说,"我的意思是,你不会想让他发现你在看他的。"

的确,他好像总在戒备着什么,我想他睡觉都会睁着眼睛,反正我很怕他。我只快速地看了他一眼,仿佛看向海底。他戴着一枚金色耳环,扎头带是从一块迷彩降落伞上撕下来的。因为没人愿意提醒他剪头发,所以他的头发垂落到肩膀以下,遮住了一道很深的紫色伤疤。即使在营地,他的随身装备也不会少于一把.45口径的手枪和一把刀。他认为我是个怪胎,因为我不携带任何武器。

"你以前没见过记者吗?"我问他。

"屁用没有,"他说,"不是针对你。"

而他给我讲的故事是那么直截了当又回响不断,就像我听过的每个战争故事一样。我花了一年时间才明白它意味着什么:

"巡逻队上山,只有一个人回来。在告诉我们发生了什么之前,他死了。"

我等着他继续,但这个故事没有下文。当我问他发生了什么事时,他的眼神好像在同情我,为什么他要浪费时间,给一个像我这样愚蠢的人讲故事?

他的脸上涂着颜料,方便在夜间行走,现在看起来则像个糟糕的幻觉,不像几周前我在旧金山剧院看到的脸,它们同样化着妆,但这是两个极端。接下来的几个小时,他会面无表情地、安静地站在丛林里,就像一棵倒掉的树。只能祈求上帝保佑他的敌人,除非他们有至少半个班的人。他是一个很好的杀手，最好的那一批。他队里的其他成员聚集在帐篷外，与其他队伍隔开些距离，侦察队有他们的专用厕所和独家冻干口粮、三星级战争食品，以及和 A&F* 里卖的一样的排骨。常规部队在往返炊事帐篷的途中，几乎都会避开这片区域。因为无论他们在战争中变得多么坚强，与侦察队相比，他们仍然天真。侦察队集合后，排成纵队走向山坡下的降落区，穿过跑道进入防线，最终进入森林。

后来我再也没有和他说过话，但我看见了他。第二天早上他们回来时，他带着个囚犯。囚犯被蒙住双眼，手肘紧绑在身后。审讯期间，侦察队所在的区域是绝对禁止进入的。总之，那时我已经站在了机场跑道上，等待直升机带我离开这里。

"嘿，你们是什么人，美国劳军联合组织？哦，我们以为你是美国劳军联合组织的人呢，因为你的头发太长了。"佩奇拍了一张年轻人的照片，而我把他说的话记了下来。弗林笑着对他说，我们是滚石乐队。那年夏天，我们三个人一起行动了大约一个月。在降落区，一架旅部的直升机（挂着一根狐尾状的天线）进来，指挥官从我们身边经过时，气得要死。

"你们不向长官敬礼吗？"

"我们不是军人，"佩奇说，"我们是记者。"

指挥官一听，当即就想给我们安排一场行动，调动他的整个

---

* Abercrombie & Fitch，美国休闲服饰品牌，门店内也可能售卖其他商品。

旅，让几个人遭殃。我们不得不跟随下一架直升机离开，以免他真的付诸实践。这些人为了几篇报道不惜做到如此地步，让我们觉得惊讶。佩奇喜欢用一些怪异的东西——比如丝巾、弹珠来扩充他的野战"装备库"，而且他是英国人，人们盯着他看，就好像他刚从火星上回来一样。肖恩·弗林看起来甚至比他父亲埃罗尔·弗林三十年前出演《铁血船长》时更英俊，但有时他看起来更像是从沉重的"黑暗的心"*之旅中走出的阿尔托**，接受了过多的信息，不断地输入! 输入! 有时他会大汗淋漓地坐上几个小时，用瑞士军刀的锯齿梳理胡须。我们打包了烟叶和录音带:《宝贝，你有没有看到你的妈妈站在阴影中》《动物乐队精选》《奇怪的日子》《紫色迷雾》以及阿奇·贝尔和德雷尔斯的作品。"现在，让我们收紧……"***偶尔我们会跟随直升机降落在地狱深处，但那段时期的战场相对平静，我们所见的大多只是降落区和营地，士兵们四处游荡，那里还有脸庞和故事。

"最好的办法就是继续前进，"他们中的一个对我们说，"继续前进，保持运动状态，你们明白我在说什么吗?"

我们明白。他相信移动的目标才可能"幸存"，这真是一个战争中的年轻人。除了极少数被围困、封锁的情况，军队就是会让你保持"运动"，不管你是否想这么做。作为一种保命方法，它的意义不比其他任何东西更大或更小。如果你在那里，并且想观察得更多，"保持运动"的想法起初非常有道理，但随着时间推移，这会让你走进死胡同。因为，你行进得越多，你观察得就越多，你所冒的

---

* 此处或指英国作家约瑟夫·康拉德的小说《黑暗的心》。
** 安托南·阿尔托(1896—1948)，法国戏剧理论家、演员、诗人。
*** 出自阿奇·贝尔和德雷尔斯的代表作《收紧》(*Tighten Up*)。

包括受伤、死亡在内的风险也就越大；你冒的风险越大，你不再是"幸存者"的可能性也就越大。我们中的一些人像疯子一样在战争中四处奔走，直到我们看不到它将把我们带向何方，只看到战争的表象以偶然、出人意料的方式渗透开去。只要直升机还像出租车一样到处乱跑，就需要极度的疲惫或沮丧，几近休克或一打鸦片，才能让我们维持表面上的镇静，但内心中，我们仍然在跑来跑去，就像有什么在追赶我们似的，哈哈，真是疯狂的生活*。

在我回来后的几个月里，我乘坐过的上百架直升机开始在我脑海里聚集、重叠，直到它们形成一个"元"直升机。在我看来，直升机是最性感的东西：它是拯救者也是毁灭者，是供给者也是消耗者，是右手也是左手，是敏捷、流畅、精明和人性；是炽钢、机油和散布丛林的帆布带，是汗水冷却又再升温，是一只耳朵听卡带里的摇滚乐，一只耳朵听舱门机枪的射击声，是燃料、高温，是生机、死亡，是死亡本身，几乎不像个入侵者。机组成员们说，如果你运输了一个死人，那他就会一直在那里，和你一起。像所有战斗人员一样，他们非常迷信并习惯做戏剧化的解读。但我知道，这是一个令人难以忍受的事实，近距离地接触死者会让你对他们的存在更敏感，他们会一直萦绕不去。一直。有的人比较脆弱，只是看一眼就胆战心惊，但即使是那些自诩莽夫的大兵，也会感觉有什么奇怪的事正发生在他们身上。

大家都很喜欢直升机和从直升机上下来的人，哪怕没有任何需要，他们也会奔跑着过去。直升机从清理干净的小丛林中笔直升

---

* 原文"La Vida Loca"为西班牙语。

起，摇摇晃晃地降落在有城市特色的屋顶，成箱的口粮、弹药被扔下来，死者、伤者被装上去。有时候，直升机数量充足且任务宽松，你跟着它们一天能去五六个地方，四处看看，且听且说，然后再搭另一架直升机去下一个地方。有次我们给一个人送补给，看到连片的设施，大得像是个居住着三万人的城市。天知道他们每天都在过着怎样的"吉姆爷"*式的生活，那个人只对我说："你什么都没看到，对吗，长官？你甚至都没来过这里。"我们见到过豪华的空调营地，好像舒适的中产阶级场景，又带有隐隐的暴力气息；有些营地以指挥官妻子的名字命名，西尔玛降落区、贝蒂·卢降落区；也有一些以数字命名的高地（正陷入困境），我不想在那里停留；还有小径、稻田、沼泽、茂密的灌木丛、洼地、村庄，甚至城市，这片土地无法承受战火的"溅射"，以致你走在上面时不得不小心翼翼。

有时直升机停在山顶，从你身前直到下一座山丘的土地都被烧成焦土，坑坑洼洼，还冒着烟，这时你会感觉胸腹一阵翻涌。自由开火区周围被烧光的稻田上，升起的是淡淡的灰烟；磷弹会放出的是明亮的白烟（"威利·彼得/让你成为信者"）**；棕榈树燃烧则是浓浓的黑烟——他们说，如果你站在凝固汽油弹爆炸的浓烟里，它会直接抽干你肺里的空气。有一次我们从一个刚被空袭过的小村庄上空飞过，我突然想到在我只有几岁时听过的温吉·曼努的一首

---

* 出自约瑟夫·康拉德的小说《吉姆爷》，该书讲述了吉姆成为"吉姆爷"前后的经历。

** 美军将白磷弹称为"WP"或"威利·彼得"。

歌："停止战争吧，这些猫儿正在杀死自己。"* 然后我们下降、盘旋，在冒着紫色烟雾的降落区停下，几十个小孩从棚屋里出来，跑向我们。飞行员笑着说："你看，这就是越南人，炸他们喂他们，炸他们喂他们。"

飞越丛林是纯粹的享受，步行通过则完全是折磨。我从来不属于那里，也许真的像其他人一直说的那样，超然。但无论如何我是严肃的，为了它，我放弃了很多可能永远不会再拥有的东西。（"哦，丛林，如果你熟悉她，就可以在其中活得很好；如果你不熟悉，不到一小时她就能把你击倒在地。"）有一次在一个茂密丛林的角落，一名记者站在一群士兵旁边说："天啊，你们一定看过很多这样美丽的日落。"他们大笑不止。当你升空，沐浴在热带炽烈的夕阳中时，将会永远改变你对光的看法；而当你离开那些阴森恐怖的地方，约莫五分钟后，它们已在你的脑海中褪去了颜色。

那可能是世界上最冰冷的时刻，站在空地的边缘，看着刚刚带你过来的直升机再次起飞，留你独自在那里思考，现在这里对你来说到底意味着什么：这是不是一个糟糕的、错误的，甚至你此生最后的地方？你是否犯了一个可怕的错误？

在朔庄的某营地，降落区的一个人说："如果你是来找故事的，那你很走运，我们刚收到通知，现在这里是红色警戒区了。"在直升机的声音消失前，我知道我也身在其中了。

---

* 出自温吉·曼努的歌曲《停止战争吧》（*Stop The War*）。

"毫无疑问，"营地指挥官说，"我们非常期待一场弹雨。很高兴见到你。"他是一名年轻的上尉，笑着把一堆十六发弹匣从头到尾用胶带粘在一起，以便装填，"更顺滑"。那里的每个人都在忙：打碎板箱，贮存手榴弹，检查迫击炮弹，填装子弹，把香蕉弹匣装到我从未见过的自动武器上。他们被连接到营地周围的听音哨，连接到每一个人，连接到他们自身。等到天黑，情况变得更糟。月亮升起，看起来又脏又圆，像是一块又厚又潮湿的腐烂水果。当你抬头看它时，它显得柔和并弥蒙着橘黄色的雾气，但月光穿过沙袋照向丛林，却变得刺眼而明亮。我们都在眼睛下方揉搓军队发放的夜间战斗涂剂，以减弱眩光以及它使你看到的可怕东西。（午夜时分，我为了找点事做而去了防线的另一边，看着一条路正笔直"冲"向4号公路，好像一条超出我视线的黄色冰带，我看到它在动，整条路在动。）关于光线对哪边——进攻者还是防御者——更有利，有一些争论，士兵们好像闲坐着，眼睛却像宽幕电影镜头，下巴探出，好像它们能发射子弹似的，不安地在迷彩服里动来动去。"我们完全不用担心太放松了，查理*不会放松，当你感觉很好、很舒服的时候，他就会过来朝你拉一坨屎。"一直到早上都是那样，我约莫一小时抽一包烟，最后什么也没发生。天亮后十分钟，我已经在降落区询问直升机的消息了。

　　几天后，我和肖恩·弗林去了美国师战术责任区的一个大型火力支援基地，那里完全是另一个极端，就像美国国民警卫队在过周末。指挥上校那天醉得厉害，几乎说不出话来。如果他开口，就是

---

* "查理"是美军对越共的代称。

这样的句子："我们要确保……如果那些家伙打算做点可爱的事，我们不能被打个措手不及。"那里的主要任务是骚扰和拦截，但其中一人告诉我们，他们的记录是整个兵团，也可能是整个美国最差的，他们骚扰了很多熟睡的平民，拦截了韩国的海军陆战队，甚至几个美国巡逻队，但几乎没有越共。（上校一直在说"火瓢"*。他第一次说时，弗林和我把目光从彼此身上挪开，第二次说时，我们笑到把啤酒喝进鼻子里，然后上校大笑，盖住了我们的声音。）那里没有沙袋，没有暴露的炮弹和脏兮兮的零部件，士兵们来来往往，并用一种"我们很好，你们为什么这么紧张？"的眼神看着我们。在机场跑道，肖恩和一名接线员谈论起这事，那人生气地说："好吧，去你的，你认为应该多紧张才好？这里三个月都没出现过越共的影子。"

"听起来情况很不错，"肖恩说，"有收到直升机的消息吗？"

但有时候一切会突然停止，周围连个飞的东西都没有，你甚至不知道为什么。有一次我在三角洲地区一个失联的巡逻哨点等不到直升机，那里的中士每天连续二十个小时都在吃糖果棒、播放乡村和西部音乐录音带，直到我在睡梦（为数不多的睡梦）中都听到它们。"在沃尔弗顿山上""像米勒洞穴里的蝙蝠和熊一样孤独"还有"我掉进燃烧的火圈里"**，周围都是些精神紧张的红脖子，他们和我一样睡不着，因为他们不信任那四百个雇佣兵中的任何一个，或是他们自己精心挑选的外围守卫，或是任何人，也许除了贝比·

---

* "火炮"的误读。

** 分别出自《沃尔弗顿山上》（*Wolverton Mountain*）、《米勒洞穴》（*Miller's Cave*）、《火圈》（*Ring of Fire*）的歌词。下文"火圈烧啊烧"也出自《火圈》的歌词。

鲁斯和约翰尼·卡什*。他们已经等太久了，现在他们担心的是等补给送到时，自己是否还有意识，"火圈烧啊烧"……终于，在第四天，一架直升机送来了肉和电影。我也终于离开了，我太高兴能回到西贡了，以至于两天没有睡觉。

没有空中运输能力，你哪儿也去不了。它让你感到安全，它让你感到无所不能，但它到底只是一种噱头，一种技术。运输能力只是运输能力，它一直在拯救或夺走生命（我不知道它拯救过我多少次，可能有几十次，也可能一次都没有），你真正需要的是一种任何技术都提供不了的"灵活性"，一种宽厚的、自发的天赋，用来接受惊喜，而我缺乏这种能力。我讨厌意外，必须掌控每个十字路口，如果你也是这种必须知道接下来会发生什么的人，那么战争可能会击垮你。与你不断尝试适应丛林、令人窒息的气候，或无处不在的陌生感一样，这并不会随着频繁接触而变得容易，而会在累积的疏离中愈发生长、深化。如果你能适应，那太好了——你必须尝试做到——这与制定一条规则不同，而是要进入自己的状态，并发展出一整套的"战争生理系统"：当你的心脏试图跳出胸膛时，放慢自己的速度；当一切都停止时变得迅速，而你对生命的全部感受，除了无序还是无序。这确实很让人讨厌。

地面是战争的关键，它总是被扫荡。地面以下是他们的，地面

---

　　* 贝比·鲁斯（1895—1948），美国著名棒球运动员。约翰尼·卡什（1932—2003），美国乡村音乐创作歌手。

之上是我们的。我们拥有天空，我们可以在其中出现但不能在其中"消失"，我们可以奔跑但无法躲藏，而他们却能很好地奔跑和躲藏，有时候看起来，他们甚至是在同时做这两件事，而我们的侦察队只能跛行。就这样，战争在一个又一个地方进行，昼夜不停，我们有白天，他们有黑夜。哪怕身在越南最受保护的地方，你仍然知道安全只是暂时的。早逝，失明，失去腿、胳膊或睾丸，严重且永久的毁容——所有这些糟糕事——很可能就像你预想的那样怪异地发生，你听到了太多这样的故事，以至于你会好奇，是否真的有人能从这必死的交火和炮轰中生还。几个星期后，当镍币被震落在地时，我看到周围的每个人都带着枪，我知道他们中的任何一个人都可能在任何时候死去，而你根本无暇思考他们是否死于意外。道路上布满地雷，小路上布满诱杀陷阱，炸药包和手榴弹炸毁了吉普车和电影院，越共渗透进了所有营地，擦鞋男孩、洗衣工和烧粪工，他们会给你的迷彩服上浆，烧掉你的粪便，然后回去用迫击炮袭击你的营地。西贡、华埠和岘港到处都藏着敌人，每当有人看你的时候，你都感觉像被狙击了一样，直升机就像中毒的肥鸟，一天降落一百次。不久之后，当我登上一架直升机，我忍不住地想我一定是疯了。

恐惧地移动，恐惧地停下，两者不分伯仲，你甚至不知道等待和飞行哪个更糟糕。在战斗中幸存的人远比死去的人多，但每个人都在两场战斗之间经受折磨，特别是当他们每天为了寻找战斗而离开营地的时候。步行不怎么样，卡车和装甲运输车很糟糕，乘坐直升机糟透了，最糟的是那么快速地朝着那么可怕的东西前进。我记得有几次我几乎吓死了，但速度和方向早已定好，除了前进别无选择。就算是在火力支援基地和降落区之间的"安全"地带飞行也很危险。如果你曾在直升机上被地面火力击中，你一定会深深地、永久地感到恐惧。当真正的交火发生时，你身上的所有能量会被一缕一缕抽干。交火本身鲜活、迅速而精准，但飞向它的过程却空洞、干燥、寒冷且稳定。你不会是独自一人，但你能做的也只是环顾一下其他机组成员，看看他们是否像你一样恐惧和麻木。如果不是，你会觉得他们疯了；如果是，你会感觉更糟。

我经历过许多次交火，但只有一次很快就从恐惧中恢复过来，那是一次非常典型的"热"着陆，火力来自大约三百码外的树林，是机枪扫射。人们只能扎进沼泽水里，用手和膝盖向没有被旋翼吹平的草地上跑，虽然跑也未必有多大用，但总比什么也不做强。还有人没出舱，直升机就已经开始上升了，最后几个人在来自稻田和舱门的子弹间，跳下二十英尺。等我们都跑到墙后躲起来，队长检查人员，惊讶地发现除了一个人在跳跃时扭伤双脚外，没有人受伤。后来，我记得我在泥泞中一直担心水蛭。我猜你可能会说我在拒绝接受现实。

"哥们，别人一定是给了你些糟透了的选择。"一位海军陆战队员曾对我说。我不禁觉得他真正的意思可能是，这里根本没有人给你任何选择。具体来说，他只是在讨论 C-口粮*罐头，也就是"晚餐"。考虑到他这么年轻，即使他认为，除了这里以外，其他地方的人一定会稍微关心一下他想要什么，你也不会责怪他。他不会感

---

* C-口粮（C-ration）是一种罐装预制的湿式口粮。最早由美国陆军提供，用以当新鲜食物 A-口粮和包装好的非熟食 B-口粮难以取得或战地条件恶劣导致厨房无法开工，又或者是紧急口粮（K-口粮或 D-口粮）短缺时食用。

谢任何人给他这份食物，但会感谢还能活着吃到它，那些混蛋还没有把他带走。六个月来，他除了疲惫和恐惧之外什么都没有，他失去了很多，主要是身边的战友，他经历了太多事情，但他还在吸气、呼气，这是一种本能的选择。

他有一张这样的脸，我在上百个基地和军营里至少看过它们上千次，所有的青春气息都被抽干，从眼睛、肤色，以及冰冷的苍白嘴唇，你知道他不会期待这些能够回来。生活使他变老，他也将这样一直到老。所有这些面孔，有时就像摇滚音乐会上的面孔一样，很容易被认出，脸上满是沧桑；或者像那些过于早熟的学生，如果你不知道这些年的分分秒秒背后是什么，他们脸上的严肃一定会让你不敢相信他们的真实年龄。他们和你过去看到的，愁眉苦脸的表情最多坚持一天的人完全不一样。（当一个十九岁的孩子对你说他发自内心地觉得自己太老了这种话时，你会作何感想？）他们的脸也不像死者或伤者的脸那样，有着更多释怀而非压抑。这些脸背后似乎是他们的整个生活。他们可能在几英尺外回头看着你，而你知道这中间的距离你永远不可能真正跨过。我会和他们聊天，有时一起坐飞机，有人出去休整*，有人护送尸体，有人陷入极端的平静或暴力。有一次，我和一个要回家的年轻人一起坐飞机，他低头看了眼他度过一年的地面，瞬间泪流满面。有时你甚至会和死者一起飞行。

我曾经就上了一架满载尸体的直升机，作战室里的年轻人说飞机上可能会有一具尸体，但显然他的信息有误。他问我："你有多想

---

* 美国军人除三十天例假外，每年有五天至七天的休整假期。

去岘港?"我说:"很想。"

但当我看到机舱里的情况时,我不想上去,可他们为我做了一次改道和特殊降落,我不得不登上我抽中的这架直升机,我担心自己看起来神经脆弱。(我还记得,当时我想一架满载死人的直升机被击落的可能性,应该远远低于一架满载活人的直升机。)他们甚至没有被装在尸袋里。他们之前都在一辆非军事区的火力支援基地附近的卡车上,这辆卡车当时正在为溪山提供支援,结果轧到了一枚遥控起爆地雷,后来又被火箭炮击中。海军陆战队的东西总是不够用,食物、弹药和药品都用光了,尸袋用光也就不足为奇了。他们被用雨披裹着,其中一些被随意地用塑料带系住,就装上了直升机。一具尸体和舱门机枪手间有小块空地留给我,机枪手看起来脸色苍白,非常愤怒,我以为他在生我的气,我有一阵子都不敢看他一眼。当我们升空,风吹过机舱,雨披抖个不停,直到我旁边的那件雨披被猛地吹起,露出了尸体的脸。他们甚至没有给他合上眼睛。

机枪手用最大的声音喊道:"扯回去!把它扯回去!"也许他认为眼睛在看着他,但我无能为力,我几次伸手都没能做到。最后我还是做到了,把雨披挪正,小心翼翼地抬起他的头,再把雨披压在下面。我简直不敢相信我做到了。整个过程中,机枪手一直在努力保持微笑,当我们在东河降落时,他专门感谢了我,然后跑开去打听消息。飞行员跳了下来,头也不回地走了,好像他们一生中从未见过这架直升机一样。后来我是搭将军的飞机到岘港的。

二

你知道它是怎么回事,你想看又不想看。我还记得当我是个孩子时，看到《生活》周刊上的战争照片的奇怪感觉。这些照片展示尸体或很多死人密集地躺在田野或街道上，很多都相互碰触着，好像在彼此拥抱。即使照片非常清晰，但还有一些内容并不清楚。某些被压抑的东西监视着这些图片，并隐瞒了其中的基本信息。这样我的着迷就变得合法了。我想看多久就看多久。当时我没有语言来形容它，但现在我记得那感觉，就像第一次看色情片一样，世界上所有的色情片都让我感到羞愧。我可以一直看到熄灯，但我仍然不能理解断腿和身体其余部分间的联系，或者一些总出现的姿势（后来我听说这叫"冲击反应"），身体扭动得太快、太剧烈，以至于呈现出令人难以置信的扭曲姿势，或者完全"客观"的集体死亡，他们可能躺在任何地方，以任何方式死去，挂在带刺的铁丝网上，被随意地扔在其他死者身上，或是像杂技演员一样趴在树上，仿佛在说："看看我能做什么动作。"

据说，当你最终在真实的地面上看到它们时，不会有那种"朦胧"的感觉，但你还是倾向于制造这种感觉，因为你频繁且迫切地需要保护自己不受它们的影响，尽管事实上你是跨越三万英里专门来看它们的。有一次，我看到防线外侧到森林间有一串尸体，多数拥在铁丝网附近，少数抱成一团，一簇一簇地留在途中，最后在靠近树林的地方分散成许多个点，有个人一半在灌木丛里面，一半在外面。上尉说："很近了，但没有成功。"然后他的几个手下出去踢了他们的头，总共三十七个人。然后，我听见一架全自动 M-16 开始扫射，一秒开火，三秒换上新的弹夹。我抬头，看到一个士兵站在那里，扫射。每一轮扫射都像一股小型飓风，吹得尸体畏缩颤抖。当他完成任务，为了返回帐篷而从我们身边经过时，我看到了他的脸，这才知道我刚刚看到的都不算什么。那张脸红润、斑驳、扭曲，就好像他脸上的皮肤被翻了个面，有一片深绿色的区域，还有条紫红色的瘀伤，中间则是病态的灰白色，他看起来就像心脏病发作了一样。他的眼睛翻起，半嵌入脑袋，嘴巴张得很大，舌头也伸出来了，但是他却在微笑。真是个不要命的混蛋。上尉对我看到这一幕不太高兴。

每天都有人问我在那里做什么。有时，一些特别聪明的士兵或记者甚至会问我在那里"到底"在做什么，似乎这样我就会坦诚地说出点别的，除了"报道战争云云"或"写一本书云云"之外的东西。也许我们表面上接受了彼此关于我们为什么会出现在那里的故事：那些"必须"来的士兵，被共同信仰引导到那里的间谍和平民，被好奇或野心吸引来的记者。但在某个地方，所有的幻想轨迹都交汇了，从最低级的约翰·韦恩*梦想到最严重的"士兵-诗人"幻想，在那里，我相信每个人都知道其他人的一切，我们每个人都是真正的志愿者。你也会听到一些关于它的被说烂的废话：心灵与智慧**，共和国人民，接连倒下的多米诺骨牌***，通过遏制某某扩张来维持某某平衡；你也可能听到其他的，比如年轻的士兵毫无恶意地说："你所想的这些都是负担，哥们。这段时间我们在这里就是

---

* 约翰·韦恩(1907—1979)，著名美国演员，以演出西部片和战争片中的硬汉而闻名。

** 心灵与智慧，美军在越南战争期间为赢得越南人民支持而发起的运动名称。

*** 多米诺骨牌理论，最早由美国总统艾森豪威尔在20世纪50年代提出，该理论认为一个共产主义政府会让其邻国很快被共产主义力量接管，就像多米诺骨牌一样倒下。

为了杀越南人。没别的了。"对我而言完全不是，我去那里是为了观察。

我们还可以谈谈角色扮演，谈谈如何锁定一个角色，谈谈讽刺：我报道战争，战争也塑造了我。这是老生常谈，当然，除非你从未听过它。我去越南背后有一个天真但严肃的信念：你一定是能够看任何事情的。说它严肃，是因为我遵循它采取了行动；说它天真，是因为对此我其实一无所知，是战争教会了我，就像对你所做的一切那样，你对你所看到的一切同样负有责任。问题是你并不总是知道你看到的是什么，直到后来，也许是几年后才会意识到。很多东西根本没有进入你的内心，只是储存在你的眼睛里。时间和信息，摇滚的战事，以及生活本身。这些信息从来没有被冻结，但你被冻结了。

有时我甚至不确定一个动作发生了一秒钟还是一小时，也不确定我到底是不是在做梦。在战争中，你比其他时候更加不知道自己在做什么，你只是机械地行动着。事过之后，你可以想说什么就说什么，你觉得好或不好，喜欢或讨厌，做了这或做了那，什么是对的，什么是错的。但是，发生过的事不会改变。

说回故事，以前我也说过"哦，我很害怕"和"哦上帝，我想一切都完蛋了"，但来这之后，我才知道什么是真正的害怕，或者"完蛋"究竟有多么清晰、多么近在咫尺，而我又是多么无能为力。我并不傻但我确实毫无经验。当你去了一个地方，那里的人无时不刻都在脑子里打仗，你很难和他们建立联系。

"如果你中弹了，"一位军医告诉我，"我们可以在二十分钟内用直升机把你送到营地医院。"

"如果你真的受到重创，"一位医护兵说，"他们会在十二小时内把你送到日本。"

"如果你死了，"坟墓登记处的技术军士保证，"我们会在一周内送你回国。"

我在那里戴的第一个头盔上写着"时间站在我这边"。在它下面，用更小的字母写着"不骗你，美国大兵"，这读起来更像是低声的祈祷而不是断言。一名"支奴干"直升机上的机尾机枪手在我到达昆嵩机场的头天早晨，也就是达多战役结束几个小时后，把它扔给了我。他透过旋翼风对我大喊："你留着吧，我们还有很多。祝你好运！"然后就离开了。我很高兴有了一个头盔，以至于我都没有停下来想想它是从哪来的。头盔里面的吸汗带又黑又油，现在，它比曾经佩戴它的人更有活力。十分钟后，我偷偷把它放在地上，然后羞愧地溜走了，生怕有人在背后喊："嘿，蠢货，你忘了东西……"

那天早晨，当我想出去时，他们让我顺着上校、少校、上尉和中士往下找。中士看了我一眼，叫我新兵，让我先找顶头盔再去找死。我没意识到发生了什么，我太紧张了，莫名笑了起来。我告诉他我不会有事的。他轻拍我的肩膀，威胁地说："你知道，这里不是在拍电影。"我又笑了，说我知道，但他清楚我不知道。

第一天，如果知道会遇见那样的情景，我一定会搭下一班飞机离开，永远离开。那种感觉就像穿过一群中风患者。在寒冷的雨天机场上，上千名士兵在经历了太多我永远不会真正明白的事情后，站在那里——"你们决不会明白"——布满泥土、鲜血，衣衫褴褛，眼里满是无用的恐惧。刚才我还在为错过迄今为止最大的一场战役而心生遗憾，但其实它就在我身边，而我却一无所知。我不能看任何人超过一秒钟，我也不想被发现我在听他们的对话——哦，一些战地记者——我不知道该说或做些什么，我已经开始厌恶这种感觉了。当雨停下，他们脱下雨披，我闻到一股令人作呕的气味：腐臭、污水坑、臭皮革、被挖开的坟墓、焚烧的垃圾，你可能会说喷点"老香料"*，但那只会让情况更糟。我急切地想找个地方坐下来一个人抽烟，找张面具遮住我的脸，就像我拿雨披遮住我崭新的迷彩服一样。我只穿过它一次，我昨天早上在西贡黑市上买了它，回到酒店对着镜子穿好，做着我再也不会做的表情动作，当时我喜欢那种感觉。现在，我旁边有个大兵，正躺在地上睡觉，拿雨披遮住脑袋，怀抱着收音机，我听到山姆和法老乐队**唱着："小红帽，我不认为大女孩应该一个人在这阴森的老树林里游荡……"

　　我转身想走另外的路，有个人站在我前面。他并不是真想挡着我，但他一动不动，身体微微颤抖，眨了眨眼睛。他看着我，但视线径直穿了过去，从来没人这样看过我。一颗巨大的汗滴顺着我的后背中央往下滑，像是有蜘蛛在爬，约莫爬了一小时之久。那人点燃一根香烟，然后开始流口水，烟也掉了，我很难相信自己看到的。他抽出根新烟，又试了一次。我帮他点火，他的双眼在我身上聚焦了一个瞬间，表示感谢。但他吸了几口之后，烟又掉了。他任由它掉到地上，说："在那里我一星期都不能吐痰，现在我根本停不下来了。"

---

　　* "老香料"，美国宝洁公司旗下的沐浴露、须后水和止汗露品牌。

　　** 山姆和法老，一支活跃于20世纪60年代的得克萨斯-墨西哥摇滚乐队。下文出自该乐队《小红帽》（Lil'Red Riding Hood）的歌词。

★

当第 173 空降旅为达多战役的死者举行葬礼时，他们的靴子被摆成队列。这是一个古老的伞兵传统，但知道这些并不会减少它的阴森感。一个连队的跳伞靴空荡荡地放在尘土中接受祝福，然而真正的"仪式"是他们的尸体被装袋、贴上标签，然后通过他们所说的"阵亡旅行社"运回家。那天有许多人将靴子视作肃穆的象征，虔诚祈祷，另一些人站在那里，勉强投以尊敬的注视，还有些人在拍照，也有人认为这只是一堆无聊的事物，他们看到的只是一套套备用装备，如果其中一些靴子再次被人穿上，他们就不会四处寻找圣灵了。

从 1967 年 11 月初到感恩节，达多战役的战斗指挥一直缺乏焦点，在前线根据地和机场之间，东北—西南方向的山丘被撕开一条三十英里的缺口，火力不断升级，此地日渐出名，战争也变得更加残酷失控。在 10 月，达多的小型特种部队混合使用迫击炮和火箭弹攻击，然后巡逻队出动，巡逻队遭遇冲突，各连队分散进到山里，和敌人展开了一系列小型、孤立的交火，这在后来被描述为一种战略。接着，几个营被卷入其中，然后是几个师，再是几个增援师。不管怎样，我们肯定有一个加强师在那里，第 4 加强师。我们说对面肯定也投入了一个师。尽管很多人相信几个轻装团就可以在山上和山下作战，就像北越军队在过去三个星期所做的那样，然后，我们只需声称我们攻上了 1338 高地，攻上了 943 高地，攻上了 875 高地和 876 高地。大多数负面消息都没有被提及，可能也没有必要。然而，到最后战斗也不是真正结束了，而是突然消失了。北越人收拾好他们的装备和大部分尸体，在夜间突然消失，留下一些尸体供我们的部队踢踹和计数。

"这场战斗就像和日本人打仗一样。"一名年轻士兵说。这是自两年前德浪河谷战役以来，越南战场上最激烈的一次战役，也是德浪河谷之后，仅有的几次因地面火力太强而导致救伤直升机无法着陆的情况。伤员被困几个小时，甚至几天。许多本可以获救的人死了。补给也运不进去，早期对弹药耗尽的担忧变成恐慌，最后变成现实。最糟糕的情况是，一个空降营进攻875高地，突然被敌人从身后伏击，之前的报告从没提过那里有北越部队，三个连队被困在那里，遭受敌人的火力扫射，长达两天。后来，有记者问一位幸存者发生了什么。"你认为发生了什么？我们被射成了碎片。"记者记下了这两句话。空降兵补充说："改成'小碎片'。当我们从那里撤退时，还在摇晃着树，寻找士兵的身份识别牌。"

即使在北越部队撤退后，物流和运输仍然是一个问题。一场大型战役必须被一点、一点，一个人、一个人地拆解。如今，每天都下着大雨，达多的小路无法承载军事车辆，大量部队不得不停在昆嵩的大路上。有的甚至停在南边五十英里处的波来古，来分流、运回大约两个兵团的部队。生者、伤员和死者一起挤在"支奴干"直升机里飞来飞去，他们毫不在乎地越过堆在过道的半裸身体，走到座位上，或者彼此开玩笑说，他们看起来有多么滑稽，这些死去的混蛋们。

在昆嵩的机场跑道，他们松散地坐着，成百上千的人按单位排列，等待再次被飞机接走。除了一个用沙袋堆成的作战室和一个医疗帐篷外，任何地方都不能避雨。一些人用雨披搭出个几乎没有用的"帐篷"，许多人就在雨中，戴着头盔或枕在行李上睡觉，大多数人只是坐着或站着等待。他们的脸深深地埋在雨披的帽子里，翻着白眼，沉默不语。走在他们中间，你感觉就像被成百上千个孤立的洞穴监视着。大约每隔二十分钟，就会有一架直升机降落，有人出来（或被抬出来），有人上去。直升机沿着跑道飞走，一些会飞向波来古和医院，另一些会回到达多地区，参加那里的扫荡行动。"支奴干"直升机的旋翼在雨中不停旋转，溅射的水花能覆盖五十码地。只要知道那些直升机上装了什么，你就会觉得这些水雾有股难闻的味道，又浓又咸。你不会想让它在你的脸上晾干。

跑道后方，一名肥胖的中年男子在对那些随意撒尿的士兵大吼。他从头盔前扯下雨披，露出上尉军衔，但甚至没有人转过头来看他。他在雨披下摸索，拿出一把.45口径的手枪，对着大雨开了一枪。手枪发出一声空荡荡的砰响，好像闷在潮湿的沙子里一样。他们尿完，扣好扣子，笑着走开了，留下上尉一个人在雨中下令清理污秽，包括数以千计的空的、吃了一半的口粮罐，湿软的、揉成一团的《星条旗报》，以及一把刚刚被人留在那里的M-16步枪。更糟糕的是，即使在冷雨中，它也散发着一股臭味，像是对上尉的无心嘲讽，不过如果大雨继续，它也许会在一两个小时内被"清理"干净。

地面行动已经结束近二十四小时了，但在这些亲历者心中，当时的情景仍然挥之不去：

"一个死去的朋友很令人难受，但活下来的信念能帮助你恢复精神。"

"我们有一个中尉，老实说，他大概是有史以来最愚蠢的混蛋。

我们叫他'乐意'中尉，他总是说：'兄弟们……兄弟们，我永远不会要求你们做任何我自己不乐意做的事。'他真是个混蛋。当时我们在 1338 高地上，他对我说：'跑到山脊上去，然后向我报告。'我说：'这不可能，长官。'然后他就自己去了，他自己去了，该死的，如果这个混蛋没有被击倒……他说他回来后我们要好好谈谈的，我太抱歉了。"

"这里的一个年轻士兵（不是真的在这里，'这里'只是一种修辞）在我们身后十英尺的地方被炸死了。我向上帝发誓，当我转过身去，我以为我看到了十个不同的人……"

"你们这些家伙听到的都是一派胡言！"一个男人说。他的头盔边上写着"为战争祈祷"，他主要是在和头盔上写着"摇摆迪克"的人说话。"斯库多，除了你那该死的脚趾甲，你什么都搞砸了，别告诉我你不害怕，你不敢这么说，因为我就在那儿，该死的，我很害怕！我每时每刻都在害怕，我和其他任何人都没什么不同！"

"没什么大不了的，胆小鬼，""摇摆迪克"说，"你就是被吓坏了。"

"没错！没错！你说得没错，我被吓坏了！你是我见过的最蠢的混蛋，斯库多！但你还没那么蠢。连海军陆战队的人都没那么蠢，我根本不在乎他们说的那些'海军陆战队从不害怕'的废话。噢，我敢打赌……我打赌，海军陆战队也一样害怕！"

他尝试站起来，但他的腿软了。他快速想抓紧什么，但肌肉痉挛让他失去控制，就像神经系统紊乱了一样，当他倒下的时候，带倒了一堆 M-16 步枪。它们发出尖锐的撞击声，每个人都猛地抽身躲开，彼此看着对方，好像有那么一分钟，他们也不知道是否需要寻找掩体。

"嘿，宝贝，你这是要去哪儿？"一名伞兵说，同时他也在笑，他们都在笑，"为战争祈祷"笑得比他们任何一个人都要厉害，他笑得太狠，以致被空气呛到，发出尖锐的咯咯声。当他再次抬起头时，脸上满是泪水。

"你要继续站在那里吗，混蛋？"他对"摇摆迪克"说，"还是你要帮我站起来？"

"摇摆迪克"伸手握住他的手腕，慢慢把他拉起来，直到他们的脸相隔几英寸。有那么一秒钟，他们看起来就像要接吻似的。

"看起来不错，""为战争祈祷"说，"嗯，斯库多，你看起来像是个好人。你在那里确实一点不害怕，你只是看起来像走了一万英里的烂路。"

他们说的都是真的，有趣的是你会记得哪些事情。比如一个101空降师的黑人伞兵从我身边滑过时说："我是个到过高处的人，现在我很平和了。"接着，他滑走了，滑向我的过去，我希望他也滑向了他的未来，我想知道的不是他这句话背后的意思（这并不难），而是他是从哪里学到这么说话的。在顺化，一个寒冷的日子，我们的吉普车驶入足球场，那里堆积了数百具北越士兵的尸体，我看着他们，但他们并没有像在西贡的一次小型恐怖袭击中死去的狗和鸭子一样，在我脑海里留下深刻印象。有一次我在一片狭小的丛林空地中遇到一名士兵，他独自站在我小便的地方。我们打了招呼，但他似乎对我出现在那里感到紧张。他告诉我，那些家伙厌倦了坐在那里等，让他出来看能不能吸引一点火力。我们彼此看了一眼。我很快就离开了，我不想在他工作的时候打扰他。

这是很久之前的事了，我记得那些感觉，但我可能还有这种感觉。就像那句常见的对恋人的祈祷：你迟早会放手，为什么不现在就做呢？那些记忆的痕迹，那些声音、面孔和故事，就像细丝串连起一段时间，联系是如此紧密，以至于过了这么久，什么都没有改变，什么都没有消失。

"我从父亲那里收到的第一封信，全是写他对我来这里感到多么自豪，以及我们是多么富有责任感，对于——你知道的，该死的，我不知道是对什么……但那真的让我感觉很好。该死的，我父亲以前几乎没跟我说过早安。现在我已经在这里待了八个月，等我回家，我会尽量控制自己不杀死那个混蛋……"

无论你走到哪里，人们都会说："好吧，我希望你能得到一个故事。"事实上你每去一个地方都能得到。

"哦，不算太糟。不过我上次服役期要舒服得多，没有这么多的老鼠。上面的命令会限制我们，你甚至都不能好好工作。该死的，我之前三次巡逻都接到命令，不能在村庄里反击，该死的战争！上次巡逻我们拆了树篱，烧了棚屋，炸了所有的井，杀死了小镇里的每一只鸡、猪和牛。我想说，如果我们不能射杀这些人，我们在这里做什么呢？"

一些记者说有些行动没有故事，但我从来没有遇到过那种情况。即使一次行动还未真正开始，也会出现各种问题。同样是那些记者，他们会问我，跟这些士兵我们到底能聊些什么？除了汽车、足球和酒精，他们从来没有听到士兵们谈论任何别的东西。但其实他们都有一个故事，并被迫在战争中讲述它。

"我们死了很多人，越南人也陷入了恐慌。直升机来救我们，但装不下所有人。越南人尖叫着冲向我们，抓住踏板，抓住我们的腿，导致直升机无法上升。我们打他们，让他们去另外的直升机，但都没有用，最后我们只能开枪射击。可即便如此，他们还是前赴后继地冲上来。哦，那场面太疯狂了。我的意思是，他们可能相信'查理'在射杀他们，但不会相信我们也在这么做……"

这是几年前我在阿肖谷听到的一个故事，一个老故事，却让人感觉很近。这里有的故事很新奇，让讲故事的人都觉得震惊，有的故事又长又复杂，有的故事只需要头盔或墙上的几个词就讲完了，有的几乎不能说是故事，而是一些紧张的声音和手势，但它们比小说更有戏剧性，士兵们急促地讲述着，好像害怕自己不能讲完似的，有时几乎是梦呓，他们完全无意识、随意且直白地说："哦，你知道，那只是一场交火，我们杀了他们一些人，他们杀了我们一些人。"你会一直听到这些，录音带里的他们，既不诚实又口齿不清，有的声音很低，似乎一直在说："干掉他们，干掉他们哈哈哈哈！"但偶尔你也会听到一些很高的声音，比如溪山的医护兵说："不是该死的进来，就是该死的出去。唯一的区别就是有些人死了，但这一点影响没有。"

这种混搭是如此令人惊讶：初出茅庐的圣徒和目的明确的杀人犯，无意识的抒情诗人和刻薄愚钝的混蛋。在我离开的时候，我知道所有的故事从哪里来，以及它们将走向何处，我从来不觉得无聊，甚至从未停止惊讶。显然，他们真正想对你说的是他们有多累、多烦、多感动、多害怕。也许这也是我想说的，但从一开始我的身份就确定了：记者。（在飞往旧金山的飞机上，一个男人说："始终保持客观一定很难。"我说："不可能。"）一年后，我感觉自己被所有的故事、图像和恐惧深深吸引了，甚至死者也开始给我讲故事。你会从一个遥远却又可以抵达的空间听到他们的声音，那里没有想法，没有情感，没有事实，没有适配的语言，只有纯粹的"信息"。不管他们出现了多少次，不管他们是怎么死的，不管我是否认识他们、对他们有什么感觉，他们的故事总在那里，不曾改变，说着："你到我的处境里试试。"

一天下午，我把流鼻血误认是头部受伤，之后我就不用再想如果我受伤会怎样了。我们当时正从西宁市向北，朝越柬边境扫荡，突然，大约三十码外落下一枚迫击炮弹。当时我对这些距离没有概念，即使在越南待了六七个星期，我仍然认为这类信息只是报道里的细节，可以事后再做补充，而不是幸存者必须知道的事。当我们摔倒在地上时，我前面那个年轻士兵的靴子踢到了我的脸。但我没有感觉，它在我的脑袋和地面撞击的震荡中消失了，我只觉得眼睛上方有道伤口很疼。年轻士兵转过身来，立即疯狂地对我说："哦，对不起，该死，对不起，哦兄弟，对不起。"一些又热又臭的金属碎片飞进我的嘴里，我想我尝到了舌尖上嘶嘶作响的脑浆，年轻士兵正在摸他的水壶，他看起来害怕极了，脸色苍白，几乎要哭了，声音颤抖着："该死，我真是个笨蛋，我真是个笨蛋，你会没事的，你真的会没事的。"这给我感觉好像是他差点杀死了我。我什么都没说，但发出了一个到现在我都记得的声音，尖锐的呜咽声中有比我所知的更多的恐惧，就像他们录制的植物被焚烧时的声音，就像一个老妇人最后倒下的声音。我的手在脑袋上摸来摸去，我必须找到伤口。但似乎我的头顶没有流血，额头也没有，眼睛也没有。眼睛！在我快要松一口气的时候，疼痛变得具体起来，我想我的鼻子被炸掉了，或者陷进去了，或者碎成几块。那年轻人还在自顾自地说："哦，兄弟，我真的很抱歉。"

在我们前面二十码的地方，人们跑来跑去，完全失去了理智。有一个人死了（他们后来告诉我，只因为他一直敞着防弹衣往前走，这是一个需要真正记下的细节，千万不要再犯），一个人双手和膝盖上满是可怕的粉色呕吐物，还有一个人离我们很近，靠在一棵树上，背对着炮弹来袭的方向，看着自己腿上所发生的难以置信的事：他的腿在膝盖以下的某处突然扭转，就像一个傻乎乎的稻草人的腿。他看向别处，然后收回目光，每次都会多看几秒钟。然后，有一分钟他好像适应了，微笑着摇头，直到他的脸色变得严肃起来，他昏了过去。

那时，我已经知道我的鼻子还在，也知道到底发生了什么。我的鼻子完好无损，甚至我的眼镜都完好无损。我拿起那名年轻士兵的水壶，浸湿汗巾，擦掉嘴唇和下巴上凝固的血迹。他已经不再道歉了，脸上也没有了怜悯之情。当我把水壶还给他时，他正在笑我。

我从来没有把这个故事告诉任何人，我也再没有回到那支队伍。

三

在西贡，我总是晕头转向才睡，所以总忘记自己的梦，可能也正因如此，我才能在这些昏暗的记忆中尽可能地休息，醒来时，除了昨天或上周的情景外，所有的画面都像被敲打过一样模糊不清，嘴里只剩下噩梦的味道，好像你在睡梦中咀嚼了一筒又脏又旧的硬币。我看过大兵们睡觉，他们的快速眼动就像黑暗中的炮火。我相信我也一样。他们说（我曾问过），他们在前线时也不记得他们的梦，但在休整期或在医院里，他们的梦就接连不断，公开、暴力又清晰，就像那晚我在波来古医院遇到的那个男人。当时是凌晨三点，那声音令人恐惧不安，好像听到一种全新的语言，却莫名听懂了每一个词，声音既大又小，反反复复地说："谁？谁？谁在隔壁房间？"病房那头的桌上有一道模糊的灯影，我和护工坐在这头。我只能看到前面几张病床，那感觉就像还有一千张床藏在黑暗里，但实际上每排只有二十张。那个男人的声音重复几次后，又像退烧了一般，变得像个恳求的小男孩。我看到在病房的另一端燃起一根香烟，传来喃喃自语和呻吟声。伤员们恢复了知觉，恢复了痛苦，而那个做梦的男人，却始终没有醒来……至于我自己的梦，那些我在战场上失去的梦，之后也总是会经历的。我应该明白，有些事情无法避免，只能顺其自然。终有一些夜晚，它们会变得真实，挥之不去。在这一长串夜晚中的第一个，我记得我曾在半夜醒来，不敢相信自己真的去过那些地方。

　　该死的西贡蟑螂，我们拿它毫无办法。在那里我们每天除了抽烟就是躺着，傍晚从潮湿的枕头上醒来，走到窗边俯看首都大街，感觉床在身后空荡荡的；或者干脆躺在床上盯着旋转的吊扇，伸手去拿横在一盘黄色烟叶里的之宝火机，上面还趴着一只肥蟑螂。有好几个早晨，我甚至没起床就这么做了。

高原地区的山地土著们，会用一磅上等的烟叶和我们换一箱沙龙牌香烟。在那里，我和第4师的士兵们一起抽得晕晕乎乎。其中有个人花了几个月的时间制作他的烟斗，雕刻精美，上面画着鲜花和象征和平的符号。还有个声音尖细的小个子男人总咧着嘴笑，很少说话。有一次他从背包里拿出一个很厚的塑料袋给我，里面装满了像是大块干果的东西。我又晕又饿，差点把手伸进去了，但里面是些糟糕的毒品。其他人互相看了看，有人觉得好笑，有人觉得尴尬甚至生气。曾经有人对我说，在越南，耳朵比脑袋好使，到处都是信息。当我把塑料袋还给他时，他还在咧嘴笑着，但他看起来比猴子还要悲伤。

在西贡和岘港，我们一起抽得脑袋发昏，并保持公用烟草池装得满满的。它从不见底，而且和侦察队、海豹突击队、列坎多*的人、绿色贝雷帽**、人人唾弃的破坏狂、凶暴的强奸犯、神枪手、"寡妇制造者"、用假名的人、标准的美国大兵、核心队员、不合群的人和先锋队共存亡。他们仿佛将它刻在了基因里，只消一次就会让他们疯狂，正如他们的想象。就算你觉得自己非常独立，能够保护好自己，能够在战争中行走一百年，那个公用池子仍然可以是你保持平衡的一个因素。

我们都听说在高原上有个人，"正在制作他自己的越南人"，"零件"是他最不愁的事情。在朱莱，一些海军陆战队士兵指给我一个人，并向上帝发誓，他们看到他刺向一个受伤的北越士兵，然后

---

* 1966 年美国驻越军援司令部为培训特种部队而建立的学校。
** 美国特种部队称号。

把枪刺舔得干干净净。这里有个著名的故事，一些记者问一名舱门机枪手："你怎么能射杀妇女和儿童呢？"他回答说："很简单，别瞄得太靠前就行。"然后他们会说你需要点幽默感，你瞧，就连越共也有幽默感。他们在一次伏击中杀死了很多美国人，然后在田野上铺满了一张照片的复制品，上面是一名死去的美国青年，照片背面印着一句话："你的 X 光片刚从实验室出来，我想我们知道问题出在哪儿。"

"我坐在一架'支奴干'直升机里，我对面的那个家伙拿着装满十六发子弹的手枪，笑哈哈地指向我的心脏。我做个手势让他把枪抬起来，他突然大笑，然后对他旁边的人说了些什么，他们也大笑起来……"

"他可能会说：'这个混蛋居然想让我把枪举起来。'"达纳说。

"没错，你知道的……有时我觉得他们中真的有人会这样，噼里啪啦清空弹匣，然后说，啊哈，我杀了个记者！"

"第 7 海军陆战队的一个上校说，如果他的手下为他杀掉一名记者，他会给这人三天的假期许可，"弗林说，"如果杀的是达纳，就是一周了。"

"简直是胡扯，"达纳说，"该死的，他们把我当上帝。"

"没错，"肖恩说，"一点不错，你就是个混蛋，和他们一样。"

达纳·斯通刚从岘港过来拿设备，他又把全部的相机搭进战争里了。它们要么在商店里，要么彻底毁了。弗林昨天晚上刚回来，此前他在第 3 兵团的一支特种部队待了六周，他对那里发生了什么只字不提。他和我们保持距离，坐在空调旁的地板上，背靠着墙，看着汗滴从发际流下。

我们住在大陆酒店的一个房间，房间的主人是哥伦比亚广播公司的摄影师基思·凯。那是在 5 月初，城市周围发生了许多激烈战斗。那是一次大规模的进攻，我的朋友们从前线回来，一周之后再次离开。在路的另一边，大陆酒店附属建筑的格栅门廊里，印度人穿着内衣来回走动，曳步而行，因又一个忙着倒卖货币的日子而疲惫不堪。（他们的清真寺在将军餐厅附近，也被叫作"印度银行"。西贡警方——"白鼠"队——突击搜查时，在里面发现了两百万美金。）街道上卡车、吉普车以及数不清的自行车来来往往，有个一条腿萎缩的小女孩拄着拐杖来回奔跑，售卖香烟，速度比蜻蜓还快。她长着一张像童年空行母*一样的脸，那么美丽，以致那些神情冷峻的人都不忍心看她。她的竞争对手是那些叫卖的街头男孩，"换钱换钱""劲爆照片""极乐香烟"，从大教堂到河边，他们熙熙攘攘，像水流一样穿过首都。在黎利街附近，有一大群记者刚从发布会——标准的"每日怪人集会""五点蠢事""五点的牛仔舞"**、战争故事会——回来。他们在拐角处散开，各自回办公室归档，我们看着他们，彼此都在浪费时间。

一名刚从纽约来的新记者进房间和我们打招呼，然后立刻问了达纳很多问题，很多蠢问题，比如不同迫击炮的杀伤半径，火箭弹的穿透能力，AK 和 M-16 步枪的射程，以及炮弹击中树梢、稻田和

---

* 空行母，一种女性神祇，有大力可于空中飞行，在藏传佛教的密宗中，是代表智慧与慈悲的女神。

** 出自爵士舞曲《五点的牛仔舞》（*Jive at Five*）。

坚硬地面时的情况。他年近四十，穿着西贡裁缝正借此发财的那种"地狱丛林"休闲装，浑身都是挂带、插槽和储物口袋，可以装下一个班的补给。达纳回答一个问题，他就会再问两个问题。这不难理解，因为他从来没去过战场，而达纳几乎没离开过。他们只能口头交流，一个知道的人和一个什么都不知道的人。新人总是带着一些基础问题进来，精力充沛又求知若渴。有人替你实践了这些事，如果你能站在亲历者的角度回答一些问题，哪怕只是说它难以回答，那也是一种祝福。但这个新人似乎还有别的问题，他们一边走一边歇斯底里起来。

"这难道不令人兴奋吗？哥们，我敢打赌它一定让人很兴奋。"

"啊，你不会相信它的。"达纳说。

这时蒂姆·佩奇走进来。他一整天都在 Y 桥上拍摄战斗照片，眼睛中了一些 CS 催泪毒气。他揉着眼睛，一边流泪一边发牢骚。

"噢，你是英国人，"新来的记者说，"我刚到这儿，什么是 CS？"

"一种瓦斯，瓦斯，瓦斯，"佩奇说，"噶……啊啊！"他的指尖轻轻顺着脸部划下，但指甲还是在脸上留下了红印。"'盲人莱蒙'·佩奇*。"弗林笑着说。佩奇没有询问任何人，就取下唱盘上正播着的唱片，换上吉米·亨德里克斯**的：一段又长又紧张的电吉他音让他颤抖不已，就像疯狂的电流从地毯窜起，穿过脊椎，直奔他混乱大脑中原始的愉悦中心，他随着音乐摇头，头发晃动："你可曾经历过？"

———————————

＊ "盲人莱蒙"指盲人莱蒙·杰斐逊(1893—1929)，美国福音音乐和蓝调音乐艺术家。

＊＊ 吉米·亨德里克斯(1942—1970)，美国著名吉他手、歌手。下文"你可曾经历过"，出自他的《你可曾经历过》（*Are You Experienced*）的歌词。

"如果一个人的睾丸被击中了会怎样？"新来的记者问，这好像是他一直想问的问题。在那个房间里，这可以说是一个很没品位的问题，周围是可感的尴尬，弗林移动他的眼睛，好像在追随一只看不见的蝴蝶，佩奇嗤之以鼻，甚至有些生气，但他也被逗乐了。达纳只是坐在那里，看着静止的光线说："哦，我不知道，可能只是有点黏糊糊的。"

我们都笑了，除了达纳，因为他真的看到过，他确实是在回答那个新人的问题。我没听到新人接下来又问了什么，但达纳阻止了他，并说："我能告诉你的，唯一可能对你有帮助的事，就是回到你的房间练习一下卧倒。"

美丽只在曾经，而且只有一次。那时黎明刚过，我们乘坐"泥鳅"*飞向市中心，从八百英尺高空的漂浮气泡往下望，你会看到四十年前的景象，这里是"东方巴黎"，东方的"明珠"，空旷漫长的大道两旁，树木一路延伸到宽阔的公园，一切都像经过精准的测量一样，而这些都笼罩在上百万缕清晨炊烟之中，樟脑烟雾升起然后扩散，暖暖地盖住西贡和波光粼粼的河流，仿佛回到了过去的美好时光。但这只是个幻影，这就是直升机的特点，如果你某时某刻，在这些街道上发现一颗珍珠，你必须赶紧收好它。

到了七点半，自行车就多了起来，街上的氛围就像是小型的洛杉矶。战争背景下微妙的城市小"战争"又开始了，真正的暴力事件其实没那么多，但成千上万的越南人都在为一个五年都站不稳脚

---

* 美军 OH-6 侦察直升机的绰号。

跟的"金字塔"服务，于是他们疯狂地抢夺各种物资。临时部署到这里的美国乡下青年，对这些越南人又恨又怕，成千上万坐在办公室里的美国人发出同一种怒骂："这些越南人什么都干不了，这些越南人什么都干不了！"但其他人，包括越南人和我们的人根本懒得管，这让那些家伙很生气。那年 12 月，南越*政府劳工部宣布难民问题已得到解决，"所有难民都(已经)被经济体吸纳"，但大多数情况是，他们似乎自己将自己"吸纳"进这座城市最危险的角落、小巷、泥坑，以及停放的汽车下面。装冰箱和空调的纸箱最多可以装下十个小孩，大多数美国人和许多越南人穿过街道时，都会避开那些养活许多家庭的垃圾堆。这是在越南春节前的几个月，路上的难民就像洪水一样。我听说南越政府劳工部为每个难民配备了九个美国顾问。

在布罗达兹、拉帕戈德和街角的披萨店里，"牛仔"和越南"学生"们整天闲逛，为了讨好美国人以及偷桌上的小费，大声争论些晦涩难懂的东西，读七星文库版的普鲁斯特、马尔罗和加缪。他们中有一个和我谈过几次，但我们并不能真正沟通。我所理解的只有他痴迷于将罗马和华盛顿相提并论，而且他似乎认为爱伦·坡是一位法国作家。傍晚时分，"牛仔"们会离开咖啡馆和奶吧，然后在蓝山广场上骑车飞驰，接上他们的"盟军"。他们能轻易地从你手腕上扯下劳力士，就像老鹰抓田鼠一样，或者钱包、钢笔、相机、眼镜，什么都可以。如果战争继续下去，他们可能会有办法把你脚上的靴子踢掉。他们几乎不会离开坐垫，也从不回头。有一次一个第 1 师的士兵正在拍他的朋友和几个酒吧女郎在越南国民议会前的合影，他刚对

---

* 南越，即越南共和国的通称。越南共和国于 1955 年经公投成立，1975 年为北越和越共所消灭。

准了镜头，还没来得及按下快门，相机已经离他有一个街区远了。他站在摩托车的尾气中，喉咙上出现一道鲜红的印痕，相机带被扯断了，他脸上露出了无助的惊叹："好吧，真是见鬼了！"然后一个小男孩跑过广场，举着块硬纸板撞到士兵的衬衫前襟，然后和他的"纸板同伙"一起在拐角跑走了。"白鼠"们站在一旁咯咯地笑，我们很多人从大陆酒店的露台上看着这一切，桌子上传来一阵喘息。过了一会儿，那个士兵上来要了一杯啤酒，说："我要回战场上去了，兄弟们，我真受够西贡了。"这里有许多平民身份的工程师，你会在餐馆里看到他们互扔食物，其中一个胖乎乎的老头说："如果你抓到他们中的一个，就折磨他们，狠狠地折磨，他们害怕这个。"

在西贡，五点到七点是昏沉的低谷时间，城市的活力从黄昏开始逐渐减弱，直到天黑，活动被恐惧替代。说到底，西贡的夜晚也是越南的夜晚，而夜晚是战争最重要的媒介。夜间的村庄会变得很有趣，可惜电视摄制组不能在夜间拍摄。"凤凰"*是一种夜间活动的鸟，一直在西贡飞进飞出。

也许你必须是病态的，必须能忍受匮乏，才能发现西贡的魅力。对我而言，危险激活了西贡的魅力。日夜恐怖的日子在西贡结束了，但每个人都觉得它随时可能回来，就像1963年到1965年，他们在平安夜袭击了旧的布林克斯单身军官宿舍；他们炸毁了美景水上餐厅，然后等它转移到河流的其他地方重建时，他们再次炸毁了它；他们轰炸了第一个美国大使馆，这彻底改变了这场战争。在

---

* 越战时期，美国中央情报局在越南开展了"凤凰"计划，执行计划的特工们也被称为"凤凰"特工。

西贡的华埠地区有四个著名的、令人害怕的越共工兵营，他们可以说是游击队里的"超级明星"，他们不需要做任何事就能散播恐惧。空着的救护车一直停在新的大使馆前面，警卫用镜子和"设备"检查所有进出的车辆底部，军官宿舍门口布满了沙袋、铁丝网并设置了检查站，我们的窗户也被装上了加厚护栏，但越共还是时不时闯进来，恐怖随机降临却真实存在。即便是在科西嘉黑手党和越共建立的所谓的"无恐袭"安全区，也同样让人惴惴不安。春节前的西贡会发生什么，没有人能预料。

那些夜里，有个危险的虎妞在街上骑着一辆本田摩托，用一把.45口径的手枪，射杀美国军官。我想那三个月她杀了有十几个人，西贡的报纸说她很"漂亮"，我不知道为什么有人知道她漂不漂亮。一位西贡宪兵营的指挥官说，他认为那是一个穿着奥黛*的男人，因为.45口径的手枪"对小个头的越南女人来说太可怕了"。

在距离西贡市中心数百英里的灌木丛中，每一次行动都会通过一根绷得很紧的"业力"弦传到市区，如果在清晨碰到它，它就会整日整夜地响。内地从来没有发生过这么可怕的事，它甚至超出了语言和媒介的范畴。将那些沉重的数字输入电脑里后，它们会在你眼前跳舞。你所见到的人，要么保持着一种任何暴力都无法击倒的乐观，要么愤世嫉俗，每天都把自己掏空，然后变得"饥肠辘辘"、恶毒不堪，无论是碰到友善还是敌意，都会狠狠咬上一口。这些人称死去的越南人为"信徒"，称失踪的美国排是一个"丑闻"，在他们的谈话间，好像杀掉一个人就只是使他失去了活力。

---

* 越南的国服，由上衣和裤子组成，上衣的上半段似中国旗袍，下半段分前后两片裙摆，里面配一条长达腰际的阔脚长裤。

战争中最小的矛盾似乎是，要想消除糟糕的作为美国人的羞耻感，你必须远离西贡准点的"肥皂剧"和上百个说他们没杀过任何人、一直在做好事的司令部，而去丛林里找那些谈论血腥谋杀，并一直杀人的肮脏家伙们。没错，士兵们从敌人身上脱下腰带，抢走背包和武器。西贡的"市场"很复杂，普通商品和战利品混杂在一起，比如劳力士、相机、产自中国台湾的蛇皮鞋、越南裸女的枪喷画像，以及摆在桌上的巨大木雕，对走进这间办公室的人竖着中指。在西贡，他们告诉了你什么从来都不重要，更不用说他们到底相信什么了。地图，图表，数字，推断，幻想，地名，行动名，指挥官名，武器名，记忆，猜测，二次猜测，经验（新的、旧的、真实的、想象的、偷来的），历史，态度——你可以不考虑这些，完全不考虑。如果你在西贡想得到点战争新闻，必须通过朋友从野地里带来的故事，通过西贡人迷茫又警惕的眼睛，或者像垃圾工一样阅读人行道上的裂痕。

　　坐在西贡就像坐在一朵毒花的层层花瓣里，它带毒的历史太久了，可以说是根深蒂固，怎么探也探不到头。西贡是唯一一个能看到"连续性"的地方，像我这样的旁观者也能轻易看出，顺化和岘港就像古老的封闭社会，沉默又棘手。村庄，即使很大的村庄也都是脆弱的，可能一个下午它就"消失"了，要么在寒冷和死亡中被炸毁，要么回到"查理"手中。但西贡一直都在，作为仓库和舞台，它呼吸着"历史"，又将其排出，一如排出毒素和腐败。就像铺在地面上的沼泽，闷热的风从来带不走任何东西，柴油、霉菌、垃圾、粪便、空气，都像被上了一层厚厚的热封。走过五个街区你就筋疲力尽了，回到酒店时，你会感觉脑袋就像一个橙子巧克力，在正确的位置敲击就会裂开。西贡，1967年11月："动物们因爱而生病。"* 历史不太有机会无知无觉地继续了。

有时你会被陷在自己的足迹里，没有方向，也看不到其他任何东西，心想："我到底在哪儿？"然后仿佛坠入非自然的"东西交界"中，加州走廊被切割、买下，深深烙进亚洲的土地。一旦我们做完，就忘了原因。毫无疑问，这是意识形态的问题，我们是为了给他们带去选择，就像谢尔曼通过佐治亚州给南方带去"禧年"** 那样，一路扫荡，剩下连片的焦土和"安定"的土著。（越南的锯木厂，每五分钟就得换一次锯片，我们的一些木制品也在那里被锯碎加工。）越南汇聚了如此密集的美国能量，而且基本都是年轻的能量，如果这些能量被引导去做其他事，而不是用来制造噪音、徒劳和痛苦，它能够照亮中南半岛一千年。

代表团和行动：军事手段和民事手段，它们之间的冲突，有时比它们和越共的冲突更激烈。枪、刀、铅笔、脑袋与肚皮、心灵与智慧、飞行器、窥探、信息，各种手段层出不穷，就像塑胶人*** 变化无穷的手臂。战争的底层是摆臭脸的大兵，顶端则是"三位一

---

* 出自拉尔夫·沃尔多·爱默生（Ralph Waldo Emerson）的诗歌《灰背隼其二》（*Merlin II*）。

** 威廉·特库赛·谢尔曼（1820—1891），美国南北战争中联邦军（北军）著名将领，通过佐治亚州时实施了焦土政策，目标建筑物中的家具、锅炉、机械都会被彻底摧毁。谢尔曼留有"名言"：只有死掉的印第安人才是好印第安人。根据《圣经》，"禧年"每五十年一次，这一年，所有奴仆得可得释放，土地也归本主，故又称"自由之年""救赎之年"。

*** 塑胶人，美国DC漫画旗下超级英雄，具有使身体能随意伸缩的超能力。

体"的司令部：一位蓝眼睛、满脸英雄气概的将军，一位应对紧急情况的年迈大使，以及一位矍铄无情的中情局"演员"。（"喷灯"罗伯特·科默，COORDS* 的负责人，玩着"他者的战争"的文字游戏，将"安定"视作战争的同义词。如果威廉·布莱克** 向他"汇报"，说自己在树上看到了天使，他会试着让布莱克放弃幻想。如果不能，他就会下令让叶子落下。）两者之间就是越战和越南人，以及不总是无辜的旁观者，可能我们遇到对方并不是偶然。如果奶蛇能杀人，你可以将代表团和它使用的手段，比作一个巨大的交织在一起的幼年奶蛇球。大多数人都是那么无知，又是那么自觉。但还有很多人，总能从中获得一些满足。他们相信上帝会为此感谢他们。

关于无知，对于驻扎在西贡或其他大型基地的非战斗人员来说，这场战争并不比他们在电视上看到的，关于伦纳德·伍德和安德鲁斯*** 的节目更真实。感觉和想象的普遍缺失，混合着类似惩罚的无聊、难以忍受的疏离感，以及一种可怕的、持续的焦虑，担忧有一天——任何一天都有可能——情况会比现在更糟。在这恐惧背后，是对那些上战场杀过敌人的士兵半隐藏、半自夸的嫉妒；是一万个躲在桌子后面偷偷摸摸的嗜血者；是充满耸人听闻的战争漫画

---

* 原文如此，疑应为 CORDS，全称"民事行动与革命性发展支持"，是美国"安定"计划的具体执行机构，由民间人士和军事人员构成。罗伯特·科默（1922—2000）在 1967 年担任 CORDS 的第一任负责人，因管理风格粗暴而获得外号"喷灯"。

** 威廉·布莱克（1757—1827），英国浪漫主义诗人。

*** 伦纳德·伍德（1860—1927），曾任美国陆军参谋长，美国驻菲律宾总督。弗兰克·麦克斯韦·安德鲁斯（1884—1943），美国空军开创元勋之一。

式冒险的幻想生活；是每天晨报、请购单、支付凭证以及整个系统的医疗档案、资料和布道册上的一片涂鸦贴纸。

在三角洲祈祷，在高地祈祷，在对着非军事区"边界"的海军陆战队掩体里祈祷，每个祈祷背后都有一个和它"相反"的祈祷，很难说哪个占了上风。在大叻，皇帝的母亲把稻米撒在头发上，这样鸟儿就可以在她晨祷时围绕着她进食。在西贡实木装饰并配有空调的小教堂里，驻越军援司令部的随军牧师，会向甜美、强壮的耶稣"发射"祈祷，祝福弹药库、105毫米榴弹炮，以及军官俱乐部。历史上武装最精良的巡逻部队会在礼拜后出动，用烟雾喂饱那些人，而那些僧侣可能会在角落任由自己焚烧成神圣的灰烬。在小巷深处，你能够听到轻微的寺庙钟声在呼唤和平；在最浓重的亚洲街头恶臭里，你能嗅出一丝焚香的气息；你会看到一群群南越军人和他们的家人围在燃烧的祈祷纸条旁，等待运输。军队电台每隔几个小时就会播放布道，有一次，我听到第9师的一位牧师说："主啊，请帮助我们学会如何在这危险的时代，更好地与您一起生活，这样我们就能更好地为您服务，同您的敌人战斗……"圣战，西方人的"吉哈德"，就像两位神祇间的对峙，一位会在我们想把浣熊皮钉在墙上*时，帮我们拿住它；另一位则会旁观十代人血流成河，如果时代之轮需要滚动那么久的话。

时代之轮仍在滚动。虽然最后的交火还在继续，最后的伤亡还

---

* "钉在墙上的浣熊皮"在英语中意为"胜利的象征"。1967年，美国时任总统林登·约翰逊前往越南时对士兵们说："把那张浣熊皮钉在墙上。"

在统计，但司令部已经将达多战役列入我们的"胜利名单"，这一条件反射式的行为得到了西贡记者团的支持，而前线隔着数米或数英寸记录这场战役的记者却没有支持，没有一次，没有一分钟。这最近一次的媒体背叛给已然腐烂的混合物又添加了几分苦涩，第4师的指挥官大声质疑：在这件事上，到底是不是我们所有人都是美国人。这句话言犹在耳。我说，我认为我们是。我们当然是。

"……哇，我喜欢他们在电影里说的话：'好的，吉姆，你想把它放在哪儿？'"

"没错，确实很赞。我一点都不想要！该死的……你想把它放在哪儿？"

虚构疗慰现实的瞬间，在《要塞风云》中，亨利·方达*饰演的新任上校对"老手"约翰·韦恩说："当我们靠近要塞时，看到了一些阿帕奇人**。"约翰·韦恩说："长官，如果你看到了他们，他们就不是阿帕奇人。"但上校对此坚信不疑，他像疯子一样勇敢，却不是很聪明，一位出身西点军校的"贵族"，被派往亚利桑那的某个鬼地方，他的职业生涯和个人骄傲都受到了伤害，唯一的小安慰是：他是个战争专家，而这里有战争，我们唯一的战争。所以他忽略了约翰·韦恩的情报，然后他和他一半的部队都被消灭了。与其说这是一部战争电影，不如说它是西方和越南关系的隐喻。可越战不是电影，不是牛仔舞卡通片，里面的人物可以被打来打去，触电，从高处掉下来，被压扁，被烧黑，像盘子一样碎掉，然后一次

---

* 亨利·方达(1905—1982)，美国著名演员，代表作有《愤怒的葡萄》《战争与和平》《十二怒汉》等。

** 北美西南部的印第安人。

又一次完好无损地回来，就像有人在另一部战争电影中说的那样，"没有人死"。

1967 年 12 月的第一周，我打开收音机，在驻越美军广播网上听到这样的话："国防部今天宣布，与朝鲜战争相比，越南战争将是一场经济战，它的持续时间不会超过朝鲜战争，这意味着它将不得不在 1968 年的某个时候结束。"

那年秋天，当威斯特摩兰*回到美国，担保"已看到隧道尽头的曙光"，请求再增派二十五万人时，越南有很多人都在打听好消息，有部队越过了军事分界线，然后他们也说看到了曙光。（在西宁市外围，有个士兵的任务使他必须"待在这该死的"隧道里，朝敌人扫射、投掷手榴弹和催泪弹，然后再爬进去，把他们拖出来，不论死活，当他听到这句话时几乎笑了，说："那个蠢货对隧道了解多少？"）

几个月前，曾有高层试着传播圣诞节回家的谣言，但没有成功，因为士兵们都清楚，"这根本不可能"。如果有指挥官对你说，他已经很好地控制住了局势，那么他的语气一定像安抚一个悲观主义者那样。大多数人会说他们已经顺利完成任务，或者战斗已经接近尾声。"他们完蛋了，'查理'完蛋了，我们把他们射爆了。"有人向我保证，在西贡的发布会上这会被重组为"在我们看来，越共不再有能力发动、实施或继续一场猛烈的进攻"。听完，我身后的记者——即便他来自《纽约时报》——笑着说："继续，上校。"但是

---

* 威廉·C.威斯特摩兰（1914—2005），美国陆军四星上将，1964—1968 年越南战争前期的美军驻越南总司令。

在野外，士兵们除了自己在森林内外收集的信息外，什么信息都没有，他们环顾四周，就像有人在看着他们，然后说："我不知道'查理'在做什么，狡猾，这群混蛋实在太狡猾了，只能不断观察！"

上个夏天，数千名海军陆战队员在北部第1兵团，参加了多师联合扫荡，"占领非军事区"，他们从来没有公开这么说过，几乎没有人能想到他们会这么做。这主要是一次由上千个行动组成的入侵，巡逻队员们背着六个水壶，在盛夏旱季跋涉数英里，要么无交火返回，要么被伏击，被迅猛的迫击火箭炮轰炸，这些装备中的一些来自其他海军陆战队。到了9月份，他们在"牵制"康天，于北越军的炮袭中坐以待毙。而第2兵团在老挝边境附近，一个月来的无规律交火演变成了围绕达多的大规模战争。西贡外的第3兵团是最令人疑惑的，在他们某个月底的状况报告中，他们称越共在西宁、禄宁、蒲沓进行了"一系列随意为之、毫无野心的地面攻击"。但一些记者认为这些边境的小冲突是敌人有意在控制规模，而不是随意为之，他们很有章法并且协调得很好，就像在为一场重大攻势做预演。第4兵团一如既往地孤立在情况不明朗的三角洲地区，真正的游击队在那里，背叛就像子弹一样越来越多。熟悉特种部队的人听说那里的A营从内部分崩离析，还有雇佣兵兵变和双重间谍的消息，只有少许人还在战斗。

那年秋天，代表团谈论的只有控制：武装控制、信息控制、资源控制、政治心理控制、人口控制，控制近乎超自然的通货膨胀，通过"外围战略"控制地形。但当讲话结束之后，只有你对这些事情到底有多失控的感觉，看起来才是真的。一年又一年，一季又一季，湿季干季更迭，我们很快就用光了选择，比耗尽机枪的子弹更快，无论我们怎么说它是正确的、正义的、可行的，甚至几乎赢了，它仍然以自己的方式运行着。当所有意图、战略都在实施中扭曲、背叛，而你追踪到队伍的血迹时，一声"对不起"是不够的。没有比在战争中出问题更尴尬的事了。

关于它是从什么时候开始的，你找不到两个持相同看法的人。你怎么能说它是从什么时候开始的呢？代表团喜欢以 1954 年作为参考日期，如果你追溯到第二次世界大战和日占时期，那你可能是一个有历史洞见的人。而"现实主义者"则说，对我们而言，这场战争始于 1961 年，官方的公开说法是它始于 1965 年《东京湾决议案》*发布之后，就好像之前所有的杀戮都不是真正的战争一样。无论如何，你很难用一个"标准"方法来确定灾难的日期；我们只能说越南是"血泪之路"**的延伸，一个转折点，当"血泪之路"碰到它时就会返回，形成一条遏制的弧线。只能将责任推到最早的美国人身上，他们发现新英格兰的树林太原始、太空旷，无法让他们安宁，于是用他们自己"进口"的魔鬼填满了它。也许当奥尔登·派尔***被冲到达高的桥下时，我们在中南半岛的故事就该结束了，

---

* 1964 年 8 月 4 日，美国总统林登·约翰逊收到"未经证实的"报告，称北越人向两艘在东京湾正常巡视的美国驱逐舰开枪。次日，国会通过《东京湾决议案》（Gulf of Tonkin Resolution），总统可采取"一切必要措施"击退对美国武装力量的任何武力进攻。

** "血泪之路"，指 1830—1850 年间，美国政府对美洲原住民实施的种族清洗和强制转移。

*** 奥尔登·派尔，格雷厄姆·格林小说《安静的美国人》中的人物，身份为美国援助组织成员。该小说后被改编为同名电影。

他的肺里全是泥土；也许它应该和奠边府 * 法军一起屈服。不过，第一次发生在一部小说里，第二次虽然发生在现实里，但却发生在法国人身上。格雷厄姆·格林虚构了一个故事，可华盛顿方面给出的实质内容也没有更多。直白的历史，自动修改的历史，没有抓手的历史，所有的书籍、文章和政府报告，所有的谈话和长达数英里的胶片，但有些问题仍然没有被回答，甚至没有被提起。我们有很多背景信息，但在战场上，那些信息并不能拯救一条生命。"历史"传导出太多能量，把气氛烘托得过于热烈，将事实深埋其下。交火中的人物成了一段秘史，没有多少人愿意去那里挖掘它。

1963 年的一天，亨利·卡博特·洛奇**和一群记者在西贡动物园散步，一只老虎隔着笼子的栅栏朝他撒尿。洛奇开了一个玩笑，大概是说："谁身上有老虎尿，来年就一定会成功。"可能没有比解读错预兆更令人无法发笑的事了。

有些人认为 1963 年是很久以前的事了，那时一个美国人死在丛林里都是一件大事，一件令人毛骨悚然的新鲜事。那时这还是一场令人惊悚的战争游戏，一场冒险；不是真正的士兵，甚至都不是顾问，而是非正规军，在遥远的地方战斗，几乎没有直接的权力干预，他们有比大多数人所了解的更大的自由，来实现他们的战争幻想。几年后，那个时代的遗留者们会说，他们给越南带去了戈登、

---

* 奠边府，越南西北部重镇。1954 年的奠边府战役在越南抗法战争中具有重要意义。

** 小亨利·卡伯特·洛奇(1902—1985)，美国政治人物，曾担任十三年的联邦参议员和美国驻联合国代表，1960 年共和党副总统候选人，曾任美国驻南越大使，在美国卷入越南战争中扮演重要角色。

伯顿和劳伦斯这样的名字，那些年纪比较大的疯狂冒险家们从帐篷、平房里冲出来，和当地的原住民使劲"摩擦"，在"性与死"中燃烧，丧失理智。曾经有毕业于常春藤联盟的特工来到这里，他们会开着吉普车和破旧的雪铁龙到处乱逛，把瑞典 K 冲锋枪放在膝盖上，买中国制造的衬衫、凉鞋和雨伞，在越柬边境野餐。还有一些民族学出身的特工，他们头脑狂热，并把这种狂热强加给当地人，他们也模仿当地人，穿着黑色睡衣蹲着，用越南语喋喋不休。曾经有一个人拥有整个隆安省，他是芽庄公爵，还有其他成百上千的人，在一个或数个小村庄里拥有绝对权力，他们一直在指挥作战，直到风向改变，最后"战争"落到了他们自己头上。那里流传着一些特工"传说"，比如卢·科奈恩、"黑人路易吉"，（据说）他们游走于越共、南越政府、美国代表团和科西嘉黑手党之间；爱德华·兰斯代尔*——1967 年他还在越南——在他已成为西贡地标的别墅里，亲自为崇拜他的第二代特工们倒茶和威士忌，即使那时他的"电量"已快耗尽。行政特工会出现在简易机场和丛林空地，穿着白色西装和领带，汗流浃背，就像一块融化的奶酪；安全局的特工则坐在大叻和归仁的死驴上，或在某个"重获新生"的村外；空军特工可以带着枪或垃圾，或任何致命武器上飞机；特种部队的特工则疯狂地运用各种技术，以使越共的计划泡汤。

在洛奇第一次来到西贡并征用了今日中情局负责人的别墅时，聪明的人就已经看到了历史的沉重消耗和以齿间战栗计量的时间，

---

* 爱德华·兰斯代尔(1908—1987)，美国空军军官，情报官员，曾服役于美国战略情报局和中央情报局。

而当你知道那幢别墅曾是法国总参二局*的总部时，历史的相遇似乎更甜蜜了。对官方而言，问题的性质已经变了（首先，死太多人了），特工行动的浪漫像骨头上的腐肉一样消失不见。可以肯定的是，随着战争升温，特工们的时代已经结束了。战争仍在继续，但这一次它落入火力狂人手中，并悄无声息地吞噬了整个国家，特工们就此失业了。

他们从未变得和他们想要的一样危险，他们也从不知道自己到底有多么危险。他们的"冒险"变成了我们的战争，一场停滞不前的战争，那么长的时间被糟糕地浪费掉，以致它最后变得如此根深蒂固，就像是个大型"机构"，因为他们从来没有给它提供其他可能。非正规军不是逃走了，就是匆忙变成了正规军。到了1967年，你所能见到的只有特工的残影，在和平世界里生活太久的冒险家们，带着心碎和记忆的割裂，独自走向了"机密的宇宙"。他们可能是20世纪60年代最可悲的受害者，所有承诺给"新边疆"**的优质服务要么没了，要么像梦中模糊的残骸一样零星"幸存"。他们仍然爱着他们已故的总统，那位总统在自己和他们的壮年时被枪杀了。现在留在他们身上的，只有对所有人的不信任、冷若冰霜的眼神，以及一系列关于他们的行话：封锁边疆的人，人口普查的悲痛，黑色行动（作为行话，它很好），革命性发展，武装的宣传。我问一个特工这是什么意思，他只是笑笑。监视，收集，报告，像是一头不停忙活的熊，几乎不说一句话，就像被我们自己人豢养的情

---

* 即法国情报部门。

** "新边疆"是美国总统肯尼迪提出的政治口号，对外推行称霸世界的全球战略。

报局野兽。到了 1967 年末，当他们在越南各地潜行时，北越的春节攻势＊已经蓄势待发了。

四

有时在夜里，所有丛林的声音都会突然停止，不是变弱或逐渐模糊，而是瞬间消失，好像有什么信号突然传递给这些生命：蝙蝠、鸟、蛇、猴子、昆虫，只有在丛林中生活一千年，才能不时收到这种信号。但你并非如此，所以这寂静留你一人去想自己没有听见的到底是什么，然后竭力搜索所有声音，只为寻找那一条信息。我以前在亚马逊和菲律宾的丛林中也听过这种说法，但那些丛林是"安全的"，不可能有成百上千的越共穿梭、埋伏、生活，只为袭击你。一想到这，你就会将突如其来的寂静视作一个空间，在其中填满你认为安静的一切，这甚至会让你接近"神听"。你感觉你听到了不可能的声音：潮湿的树根在呼吸，水果在出汗，狂热的虫子在行走，以及小动物的心跳。

你可以在很长一段时间内保持这种敏感，直到丛林里叽叽喳喳的杂音和尖叫再次出现，或者某个熟悉的声音将你带离它，比如一架直升机在你周围的树冠上方飞来飞去，或是一个人走进你的房间，发出奇怪地令人心安的声音。有一次，我们在"心理战"广播里听到一个非常可怕的声音：婴儿的啼哭。你绝不会想在白天听到它，更不用说晚上了，当声音经过两三层的变形传出时，我们都在原地愣了一会，接下来的宣传语并没有让情绪释放多少，兴奋又紧

＊ 春节攻势，北越于 1968 年 1 月底对南越发起的规模空前的进攻。

张的越南语，就像在用冰锥凿你的耳朵，比如："可爱的宝贝，越南政府的宝贝，不要让这些事发生在你的宝贝身上，一起抵抗越共！"

有时你会累得忘记自己在哪儿，然后用儿时以后从来没有过的方式熟睡。我知道那里有很多人没有从那种睡眠中醒来，有人说他们很幸运（永远不知道是什么袭击了他），有人说他们很倒霉（如果他机灵一点的话），实际情况可能比理论上更糟，每个人的死都会被讨论，这是一种交流和改变局面的方式，而战场上真正的睡眠非常珍贵。（我遇到过一名列坎多突击队员，他会说"我想我要睡一会"，然后就闭上眼睛，无论当时是白天还是黑夜，他坐着还是躺着。一些事情不会影响他的睡眠，但另一些事并非如此，比如帐篷外响亮的收音机或 105 毫米的榴弹炮声不会吵醒他，但五十英尺外灌木丛里的沙沙声会，一台停转的发电机也会。）大多数情况下，你都处于半睡半醒的焦躁状态，你以为自己在睡觉，但实际上你只是在等待。盗汗，意识剧烈地运转，在脑海里飘来飘去；躺在某个地方的行军床上，抬头看着奇怪的天花板；或者透过帐篷垂帘看着战斗区闪闪发光的夜空；或者在蚊帐下打瞌睡，醒来时浑身都是湿腻的汗水，渴望呼吸湿度不到 99% 的空气，一口干净的干燥空气能够冲走焦虑和身上如死水般的气味。但你呼吸的以及周围的空气，都像是雾气凝块，它们让你毫无食欲、眼睛发烫，让香烟抽起来就像是一条卷起来的膨胀的活昆虫，潮湿且噼啪作响。在丛林里的一些地方，为了不让蚊子飞进嘴里，你必须一直叼着燃烧的烟，无论你是否抽烟。水下战争、沼泽热和突然的被迫减重、能让你筋疲力尽甚至死掉的疟疾，会让你一天躺二十三个小时，却一刻不得安宁，让你听见那些迷幻音乐，他们说这是在你病入膏肓时，大脑因恐惧而产生的。（"吃药吧，孩子，"芹苴的一名医生对我说，"大的橙色的每周吃一次，小的白色的每天吃一次，无论如何都不能忘。这里的菌株只要一周就能让你这样体格健壮的小伙子完蛋。"）有时你实在忍不下去了，就会去岘港或者西贡吹空调。有时你不觉得恐慌的唯一原因是你没有力气恐慌。

　　每天都有人因为一些他们懒得留意的细节而死在丛林里。想象一下，累到扣不上防弹衣，累到没法擦枪，累到不能守夜，累到不能保持行军过程中所必需的半英寸安全距离，单纯是因为太累了，所以不想管这些破事，接着，就在这种筋疲力尽中死掉了。有时你会感觉整个战争的活力也在飞快流逝：一种惊人的衰退，这座庞大的"机器"运转混乱且萎靡不振，拿去年制造战争的能量的掺水残渣做燃料。所有部队都像是身处梦魇之中，做出一系列奇怪的行动，完全脱离了它们的本意。有一次我和一名中士聊天，他刚带着小队从一次长途巡逻中回来。过了大约五分钟，我才发现他眼睛里模模糊糊的影子，以及他嗡嗡的、抽象难懂的话都来自梦境。他站在士官俱乐部的酒吧里，睁着眼睛，拿着瓶啤酒，和脑袋深处的梦境对话。我真正感到毛骨悚然是在春节攻势的第二天，我们的设施几乎被包围了，唯一的安全撤离通道上散布着越南人的尸体。我们掌握的信息很少，我当时也很敏感、疲惫——有一秒钟，我想象自己在和一个死人说话。后来我告诉他这件事，他只是笑着说："这没什么，我一直都在这么做。"

　　一天夜里，我醒来听到几公里外传来交火声，在我们的防线之外发生了一场"小规模冲突"，因为距离较远，那声音听起来就像我们小时候假装玩枪时发出的"科嗞科嗞"的响声，我们知道它比"砰砰砰"更真实，这也让游戏更有趣。现在也是一样，只是这场游戏最终不在我们的控制之中，除了少数危险玩家外，它对绝大多数人来说都过于有趣了。这里的规则严厉且绝对，不给人争辩"谁躲过了子弹""谁真的死了"的机会，说"不公平"是没用的，"为什么是我？"大概是世界上最令人悲伤的问题了。

"好吧，祝你好运。"在越南，这是大家的口头禅，就连"海洋之眼"——那位正处在第三个服役期的侦察队员，也不忘在他行动的那晚对我说这句话。我知道它听起来既遥远又干巴巴，也知道他根本不在乎这些，或许我钦佩他的超然。但大家好像就是忍不住要说这句话，哪怕他们真正的想法恰好相反，比如"去死吧，混蛋"。通常它只是一个没有意义的"死句"，有时一句话里会出现五次，就像标点一样。大家常常平淡地说它，借此传达一种信念——没有任何出路，包含"抱歉"*"打它""好运"等意思；有时大家也会温柔且富含感情地说它，让你不禁卸下面具。在有如此多战火的地方，也有着如此多的爱。我每天都迫不及待地说"祝你好运"，对出发参与行动的记者朋友，对在火力支援基地和机场跑道上偶遇的士兵，对伤员、死者，对我看到的所有被我们和他们自己人搞得一团糟的越南人，但说得最热情的还是对我自己，虽然不太频繁。我每次说这句话都是真心的，尽管我知道它没什么意义。这就像是对走进暴风雨的人说不要淋湿了，就像是说"啊，我希望你不会死，不会受伤，不会看到任何让你崩溃的东西"。你可以做一整套

---

* 原文为越南语"抱歉"的英语读音，驻越美军的俚语之一。

"仪式"，带上你的幸运币，戴上"神奇"的丛林帽，亲吻你如鹅卵石般光滑的拇指关节，但那不可捉摸、不可改变的命运还在，你是否能继续活着，完全取决于它无情的选择。有时你说的话可能并非全无道理，比如"今天受伤的人明天就会安全"，但一定没人想听到它。

等过了足够久的时间，记忆消退稳定，"越南"本身就会变成一个祈祷词，和其他祈祷词一样，超越请求和感谢。"越南，越南，越南"，然后再念一遍，直到这个词失去了所有昔日的痛苦、快乐、恐怖、罪疚和怀旧之情。那时那地，每个人都只想渡过关乎生存的难关，就像你不会相信的那样，散兵坑里没有无神论者。苦涩而扭曲的信仰也总比什么都没有强，就像我们在康天遭遇猛烈炮袭时，那名黑人海军陆战队员说："别担心，兄弟，上帝会想办法的。"

信仰随意更换，这里是如此远离现实，你不能责怪任何人相信任何事。我曾经看到一整队人都穿着蝙蝠侠套装，这让他们有着一种傻乎乎的精气神；还有人把黑桃A插在头盔带上，从他们杀死的敌人身上挑选物品，一次小小的"力量转移"；也有人从家里带出五磅重的圣经、十字架、圣克里斯托弗的画像、门柱圣卷*、一缕头发、女朋友的内衣、他们的家人、妻子、他们的狗、他们的牛、他们的车的照片，或者约翰·肯尼迪、林登·约翰逊、马丁·路德·金、休伊·牛顿**、教皇、切·格瓦拉、披头士、吉米·亨德里克斯的照片，比拜物教更疯狂。有个男人一直带着一块燕麦曲

---

    * 犹太教徒写有经文的羊皮纸，收纳在皮制小匣子内。

    ** 休伊·牛顿(1942—1989)，非裔美国人，美国政治活动家、革命家，黑豹党领袖之一。

奇，用铝箔和塑料包着，外面还套了三双袜子。他为此挨了不少骂，比如"等你睡觉了，我们就吃掉你那该死的曲奇"，但这块曲奇是他妻子烤好并寄给他的，他并不是在开玩笑。

在行动中，你会看到人们聚集在那些"迷人"士兵的周围，这种人的魅力来自他的无数装备，这使他身边变成了一个安全地带，足以保护他自己和其他离他够近的人——至少在他轮换回国或被敌人干掉之前是这样。等他不在了，装备会被交给其他人，魅力也就随之转移。如果一颗子弹只擦破你的头，或者你踩到了一枚哑雷，或者一枚手榴弹滚到你双脚之间却没有爆炸，那你就足够有魔力了。如果你有超级敏锐的感知力，如果你能嗅到越共或危险的气息，就像狩猎向导嗅出即将到来的暴雨那样，如果你有很强的夜视能力，或者很灵的耳朵，你也是有魔力的。发生在你身上的任何坏事，都会让继承你那身装备的人感到沮丧。我在骑兵师遇到一个人，他一下午都在骂"该死的"。那人本来在一个大帐篷里睡得很香，里面有三十张行军床（其余的床都是空的）。后来一些迫击炮打进来，帐篷被炸成了碎布，除他的床外，其他所有的床都被弹片击穿了。我见到他时，他依旧在为此癫狂，他敏捷、自信且幸运。士兵的祈祷词有两个版本：一个是标准版，由国防部印制在一张塑料卡片上；一个是标准修订版，但它没法传播，因为它被"转译"成语言之外的混乱——尖叫、乞讨、承诺、威胁、哭泣，或是重复圣名，直到他们的喉咙嘶哑、干裂，直到敌人射中他们的领口、枪带，甚至身份识别牌的链子。

战争中有很多种宗教体验，有好消息也有坏消息；很多人通过战争发现了他们的同情心，也有些人发现了但无法忍受，经过战争洗礼，他们就封闭了感觉，谁在乎呢？人们退到冷嘲热讽、愤世嫉俗，甚至绝望的境地。一些人目睹了这些行动并公然赞成它们，只有沉重的杀戮才让他们有力地感觉自己活着。有些人就是疯了，跟随暗光，找到了十八年、二十五年或五十年来，一直等待着他们的疯狂。每次交火都允许疯狂，在战场上，每个人都至少会突破理智一次，而没有人会注意，他们也几乎不会注意你是否从那种疯狂中恢复过来。

一天下午，溪山的一名海军陆战队员打开厕所门时，被装在门上的手榴弹炸死了。司令部想把这件事安在北越渗透者头上，但士兵们知道发生了什么："好像真有越共会一路挖隧道到这茅坑里装个诱杀装置似的，这可能吗？有个家伙疯了，仅此而已。"后来这个故事传到了非军事区，人们只是笑着摇头，心照不宣地看着对方，没有人觉得震惊。他们会用两种不同的方式谈论身体创伤和精神创伤，小队里的每个人都会告诉你其他人有多疯狂，每个人都见过发疯的士兵，在交火中发疯，在巡逻中发疯，在营地里发疯，在休整期间发疯，在回家的第一个月里发疯。疯狂被内置于服役期，你唯一能做的就是祈祷它不要发生在你身边，比如一个人突然朝陌生人射空弹匣，或者在厕所门上安装手榴弹。这些事太疯狂了，以致其他没那么疯狂的事都被视作"正常"，像是意义不明的长时间凝视和不由自主的微笑，它们就像雨披、M-16 或其他任何战争用品一样常见。如果你想让别人知道你疯了，你必须"大喊大叫，永不停止"。

有的人只想毁掉一切事物，包括动物、植物和矿物。他们想要一个能放进汽车烟灰缸里的"越南"。那个笑话是这么说的："你该把所有友军都装进船，开到中国南海。然后把这个国家炸成平地，最后击沉船只。"其实很多人都知道，这个国家永远不会被击败，只会被摧毁。他们以惊人的专注力确保了这一点，毫无怜悯之情，埋下疾病——对西方的狂热——的种子，最后它达到瘟疫的规模，从每个家庭带走一个人，从每个村庄带走一个家庭，从每个省带走一个村庄，直到一百万人死于这种疾病，还有数百万人在逃离它的过程中迷失了方向。

在西贡的雷克斯军官宿舍的屋顶，我见过比战场还激烈的场面，至少有五百名军官像是一摞摞便笺一样被钉在酒吧里，他们容光焕发地谈论战争、喝酒，好像马上就要上战场，也许有人真是那样。剩下的人已经都在那里了，那些负责驻守西贡的人。如果你在那里待了一年还没有完全崩溃，说明你有用双手握住机关枪的胆量，毕竟用嘴是拿不了枪的。我们曾在那里看过一部电影（《西部浪子》，史蒂夫·麦奎因完成了一次艰难的复仇，最后他把一切都烧得干干净净，骑着马离去，但那时他看起来空虚、衰老，好像因为暴力失去了重生的可能）；当时那里有一场现场表演，《铁托和他的女人们》，"让我们坐着热气球远走高飞"，请的是劳军表演都不会请的菲律宾小乐队，空洞的节拍配合病态的摇滚乐，就像闷热空气中蒸腾的油脂。

雷克斯单身军官宿舍的屋顶是归零地，他们看起来像是被狼群哺育长大的，可以立马就死在那里，但他们的下巴还要再活动半小时。在那儿，他们会问你，"你是鸽派还是鹰派？""你更愿意在这里和他们打仗还是住在帕萨迪纳*？"也许我们可以在帕萨迪纳击败他们，但我不会这么说，特别是在这里，我知道——他们也知道

---

　　* 美国加利福尼亚州大洛杉矶地区一个中等大小的卫星城市。

我知道——他们其实并没有在任何地方和任何人打仗，这让他们变得格外敏感。那天晚上，我听到一位上校从蛋白质的角度解释这场战争。我们是一个高蛋白摄入、吃肉的猎人国家，而他们只吃米饭和几个脏兮兮的鱼头。所以我们现在准备用肉把他们打死？除了"上校，你疯了吗？"，你还能说什么？这就像是突然出现在黑白《兔八哥》里，试图打断达菲鸭滔滔不绝的台词。只有一次我忍不住跳了出来，当时我听到一名医生吹嘘，他拒绝让受伤的越南人进入他的病室。我说："天呐，难道你没有发过希波克拉底誓言吗？"但他显然早有准备："当然发过，但是在美国。"这里有支持末日降临的名人、痴迷技术的投放者，他们谈论着仍可使用的化学品、毒气、激光、声电武器，而且在他们内心深处，总有核武器作后盾，他们喜欢提醒你，我们有一些，"就在这里"。有次我遇到一位上校，他计划把食人鱼扔进北越的稻田里，加快战争进程。他说的是鱼，但他幻想的眼里满是死亡。

"来吧，"上尉说，"我们带你去玩玩牛仔和印第安人的游戏。"我们从松北出发，排成长队，大约有一百人，带着步枪、重型机枪、迫击炮、便携式单发火箭炮、收音机和医疗队。他们分散成某种扫荡阵型，有五个纵队，每个纵队都有个特种小队。一架武装直升机在我们上空盘旋，等到了低丘地带，又来了两架，它们扫射了整个山丘，直到我们安全通过。这是一次漂亮的行动。我们玩了一上午，直到某个位置上的人发现了什么——他们一开始以为是"侦察员"，但后来他们就不知道了。他们甚至不确定他是不是来自一个友好的部落，没有找到他箭上的记号，因为他的箭袋是空的，他的口袋和手也一样。回去的路上，上尉似乎在想些什么，等我们到营地时，他在报告上写："杀了一个越共。"这对部队有好处，对上尉也是。

搜索歼敌，与其说是一种战略，不如说是一种"完形心理"。不只是行军和交火，在行动中，它应该被以另一种方式命名。士兵们翻捡碎片，看看能否齐心协力加一个歼敌数上去，那些战争的"赞助商"们不希望"买到"死去的平民。越共有一个表面上类似的战略，叫作"发现并杀死"。不管怎样，这场战争就是我们在找他们，他们在找我们，我们又在找他们——像是"脆脆杰克"包装上的"战争"*——如此重复，人数越来越少。

过去很多人常说，当他们让我们的射击变得和不射击一样容易时，事情就糟了。在第 1 兵团和第 2 兵团，如果目标静止不动，武装直升机的开火管制很"宽松"；而在三角洲地区，只有他们逃跑或"撤退"，才应该射击。都是两难的问题。你会怎么选？"空中运动"，一名武装直升机的飞行员如此概括他所做的事，他接着热情地描述道："没有比这更爽的了，在两千米的高空，你就是上帝，只要打开折叠板看着机枪扫射，把那些该死的越南人钉死在稻田上，没有比这更爽的了，然后原路返回，把'驯鹿'运输机叫来。"

"过去在家里，我经常装满弹匣去打猎，"一位排长说，"我、我父亲还有我的兄弟们可能一年才打一百个弹匣。向上帝发誓，我从

---

* "脆脆杰克"是美国的一种爆米花零食，包装上印有数字游戏。游戏时，一方在 1 到 63 间选择一个数字，另一方通过展示并确认数字卡片不断缩小范围，直到找出对方选择的数字。

来没见过这样的扫射。"

谁又见过呢? 我们曾经发现一群敌人聚集在一起,我们真的把他们"撕碎"了,爆发式地疯狂扫射,哥斯拉都没遭受过这样的火力。我们甚至有一些专门的词汇来形容这种扫射,比如"慎重的爆发""探测性射击""首要选择""建设性负载",但我从来不觉得它有这么复杂,它只是无法控制的爆发,一小时里的疯狂一分钟。"查理"真的写了一本有关火力控制的书,他们总能一针见血,而我们可能射出五十发子弹,却什么都没有打中。我们倾泻出如此大量的火力,以致你无法分辨其中的一些是否变成了反击。当反击出现时,声音会填满你的耳朵、脑袋,直到最后你觉得自己是在用胃听到它。我认识一位英国记者,他把一些大型交火现场的声音录进了磁带,说可以用它来勾引美国女孩。

有时你会觉得自己太渺小,不想接触任何暴力,然后它就会像临死前最后的呼吸一样落在你身上。有时你的行动和恐惧会形成另一种平衡,你会到处寻找它,最终什么都不会发生,除了火蚁飞上鼻子、裆部瘙痒,或者彻夜不眠地等待黎明,因为天亮之后,你就能站起来等了。不论哪种形式,你都是在报道战争,你选择的那些故事已经说明了一切。在越南,这种对暴力的迷恋不会持续太久,因为暴力的血口也同样会落在这些士兵身上。

他们把大型火炮袭击称作"地震"。先是炮弹和地面接触,然后是你和地面:吻它,吃它,用整个身体扑向它,尽可能地靠近它,但先别急着被它掩埋或是变成它,猜猜是谁在你头顶大约一英寸高的地方飞来飞去? 蜷起吧,屈服吧,这是地面。炮火会让你的脑袋和身体不受控制,上一秒还存在的主体与客体的区别感,下一秒就被飙升的肾上腺素切断。令人惊讶，难以置信。即使是那些玩过很多极限运动的人也说他们从来没有过这样的感觉，火箭炮飞过天际，又突然下坠，你用尽你所能产生的所有肾上腺素，抽取它、释放它，直到你能漂浮其中，没有恐惧，几乎要在兴奋中迷失、死亡，实际上是轻松了。当然，除非你拉在裤子上，或者尖叫、祈祷，或者任由上百种的恐慌肆虐，它们有时会让你脑子里充满"文字沙拉"，有时一个字都不给你留。也许你不能在某一瞬间对战争既爱又恨，但有时这两种感情交替得很快，就像一个旋转的频闪滚轮，不断上升，直到你真的"沉醉于战争"，就像所有头盔上写的那样。从这种迷失中清醒的过程，真的会把你搞得一团糟。

12月初，我从第一次跟随海军陆战队的行动中返回。我在一个很不结实的掩体里蜷缩了几个小时，它垮得比我还快。我听见周围的声音：呻吟、抱怨、子弹射在掩体上的单调声音、一个拇指不知怎么折断的男孩正捂嘴啜泣。我心想："天呐，这些该死的事又在重复上演！"后来扫射停止，但其实还没有真正结束，它在降落区等待前往富牌机场的直升机，结果最后一发炮弹射中了运尸袋，满地都是碎尸，没人愿意清理，"一个糟透了的真实细节"。午夜过后，我终于回到了西贡，我是从新山一机场乘一辆敞篷吉普回来的，车上还有几个沉迷狙击的宪兵。宾馆里有一沓邮件等着我处理，我把迷彩服放在门厅，然后关门回屋，甚至可能反锁了门。我脑子里全是第1兵团的友方目标，他们的肝脏、脾脏、大脑、蓝黑色的肿胀拇指在我周围晃动闪现。我淋浴了半小时，它们就在浴室的墙上闪了半小时，后来它们又出现在床单上，但我根本不怕它们，甚至嘲笑它们："你们又能把我怎样呢？"我倒了杯雅文邑白兰地，卷了一根烟，然后开始整理邮件，其中一封信上说我的一个朋友在纽约自杀了。当我关灯躺在床上时，试图回忆起那位朋友的模样，他是吞药自杀的，但不论我怎么想，脑海里都是血和骨头碎片，而不是我死去的朋友。过了一会儿，终于有那么一秒钟我穿过鲜血和白骨看到了他，但那时我所能做的也只是把他和其他人一起"归档"，然后睡觉。

在战争对你的影响和你所感到的疲惫之间，在你遥远的所见所闻和你在被摧毁的事物中的个人损失之间，这场战争制造了一个只属于你自己的空间。它就像是深奥难懂的音乐，你只有让自己的呼吸进入其中，变成一种独特的乐器，才能以一种更本质的方式，透过重复的音节听到它，而到了那时，它也不再只是音乐，而是一种经验。生活就像电影，战争就像（战争）电影，战争就是生活，如果你能够完成它，那么这是一个完整的过程，这是一场与众不同的旅行，但黑暗且艰难，就算你知道自己是经过深思熟虑——或者粗略地说，有意识地——主动踏上这场旅行的，其中的黑暗和艰难也不会减少分毫。有些人沿着这条路走了几步就想明白了，带着遗憾（也可能没有）转过身去。很多人走着走着，就被它带走了。还有很多人走得比他们应该走的更远，他们原地躺下，陷入痛苦和愤怒的噩梦，等待解脱，等待和平，除了没有战争以外的任何和平。还有些人一直往前，直到他们发现期待中的先后顺序倒置了。真是绝妙的反转啊，你从那里启程，也从那里离开。

★

　　尽管你的身体安全了，你的困难也没有完全结束。这儿有一种糟糕的可能性：在战场上搜寻信息，可能会让你筋疲力尽，甚至筋疲力尽本身也是一条信息。超负荷的工作是一种真正的危险，尽管它不像弹片那样明显，也不像从两千英尺的高空下坠那么直接。也许它不会直接杀死你，但它会降低你的感知，让你处于不利地位。你搜集到的信息等级，也正是你面临的困难等级，一旦它发出去，就无法再收回来，你无法回避，也无法倒转时间，使它离开意识。在你彻底短路，原封不动地发回信息前，你究竟打算走到哪一步？究竟打算拖着疲惫的身体搜集什么等级的信息？

　　报道战争，多么好的差事啊，你出发去寻找一种信息，然后得到一种与它完全不同的信息。战争会让你一直睁大眼睛，让你的血温降到零度以下，让你的呼吸比尸气还臭，让你口干舌燥，你灌进一大口水，还没来得及咽下，水就干涸了。有时，你的恐惧会疯狂地乱蹿，你不得不停下来，看着它旋转。忘了越共吧，这些树木会杀人，这些象草长高后也是致命的，你走过的这片土地拥有致命的智慧，你周围的环境就像一座巨大的浴缸。即便如此，考虑到你所处的环境和这么多人的遭遇，还能感到恐惧已经是一种幸运了。

　　于是，你学到了恐惧，但你很难说你学到了关于勇气的什么。要多少人在机枪前面逃跑多少次，才能让它变成一个懦弱的行为？该怎么处理那些实际不需要勇气，但如果你不做又会让你变成"懦夫"的事？当它到来的那一刻，你很难知道怎么做，也很容易犯错，就像你误以为只需要做一个旁观者，只需要用眼睛看一样。很多人所说的勇敢，只是因瞬时紧张而释放的无差别能量，是让某人做出不可思议的行动的精神错乱。而如果他活了下来，他才有机会判断自己到底是真的勇敢，抑或只是被生命——甚至是恍惚——所战胜。很多人鼓起勇气，拒绝再上战场，他们接受了部队的处罚，或者直接离开了。很多记者也是这样，我在记者团里有几个朋友，他们上过一两次战场，然后就再也不去了。有时我觉得他们才是最理智、最稳重的人，但说实话，直到我快要离开那儿时，才说了出来。

"我们抓到个越南人，我们要剥了他的皮，"一个士兵对我说，"他已经死了，彻底死透了，但是中尉却走过来说：'嘿，混蛋，有个记者正在战术作战中心，你是想让他出来看看吗？该死的，多动动脑子，做什么事都要看时间和场合。'"

"很遗憾你上周没和我们一起，"另一个士兵对我说，他刚结束一次非接触作战，"我们杀了很多越南人，到后来都觉得没意思了。"

在那里，他们有可能不被那些死去的亡魂缠绕吗？不，不可能，我知道我不是唯一一个。这些士兵现在在哪儿？（我现在在哪儿？）我尽可能地靠近他们，但并不真正成为他们中的一员，然后我尽可能地往后退，但并不退出这个星球。厌恶并不足以描述我对他们的感觉，他们把人从直升机上扔下去，把人绑起来让狗在他们身上撕咬。在那之前，野蛮只是我嘴里的一个词。但厌恶只是一种感觉，此外还有温柔和怜悯，在战场上，任何一种感觉都不会缺席。我认为，那些说他们只为越南人哭泣的人，如果不能在这些军人死去或者生活四分五裂的时候挤出至少一滴眼泪，那他们就只是说说，他们不会真的为任何人流泪。

但我当然和这些士兵关系紧密，我可以告诉你有多紧密：他们就是我的枪，而且我也让他们这么做，我从来不让他们帮我挖掩体或扛设备，尽管总有士兵主动提出帮忙，但我在观察战场的时候，会让他们帮忙，也许这对他们也有好处。我们互相掩护，各取所需，一直配合得不错，直到有一天晚上，我滑向了故事的错误一端，当时我躲在芹苴机场的沙袋后面，手里拿着一把.30口径的自动手枪，为试图返回的四人特反小组*打掩护。那是我最后一个战争故事。

春节攻势的第一个晚上，我们在三角洲地区的特种部队C营被包围了——就我们所知是这样，而且不断传来的只有坏消息：从顺化，从岘港，从归仁，从溪山，从班梅蜀，从西贡本身，那一瞬间我们认为"我们输了"。他们占领了大使馆，占领了华埠，新山一机场陷入火海，而我们在阿拉莫**，无路可退，我也不再是记者，而是枪手。

到了早上，大约有十二个越南人死在战场对面，我们射击的方向。我们派了一辆卡车过去，把他们装上车然后运走。一切都发生得太快，就像他们所说，像每一个经历过的人所说。我们散坐在烟雾缭绕的草地上，听着我们认为的从镇上传来的春节烟花，然后声

---

* 美军特别单位，专门应对在各个军事设施和军营里发生的紧急事件。
** 阿拉莫之战（1835—1836）发生在得克萨斯独立战争期间，当地民兵在阿拉莫城抵抗人数众多的墨西哥军队战到了最后一刻。

音变近，直到我们都清醒过来，直到整晚过去，我看着护道后面和脚边的空弹夹，告诉自己有些事你永远无法真正知道。我从未感到那么疲倦，那么变化莫测，那么庆幸。

那晚有数千人死在越南，战场对面有十二个，从营地到芹苴医院的路上有一百多个，第二天我在那个医院忙了一整天，不是作为记者或者枪手，而是作为一名拙劣且受到惊吓的医务人员。当晚回到营地，我扔掉了我一直穿着的迷彩服。在接下来的六年里，我一直看到他们，有些是我见过的人，有些是我想象的人，既有我们的人，也有越南人，既有那些我爱的朋友，也有陌生人，他们就像一支古老舞蹈中静止的身影。多年来我一直在想，当你脑海里的幻想变成了真实的经验，而你又无法处理它们时会怎样？直到我意识到自己也只是那些身影中的一个。

如果只是在战场外旁观，我们会说那些认为自己听到声音的人，大概都有些疯狂，但如果你也身处其中，就会觉得他们当然听到了。（到底是谁疯了？到底什么才叫作疯？）一天晚上，就像一枚需要数年才能取出的弹片，我梦见一片布满尸体的场地。我和一个朋友——不只是朋友，也是向导——一起走过它，他让我停下来看看他们。他们身上满是灰尘，血迹斑斑，像是用宽大的刷子涂上去的，有些人的裤子被炸没了，就像那天在芹苴被扔到卡车上的尸体一样。我说："我已经见过他们了。"我的朋友什么也没说，只是指着他们，于是我再次俯身，这一次我看到了他们的脸。1975 年，纽约，当我第二天早上起床时，我在笑。

糟糕的地狱

在春节攻势的头五个星期，每天下午较早的时候就开始执行严格的宵禁。下午两点半的西贡，看起来就像《海滨》*的最后一卷胶卷：一座荒凉的城市，漫长的街道上什么也没有，除了垃圾、被风吹起的纸、几小堆清晰的人类排泄物，以及庆祝农历新年的死花和鞭炮碎片。之前"生机勃勃"的西贡总让人感到压抑，反倒是春节攻势，让它变得格外"赤裸"，甚至以一种奇怪的方式令人振奋。主要街道上的树木看起来好像被闪电击中了一样，光秃秃的，天气也变得异常寒冷，令人不适，在这一切皆不合时宜之地，这又是一种怪诞的好运。污物如此之多，大街小巷到处都是，让人不禁担心发生瘟疫。如果说有什么地方暗示瘟疫、召唤瘟疫，那一定就是紧急状态下的西贡了。美国平民、工程师和建筑工人在这里过上了他们在国内完全不可能过的生活，他们开始组成大型武装团伙，装备.45手枪、注油枪**和瑞典K，没有其他的疯狂自卫队会带来比

---

　　* 1959年上映的美国科幻电影，故事发生在1964年的澳洲，北半球爆发了核战争，除了澳大利亚，世界上大部分国家都毁灭了。

　　** 即M3冲锋枪，由于外形像是替汽车打润滑油的注油枪，所以也被称作"注油枪"。

他们更多的坏消息。上午十点，你会看到他们站在大陆酒店的露台上，等着酒吧开门，好像在酒吧开门之前，他们就没法点燃香烟。首都大街上的群像看起来就像恩索尔笔下的狂欢节游行[*]，空气中弥漫着腐败的气息，但这和那些收受贿赂的政府工作人员无关。晚上七点之后，宵禁开始全面实施，美国人也不例外，街上只剩"白鼠"队的巡逻员和宪兵队的吉普。我看到几个小孩跳过垃圾跑来跑去，在寒风中放报纸做的风筝。

我们遭遇了集体性的精神崩溃，它是因沉重接触而产生的压力和能量，直到每个在越南的美国人都品尝到它。越南就像一个弥漫着死亡威胁的黑暗房间，越共就像蛛状癌一样突然出现，到处都是。我们不是在许多年里一点点地输掉战争，而是在不到一周的时间里迅速输掉了。在那之后，我们就像流行文化中的士兵形象那样，死了，但笨到不会躺下。我们的恐惧变成了现实，我们看到他们在越南各地数以千计地死去，但他们似乎并没有受到太大影响，更别说像代表团第四天声称的那样"消耗殆尽"。我们带着恐慌，几乎极度残忍但迅速地夺回失地，并为此付出了巨大代价。我们的武器破坏性极强，能进行全方位打击。它几乎无所不能，除了停下。就像一位美国少校成功地"名垂青史"时所说的："为了拯救槟椥，我们不得不摧毁它。"这就是这个国家的大部分地区如何回到了我们所谓的控制之中，而它基本上一直被越共和北越占领，一直

---

　　[*] 詹姆斯·恩索尔(1860—1949)，比利时画家。此处应指他的名作《1889年基督降临布鲁塞尔》，该画描绘了以基督为中心的盛大的狂欢节行列，风格怪诞。

到几年后的某天，我们一个不留地撤走。

代表团的委员们也联合起来，一起穿过我们的视野。将军的座驾着火了，他在浓烟中给我们讲述这令人难以置信的胜利和关于胜利的故事，其他美国高层不断让他冷静点，让他们来说。一名英国记者将他们的所作所为比作泰坦尼克号的船长高声宣布："大家不必惊慌，我们只是停一会，装上点冰块。"

当我四天后回到西贡时，来自全国各地的消息都相对稳定了，同时也都很糟糕，即便剔除了谣言也是如此，比如说有"白人"（显然他们是指美国人）在为越共服务，或者说在顺化有数千人被北越部队处决，而城外空地上布满了"浅浅的坟墓"，这两条后来被证明是真的。除了士兵和越南人，春节攻势也把记者推到了他们从未想过主动前往的境地。我意识到，尽管我可能依然幼稚，但在穿过芹苴和西贡间的六十英里后，我的青春在短短三天内被榨干了。在西贡，我看到很多朋友都处在精神崩溃的边缘。一些人离开了，还有一些人被极度的抑郁折磨得精疲力尽，在床上躺了好几天。我走向了另一条路，精神亢奋，甚至每晚只睡三个小时。《时代》周刊的一位朋友说，他并不在意自己到底做了什么噩梦，但他醒着的时候记录它们的冲动却令他头疼。听到我们抱怨这场战争有多糟糕，一位20世纪30年代就报道战争的前辈哼了一声："我太喜欢你们了，你们想得真美啊，该死的，你们以为战争是什么啊？"我们认为这场战争过了"就像其他任何战争一样"的临界点，如果我们早知道它会变得多么艰难，也许会感觉好一些。几天后航线通了，于是我们去了顺化。

★

进去的时候，我们六十个人挤在一辆"两吨半"*卡车里。卡车一共有八辆，由士兵护送从富牌出发，载着三百多名在香河以南的早期战斗中伤亡的人员的替补。一场猛烈的暴风雨持续了好几天，车队的线路变成了泥床。卡车里很冷，路上布满了树叶，它们要么是被暴风雨从树上刮落的，要么是被我们的炮兵部队轰下来的，沿途不断有猛烈的炮击。很多房屋都倒塌了，没有一个房子上面没有弹片的凹痕。当我们经过时，数百名难民站在路边，很多都受了伤，孩子们大笑大叫，老人们在一旁看着，带着让很多美国人都深感不安的对苦难的沉默忍受，这经常被误读为冷漠，而年轻的男女们往往以确定无疑的轻蔑看着我们，把他们欢呼的孩子拉离卡车。

我们坐在那里，试图让彼此保持士气，于是我们对着恶劣天气发笑，抱怨糟糕的乘车体验，分享开始时的恐惧，庆幸我们不是头车或尾车。敌人经常袭击我们的卡车，很多车队被迫撤回，那些我们缓慢经过的房屋，都为狙击手们提供了极佳的掩护，一枚 B-40 火箭弹就能让我们整车人完蛋。所有的士兵都在吹口哨，但没有两个人吹同样的调子，听起来就像是在一场没人想参加的比赛前的更衣室，或者说几乎没人想参加。有个外号叫"费城恶犬"的黑人海军陆战队员，他曾是费城的黑帮头目，在丛林里待了六个月，现在他期待一些巷战，这样他就能让那些混蛋看看，在城市里他能做些什么。（在顺化，他的表现的确让人难以置信，我看到他向墙缝里

＊ 指 GMC CCKW 卡车。这种卡车因可以运载 2.5 吨货物而被称为"两吨半"。

连射了大约一百发.30口径的子弹，并笑着说："有付出才有收获。"他似乎是整个D连唯一一个没有受过伤的人。）还有一名海军陆战队的通信员戴尔·代中士，他坐在那里，头盔上插着一朵高高的黄花，这是一个非常显眼的目标。但他好像满不在乎，转了转眼睛，说："没错，如果越共能射中这里，那可就太糟了。"然后他开心地笑了，就和一周后我看到的笑容一样，当时狙击手的子弹射穿了他头顶上方两英寸的墙壁，所有人都可能被这样的巧合逗乐，除了士兵。

其他所有人都带着那种西行的表情，狂野而忧心忡忡，仿佛在说，在这里和敌人交火无疑是最糟糕的，必需的物资都很匮乏，而且这里比他们去过的越南其他地方都要冷。他们在头盔和防弹衣上写着过去行动的名字，女朋友的名字，他们的战场绰号（比如"远非无所畏惧""米奇的猴子""复仇者五世""短时安全莫伊"），他们的幻想（比如"生而为输""天生无赖""生而为杀戮""生而为死亡"），他们正在想的事（"糟糕的地狱""时间站在我这边""只有你和我对吗？——上帝"）。一个年轻人对我说："嘿，兄弟！你想听故事吗？来，写下这句话：我在881高地上，当时是5月，我走在山脊线上，看起来就像个电影明星，突然有个家伙跳到我面前，把他的AK-47戳到我身上，但他被我的酷炫惊到了，在他想清楚该怎么感谢我之前，我已经把整个弹夹都打空了，死了一个。"继续前进二十公里后，尽管前方乌云密布，我们仍能看到河对岸顺化皇城上的浓烟。

这座桥横跨安旧村和顺化南部之间的运河，昨晚刚被越共突袭过，而远岸的前沿地带也被认为是不安全的，所以我们晚上就在村子里扎寨。那里是真正的空无一人，我们在空荡荡的棚屋里安身，把雨披的衬里铺在碎玻璃和碎砖上。黄昏时分，我们沿着运河舒展身体、吃晚饭时，两架海军陆战队的武装直升机突然冲过来，朝我们扫射，沿着运河向上发射曳光弹，我们奔跑着寻找掩体，更多的是觉得惊讶而不是害怕。"好样的，这群混蛋，他们的确切位置在哪？"一名士兵边说边架好了 M-60 机枪，以防他们返回，"我们没理由忍这群混蛋！"在那之后，巡逻队出动，警卫站岗，我们进棚屋睡觉。不知道为什么，那天晚上我们甚至没有被迫击炮袭击。

早上，我们乘坐两排四座的小船穿过运河，然后步行往前，直到我们遇到接下来几周里我们将看到的数百名平民死者中的头两个：一名老人戴着草帽低垂着头，旁边的小女孩骑自行车时被击中，躺在地上高举手臂，像是在责备谁。他们已经这样躺了一个星期，这是我们第一次感谢寒冷。

沿着香河南岸，有一座细长雅致的公园，将顺化最吸引人的大街——黎利街，同河岸隔开，人们会谈论过去他们是如何坐在那里晒太阳，看着舢板顺流而下，或者看着女孩们骑着自行车顺着黎利街往上，经过官员的别墅和法国人建造的大学。这些别墅中有许多已经被摧毁，大学的很多地方也遭到了永久性的破坏。在街道中央，两辆德国大使馆的救护车被炸毁，法国球场总会到处是弹孔和弹片。雨水让绿色从浓浓的白雾中伸展出来。公园里，四具肥胖的青绿色尸体凌乱地躺在一座高大华丽的笼子周围，笼子里坐着一只颤抖的小猴子。有个记者跨过尸体，喂给它点水果。（几天后，我又回到了那里。尸体不见了，猴子也不见了。当时难民太多，食物太少，肯定是有人吃掉了它。)海军陆战队 5 团 2 营几乎控制了南岸中部，正在向西扩散，交火并拿下了一条重要的运河。我们正在等待美国海军陆战队是否进入越南皇城的决定，但所有人都知道答案。我们坐在那里看着河对岸的浓烟，迎接偶尔射来的狙击枪子弹，或是更少见的一阵 .50 口径的机枪子弹，目击河上的海军登陆艇被藏在墙后的敌人轰炸，这难免让人心生恐惧。坐在我旁边的一位海军陆战队员说，这完全是耻辱，这些穷苦的人们，这些漂亮的房子，他们甚至有一座加油站。他看着凝固汽油弹爆炸的黑烟和墙边的残骸，说："看来皇城也要被炸成碎片了。"

顺化美军大院里满是雨水坑，吉普车和卡车的帆布顶被雨水压得下陷。到了第五天，很多人仍然对北越军或越共没有在第一天晚上发动袭击感到惊讶。那天晚上，一只大白鹅闯了进来，现在它的翅膀上沾满了水坑表面的油渍。每次有汽车进入院子，它都会尖叫着，愤怒地拍打翅膀，但它从未离开大院，并且据我所知，也没有人把它吃了。

我们有近两百人睡在两个小房间里，它们曾是部队的用餐区域。陆军对临时住过来的海军陆战队感到不满，对周围晃来晃去的记者们感到愤怒，他们期待部队继续向北，越过河流，进入皇城。你会庆幸自己在地板上找到了足够躺下的空间，如果能找到个空的担架就更幸运了，当然最幸运的是那个担架是新的。剩下的几扇没破的窗户，整晚都在对岸的空袭中咔嗒作响，一门迫击炮就在窗外，它没有停下来过。凌晨两点到三点，海军陆战队结束巡逻回来。他们径直穿过房间，不是很在意他们是否踩到了人。他们会打开收音机，隔着房间互相喊叫。一位英国记者说："真的，你们就不能体谅别人一点点吗？"他们的笑声把还没起床的人都吵醒了。

一天早上，大院对面的战俘营着火了。我们看到黑烟从带刺的铁丝网上方升起，并听到了自动武器的声音。监狱都是被俘虏的越南民主共和国军人、越共或越共嫌疑人，看守说他们放火是为了掩护这些人逃跑。南越部队和一些美国人盲目地朝大火扫射，他们倒下就立马被焚烧。平民的尸体躺在距离大院仅一个街区的人行道上，河边的公园里到处都是死人。天气很冷，太阳一次也没出来过，雨水让尸体变得更加糟糕，那是太阳远不能做到的。某一天我突然意识到，我唯一看不下去的尸体只有我永远不能亲眼看到的那个。

接下来的十天，天气一直同样阴冷，我们在皇城里拍下的所有镜头，背景都是一样的阴暗潮湿。仅有的一点阳光落在东墙废墟厚厚的尘埃上，它们停在空中，你所看到的一切都透过它们。你必须从那些并不习惯的角度去看，比如蹲伏前进时突然一瞥，或者躺平身体往上看，听着弹片掠过你周围的残骸时发出干脆的咔塔声。到处都是灰尘，交火后的很长一段时间，空气中都会弥漫着刺鼻的硝烟味，还有我们向北越军发射的 CS 毒气，被吹回我们的阵地。只要这些发生，你就不可能呼吸到清新的空气，当发生空袭时，碎石堆里又会散发出其他怪味。这些气味会贴紧你的鼻孔，渗透进你的迷彩服。哪怕在几周后，几英里外，你在夜里醒来，它们仍然在你身边。北越军在墙内藏得很深，空袭部队只能一米一米地轰炸，在离我方阵地不过百米的地方投掷凝固汽油弹。城墙的最高点曾经是一座塔楼，我的视线越过护城河，看到北越部队正迅速穿过对面城墙的废墟，我们的距离已近到能看清他们的脸。突然我右边几英尺处传来一声枪响，对面一个奔跑的身影猛地向后倒下。一名海军陆战队狙击手从掩体中探出身子，朝我咧嘴一笑。

由于浓烟、薄雾和皇城内飞扬的尘土，你很难说哪个介于光暗之间的时刻是真正的黄昏，但当大多数人都打开 C-口粮时，答案就清楚了。我们距离战斗最激烈的地方只有几米，不超过越南城市里一个街区的距离，平民们不断涌现，微笑着，耸着肩膀，想要回他们自己的家。海军陆战队试图拿枪威胁他们，大喊："走！走！走！*你们这群混蛋，滚吧，滚到地狱里去吧！"而难民们会微笑着半躬身子，快速穿过其中一条破碎的街道。一个大约十岁的小男孩走向一群来自 C 连的海军陆战队员。他笑着，用一种滑稽的方式把头从一边摇到另一边。他眼里的凶狠本该告诉所有人他的意图，但大多数士兵想到的是，连越南小孩都被逼疯了。当他们想明白时，那个男孩已经开始攻击他们的眼睛，撕扯他们的迷彩服了，这吓得每个人都很紧张，直到一个黑人士兵从后面抓住了他，锁住他的胳膊："走吧，可怜的小宝贝，在这些'大兵妈妈'开枪打死你之前。"说着，他把男孩抱到了医护兵那儿。

在最糟糕的日子里，没有人觉得我们能活着挺过去。营地里弥漫着比以往更甚的绝望情绪，这是经历过前两次战争的老兵从没遇到过的。有一两次，坟墓登记处的人从死去的海军陆战队员的背包

---

* 原文为越南语。

和口袋里取出个人物品，发现了几天前寄来的家书，一直没有打开。

我们把一些伤员抬到皮卡后厢，一名年轻的海军陆战队员躺在担架上不停地哭。他的中士握着他的双手，这名伤员一直说："该死的，中士，我活不了了。我要死了，对不对？""不，看在上帝的分上，你不会死的，"中士说，"你伤得没那么严重。你现在给我闭嘴，自从我们到了该死的顺化，你什么都没干。"其实中士并不真的了解情况。这个年轻人被击中了喉咙，但你不能告诉他这些。喉咙受伤很严重，每个人都害怕喉咙受伤。

我们在交通上很幸运。在救护站，我们联系上一架直升机，它把我们和十几名阵亡的海军陆战队员一起送到了富牌基地。降落三分钟后，我们又赶上一架飞往岘港的 C-130 运输机。在机场，我们又遇到一位同情我们的心理战军官，顺路把我们送到了新闻中心。当我们走进大门时，球网已经竖起来了，每天的保留节目——新闻中心和海军陆战队之间的排球比赛正在进行中。

"你们这是去了哪儿？"一个记者问道。我们看起来格外狼狈。

餐厅里有空调，而且很冷。我坐下来，找服务的乡下女孩点了个汉堡和一杯白兰地。后来我在那儿坐了几个小时，一共点了四个汉堡和至少一打白兰地。这实在太不可思议了，只是单纯地让人难以置信，刚才那里和现在这里，竟然是在同一天的下午。和我一起回来的记者坐在另一张桌子旁，也是一个人，我们看向对方，摇摇头，笑了起来。我回到房间，脱下靴子和迷彩服，开始冲澡。洗澡水热得让人不敢相信，离开战场后，有那么一会儿我觉得自己疯了，我在水泥地板上坐了很久，刮胡子，一次次地往身上涂肥皂。等我穿好衣服，回到餐厅。排球比赛已经结束了，一名海军陆战队员和我打招呼，问我知不知道今天晚上放什么电影。我点了一份牛排和很多杯白兰地。当我离开时，那位记者还一个人坐在那儿。我躺在床上，抽了根烟卷。第二天早上我就要回战场去了，这几乎是不言自明的，但为什么不言自明呢？我所有的东西都整理好了，只等明天五点准时醒来。我抽完烟，清空思绪便睡了。

到了周末，为了攻下城墙，大约每前进一米就有一名海军陆战队员伤亡，阵亡率达到四分之一。5团1营后来又被称作"皇城营"，他们经历了海军陆战队在过去六个月里的每一场艰苦战斗，甚至几周前在海云关和富禄县之间，还和同一支北越部队交火过，但现在，这支海军陆战队有三个连的战力还不如一个排。他们都知道情况有多糟，在城市里打仗的"新鲜感"已经变成一个恶意的笑话，每个人都想受伤。

晚上，少校会坐在指挥中心看地图，茫然看着皇城处的梯形。二十五年前诺曼底农舍里可能也有这一幕，桌子上燃着蜡烛，破旧的架子上放着几瓶红酒，房间里很冷，天花板高高在上，墙上挂着沉重华美的十字架。少校已经五个晚上没有睡觉了，也连续五个晚上向我们保证，明天一定会攻下最后一截城墙，他有足够的兵力拿下皇城。他的一个助手，一个粗野强硬的中尉，会在少校的注视下露出冷酷、嘲讽的微笑，不相信这等"好事"的微笑，仿佛在说："我们都知道，这个少校满嘴屁话。"

有时一个连队会发现他们完全被切断了联系，海军陆战队需要几个小时才能把伤员救出来。我记得有一名头部受伤的海军陆战队员艰难地抵达指挥中心。他乘坐的吉普车抛锚了，他跳下来就开始推，他清楚这是他唯一的活路。大多数运送伤亡人员的坦克和卡车不得不在毫无掩护的情况下，坚持驶过一条漫长笔直的公路，他们称其为"火箭巷"。海军陆战队在那里的每辆坦克都至少被击中过一次。约翰·奥尔森*为《生活》周刊拍摄的伟大作品，在顺化"显灵"了，D连的伤员们被紧急塞进一辆坦克。有时在去救护站的路上，那些伤势较严重的士兵身上会出现糟糕的颜色变化。预示死亡的灰蓝鱼肚色，会从胸部向上扩散，直到覆盖脸颊。有一次一名海军陆战队员的颈部被子弹贯穿，医护人员一直在按压他的胸口。到救护站时，他的伤势太重，医生看过后选择跳过他，去治疗那些他知道还有救的人。当他们把他放进绿色橡胶袋里时，可能从临床上说他还活着。这位医生以前从来没有做过这样的选择，他也不习惯这样。休息的时候，他会到外面透透气，但外面的情况也好不到哪去。尸体被堆在一起，周围总有一群盯着看的南越部队。就像所有越南人一样，他们迷恋死亡。因为他们不知道除此之外还能做些什么，也不知道海军陆战队对此怎么看，所以他们对着那些尸体微笑，然后就会爆发危险的冲突。负责整理尸体的海军陆战队员一直在超负荷工作，累得喘不过气，人也变得暴躁起来，他们愤怒地扯下背包，用刺刀划掉装备，最后把尸体扔进绿袋子里。有个海军陆战队员的尸体已经僵硬了，很难塞进袋子里。"该死的，"其中一人说，"这个混蛋有双大脚，这个混蛋难道不是有双大脚吗？"然后用力把腿塞了进去。救护站里有个士兵，膝盖被一大块弹片击

---

* 约翰·奥尔森，美国《生活》杂志摄影师，以报道越战闻名，1968年他报道岘港战争的照片刊出后在美国引起轰动，此处应指其著名照片《海军陆战队撤退》。

中，他是我见过的最年轻的海军陆战队员。现在他受伤了，不知道自己会被怎样处置。他躺在担架上，医生向他解释他将被直升机送到富牌医院，然后再坐上去岘港的飞机，最后飞回美国，这就是他服役期接下来的所有任务。起初，男孩觉得医生一定是在和他开玩笑，然后他慢慢有点信了，最后他确定这是真的，他真的要离开了。他脸上始终挂着微笑，潺潺的泪水流进他的耳朵。

从那时起，我开始认出几乎每一名伤亡人员，记起我们几天或几小时前的谈话。也是在那时，我和一名受伤的中尉一起乘坐救护直升机离开。他的双腿、双臂、胸口和头部都被击中了，浑身缠满沁血的绷带，耳朵和眼睛里也都是血块，他让直升机上的摄影师拍下他现在的样子，好寄给他的妻子。

但那时，顺化之战已接近尾声。骑兵师正从皇城的西北角进攻，第101师的部分队伍沿着之前北越军的补给线路进入。（这些部队五天内的伤亡和海军陆战队三周的伤亡一样多。）南越海军陆战队和部分南越第1师的士兵向前推进，将剩余的北越军逼到墙角。在南墙上飘扬很久的北越军旗帜终于被砍倒，取而代之的是一面美国国旗。两天后，"黑豹"——南越突击队冲进皇城，但那里已经没有北越军了，除了护城河里的几具尸体外，大部分的尸体都被埋葬了。北越部队刚到顺化时，还参加了当地人民为他们举办的筵席，而在离开前，他们甚至刮走了护城河表面所有可食用的植物。这座美丽的越南城市，百分之七十都被摧毁了，如果你觉得它现在看起来很荒凉，可以想象一下其中的人会是怎样。

有两个官方的仪式，标志着我们全面驱逐了北越军。两个都是升旗仪式，一个在香河南岸，来自某个营地的两百名难民被招募站在雨中。他们闷闷不乐，沉默不语，看着南越政府的旗帜升起，但中途绳子断了，人们以为是越共射断的，于是惊慌四散。（在西贡的报纸里没有下雨，绳子也没有出问题，欢呼的人群有数千人。）至于另一个，大多数人认为当时的皇城并不安全，所以当国旗升起时，除了少数南越军队外，无人观看。

吴光长少校在他的吉普车上蹦蹦跳跳，我们正穿过满地废墟的顺化街道。当我们经过那些在他们倒塌的房梁和砖块上跌撞行走的越南人群时，吴少校似乎面无表情，但他的眼睛被墨镜挡住了，你不知道他的真实感受。他看起来不像是胜利者，坐在座位上又小又无力，我甚至担心他会从车里飞出去。他的司机是一位姓当的中士，他是我见过的最高大的越南人之一，他的英语比少校好。吉普车偶尔在瓦砾堆上抛锚，当中士会回头看着我们，微笑道歉。我们是在去皇城的路上。

一个月前，皇城的地上还躺着数十具北越士兵的尸体，以及三周的围困所留下的战争残渣。人们并不愿意轰炸宫殿，但附近的许多爆炸还是造成了严重破坏，而且那里也发生过炮击，巨大的青铜鼎已经凹陷得无法修复，雨水从太和殿顶的破洞中倾泻而下，浸湿了古老的安南皇室坐过的两个小龙椅。大殿（如果你参照越南人的身材就会觉得大了）墙面上部的红漆破损严重，到处都积着厚厚的灰。正门的顶已经塌了，花园里，古老缅桅花的断枝交错纵横，就像被火烧焦的大型昆虫，纤细、精致、了无生气。当时有传闻说，守在皇城里的是一支学生志愿军，他们认为占领顺化是个信号，便争先恐后地加入了北越部队。（当时的另一个传闻说城外大约有五千个"浅浅的坟墓"，里面埋着被北越部队处决的人，刚刚被证明是真的。）

一旦城墙被攻下、皇城的领地被入侵，皇城除了尸体就再没人了。它们在护城河里沉浮，在所有的道路上散落。后来海军陆战队进驻，散落在地的东西中多了空配给罐和泥泞的《星条旗报》。一名肥胖的海军陆战队员被拍到朝一具正在分解的北越士兵合不拢的嘴巴撒尿。

"不好，"吴少校说，"不好。我们在这里打得很难，很差。"

我一直在和当中士聊宫殿和帝王谱系。当我们最后在护城河的桥边抛锚时，我一直在问他最后一位登基的皇帝的名字。他微笑着耸耸肩，可能他并不是不知道，而是觉得这无关紧要。

"现在吴少校是皇帝了。"说着，他把吉普车开进了宫殿区域。

溪　山

一

　　当 1968 年冬末，大批军队入境越南时，溪山有位年轻的海军陆战队员，结束了他的越南服役期。他在那里待了十三个月，其中近五个月在溪山和海军陆战队第 26 团一起度过。从去年春天开始，他们慢慢集结兵力至满编，并不断增强力量。他记得就在不久前，海军陆战队第 26 团的人还认为自己在溪山很幸运，觉得这种分配是对他们各自的小队所经历的一切的奖励，具体到那名年轻的队员，是因为他的部队在甘露—康天公路遭遇伏击，百分之四十的人员伤亡，他自己的胸部和手臂都被弹片击中了。（他可能会对你说，但他确实见过这场战争到底有多么荒谬。）那时康天这个地名无人不知，溪山还远没有成为前线要塞、成为司令部的心头大患，还远没有一发子弹落到防线内，带走他的朋友，让他的睡与醒难以分辨。他还记得，当他们得空在要塞高原下的溪流中玩耍时，所有人谈论的都是周围山丘上六种不同深浅的绿色，那时他和他的朋友们像人一样生活在地面上，在阳光下，而不是像动物一样呆滞，服用他们称作"止泻药"的药丸，使前往露天厕所的次数降到最低。而在他服役期的最后一个早晨，他可能会对你说，他已经历过所有，而且做得相当不错。

　　他是一个来自密歇根州的高个金发小伙，约莫二十岁，当然你很难估计在溪山的海军陆战队员的年龄，因为像青春这样的东西，在他们脸上不可能存在很久。尤其是眼睛，它们总是紧张或昏昏欲睡，甚至干脆是一片空白，它们与脸上的其他部位好像没什么关系，每个人看起来都非常疲惫，甚至几近疯狂。（至于年龄，如果你拿一张南北战争时期一个排的合照，把除了眼睛的其他部位都遮住，五十岁的男人和十三岁的男孩不会有什么区别。）例如，这名海军陆战队员总是面带微笑，一种近乎傻笑的微笑，但他的眼神里并没有愉悦，或者尴尬、紧张。这听起来有点疯狂，这么多二十五岁以下的海军陆战队员在第 1 兵团服役几个月后就变得难懂起来。那张年轻、不起眼的脸上的笑容，似乎和某种深奥的知识有关，仿佛在说："我可以告诉你我为什么笑，但这会让你发疯。"

　　他把"玛琳"文在他的上臂，头盔上则写了"朱迪"。他说："没错，朱迪知道关于玛琳的一切，但那很好，没什么大不了的。"他曾在防弹衣的背面写道："是的，虽然我曾走过布满死亡阴影的山谷，但我不会害怕恶行，因为我就是谷底最卑鄙的家伙。"他后来试图把它擦掉，但没有成功，他解释说，因为非军事区的每个家伙都在防弹衣上写着这句话。然后他笑了。

　　在最后一个早晨，他面带微笑，衣着整齐，文件整齐，行李整齐，做着回家前最后的那些事：拍拍背、拍拍屁股，和军士长开玩笑（"好吧，你知道你会想念这里的。""是的，长官，哇哦！"），交换地址，陈旧、破碎的回忆打破尴尬的沉默。他还剩下几根大麻烟卷，用塑料袋包着（他没有抽，就像溪山大多数海军陆战队员那样,他任何时候都有可能遭遇地面袭击,他不想那时自己脑袋昏沉),他把这些给了他最好的朋友,确切地说是幸存者里最好的朋友。他有个老友在1月份被炸死了,也是在那一天,弹药库遇袭。他一直想知道,连队的军士长,那位炮兵军士,是否清楚他们抽大麻的事。可能经过三场战争后,军士长也不在乎了。此外,他们知道军士长自己也抽。当他顺道拜访掩体时,战友们和他说再见,之后那个早晨就没什么事可做了,只偶尔离开掩体看一眼天空,然后回去说,十点前就该放晴了,飞机就能进来了。到了中午,当告别、"照顾好自己"和"帮我寄点东西"的仪式过去几个小时后,太阳开始透过大雾显露出来。他拿起行李包和一个离队小包,开始向机场跑道,准确地说是跑道边缘的狭长战壕走去。

那时溪山的情况很糟,而那里的简易机场又是最糟的。溪山没有"V"形防御工事,只有跑道,它准确无疑地暴露在那些藏在周围山丘中的迫击炮、火箭弹的射程之内,俄罗斯和中国的大炮被安置在古禄山脉的一侧,老挝边境内十一公里的地方。那些大炮从来都是有的放矢,没有人想遇到它们。如果风向正好,当飞机快要降落时,你甚至能听到北越部队.50口径炮弹的响声从山谷深处传来,第一次弹雨会比着陆早几秒钟。如果你在那等着被带出去,除了蜷缩在战壕里,尽可能让自己变得更小一点外,什么也做不了。如果你坐在飞机里,那就真的什么都做不了了。

总会有一些不同型号的飞机残骸留在跑道上或跑道附近,有时跑道受损严重,会关闭几个小时,"海蜂"*或第11工程营会尽快清

---

* 即美国海军工程营。

理。一切都那么糟糕，而且不难预见，所以空军才会停飞他们的明星运输机 C-130，转而使用更小、机动性更强的 C-123，只要有可能，他们就会把物资从一千五百英尺的高空用运货板扔下来，漂亮的蓝黄相间的降落伞，一场空降表演，然后落在防线附近。但显然人不能这样，他们必须被送到地面上或从地面上接起，他们大多是替补士兵、开始或结束休整期的人、这样或那样的专家、罕见的高层（师部或更高级别的人员会单独制定他们的溪山之旅）以及许多记者。当飞机上的乘客紧张，汗流浃背，在头脑中一遍遍演练该如何跑向战壕，等待货舱门放下时，十到五十名海军陆战队员和记者正挤在战壕里，徒劳地舔着嘴唇解渴，然后，同一时间，双方开始奔跑、碰撞、踩踏、交换位置。如果敌人的火力过猛，他们的脸会被最纯粹的恐慌扭曲，眼睛睁得比着火的马的眼睛还大。你看到的只是一幅半透明的模糊景象，只有身处其中才能真正地感知它，就像一张别致的狂欢节照片，许多东西都纠缠在一起，你会瞥见一张脸、一个冒着白色火花的弹片、一件不知何故悬浮在空中的装备、一股烟。你会在捆扎沉重物资的机组人员身边走动，会越过侦察犬，越过随意放置的裹尸袋，它们总是离跑道很近，上面爬满了苍蝇。当飞机缓慢转弯开始滑行时，人们仍然不时地感到紧张，直到它以最快速度起飞时才得以缓解。如果当时你在机舱里，一开始定会欣喜若狂。你们坐在那里，带着空洞、疲惫的笑容，身上是红土分解的红色灰尘，像鳞片一样难以处理，感受着美妙的余惊，那安全的一瞬间。世界上没有比坐飞机离开溪山更美妙的事了。

　　在这最后的早晨，这名年轻的海军陆战队员从他的连队上车，在离机场跑道五十米的地方被放了下来。当他徒步向前时，远处传来 C-123 运输机的声音，那就是他听到的全部声音，飞机距离他的头顶不到一百英尺，巨大的阴影朝他靠近。除了越来越近的引擎声外，什么声音都没有。如果有点别的，哪怕是一轮子弹，他可能都会好受些，在那种寂静中，他自己的脚在泥土上挪动的声音，让他心生恐怖。他后来说这就是他停下来的原因。他扔下行李包，环顾四周，他看着飞机，来接他的飞机降落，然后跳过路边废弃的沙袋，躺在地上，听着飞机交换货物、起飞，直到声音消失。没有一发敌人的子弹射过来。

等他回到掩体，战友们有些惊讶，但没人多说什么。任何人都可能错过飞机。军士长拍了拍他的背，祝他下次出游顺利。那天下午，他坐上一辆吉普车，去了 C 医疗队，那是一支专门为溪山设立的医疗分队，离机场跑道不可思议地近，但他从未走出分诊室门口的沙袋。

"哦，你这个破衣烂衫的该死混蛋。"当他回到队伍时，军士长说，但这一次，军士长看了他好一会。

"嗯，"年轻人说，"没错……"

第二天早上，他的两个朋友陪他一起到跑道附近，看着他进了战壕。（"再见，"军士长对他说，"这是命令。"）两个朋友回来，说这次他肯定走了。然而一小时后，他微笑着出现在大路上。当我第一次离开溪山时，他还在那里，也许他最后能活着离开，但谁也不能保证。

当他们将要结束越南服役期时，就会发生各种怪事，也就是所谓的"倒计时综合征"*。那些在战场上待了一年的人，早已认清战

---

* 指士兵在结束任务前的一段时间里出现的逃避、疯狂等行为。

争的残酷。当一名士兵还有一两周就要退伍时，没人会对他抱有多高的期待。他会变成一个幸运的怪胎，一个恶兆收集者，一个所有糟糕信号的先知。如果他的想象力或战争经验足够丰富，他每天都会设想自己的一千次死亡，但他永远不会忘记还有一件大事要做，那就是离开。

这名年轻的海军陆战队员的情况要更复杂，军士长清楚那是什么，他们称之为"急性环境反应"，越南制造了这一含义微妙的行话，但人们常常不知道它真正描述的是什么。大多数美国人更能接受他们的儿子有"急性环境反应"，而不愿被告知他患有弹震症，因为他们无法面对弹震症的事实，就像他们无法面对这个年轻人在溪山的五个月所经历的那些事一样。

假设他的腿走不了路了，那么这显然是个医学问题，中士不得不想办法解决。但当我离开时，那个年轻人还在那儿，轻松地坐在他的行李袋上，微笑着说："哥们，等我回到家里，准就没事了。"

二

在第 2 兵团上方，从老挝边境到非军事区这块地方，美国人很少称其为"高地"。因为他们用的是军事提法，一种将新的标记强加在古老、真实的越南基础上的权宜之计，先以最简单的方式，强行将一个国家一分为二，并进一步——以它的逻辑——将南越划分为四个界限分明的作战兵团。这是战争的需要之一，虽然一些再明显不过的地理差异都被它抹除了，但它有助于在代表团成员和美国驻越军援司令部诸多部门之间进行相对明确的沟通。就地理事实而言，越南三角洲实际包括里兹平原和西贡河，但在所有图表和清晰的头脑中，它都止于第3兵团和第4兵团的分界线。类似地，高地被"限定"用来指第2兵团，在海滨城市朱莱下方突然截止，此外的地区直到非军事区，都属于第1兵团。所有在越南的发布会，无论什么级别，听起来都像是"部件命名"*，语言变成一种装饰品，却失去了真实的美感。由于战争中大多数的新闻都建立在这一语言框架的基础上，或是从这些术语所暗示的角度出发，所以通过那些报道，几乎不可能了解真正的越南，就像无法从报纸中闻出其味道一样。高地并没有在兵团边界突然消失，而是一直延伸到北越，一个被海军飞行员们称作"腋窝"的地方，与拥有美妙名字的安南山脉相连，安南山脉从"腋窝"一直延伸到波来古下面一点，全长超过一千七百英里，穿过了北越的大部分地区，穿过了非军事区，穿过了阿肖谷的要塞（他们的），穿过了曾作为溪山海军陆战队基地的山麓。由于它穿越的这个国家是那么特别，能够唤起特殊的记忆，我坚持将溪山标注出来，远不仅是作为那段悲伤历史的隐晦注脚，也远不是想特别指出那么多美国士兵在那里遭遇的战火。

而是因为越南的高地很恐怖，恐怖得让人无法忍受，恐怖得让人不敢相信。它们由一系列崎岖、曲折的山脉，丛林覆盖的峡谷和陡峭的平原组成，山地土著的村庄聚集在一起，随着地形的陡峭，逐渐稀薄消失。所有这些山地土著部落是越南人口中最原始、神秘的部分，即使是最西化的部落，也总让美国人困惑不已。严格地说，这些山地土著并不是真正的越南人，当然也不是南越人，而是

---

* 《部件命名》是亨利·里德（Henry Reed）创作的一首带有讽刺意味的诗，涉及恩菲尔德步枪的几个部件的命名。

"高级的"、半开化的安南原住民，他们通常赤身裸体、沉默寡言地生活在村庄里。大多数越南人和大多数山地土著都认为对方不如自己，虽然不少山地土著受雇于美国特种部队，但基于古老的种族敌意，他们往往不会太卖力。很多美国人认为他们是游牧民族，但这更多是因为战争，而非他们本来的性情。我们用凝固汽油弹把他们的庄稼、村庄夷为平地，然后钦佩他们不甘平淡的精神。他们的裸体、他们的人体彩绘、他们的顽固、他们在陌生人面前沉默的镇定、他们善良的野蛮，以及他们纯粹且令人敬畏的丑陋，所有这些合在一起，长期来看，让大多数不得不和他们交流的美国人多少有些不适。他们应该住在山地，周围是层层的树冠，这似乎才是理所当然的事。在那里，突然出现的逆风薄雾可能意味着恶兆，在那里，白天的炎热和夜间的寒冷让你时刻加剧紧张，在那里，只有牛的叹息或直升机扑扑的旋翼声才会打破寂静，一种我知道的既尖锐又低沉的声音。清教徒们认为撒旦栖身于自然中的信念可能起源于这里，即使在最冷、最清新的山顶上，你也能闻到丛林的气息，腐烂与新生之间的拉锯。这是一个充满鬼故事的国家，对美国人而言，这里还是最糟糕的战争意外所发生的地方。1965 年末的德浪河谷战役是第一次，也是最糟糕的一次意外。北越正规军首次大规模出现在南方，任何亲历过的人都不会忘记当时的恐怖，直到今天，他们还记得北越正规军和美军交火时所表现出的自信和老练。一些记者、士兵第二次、第三次来到越南战场，想到那些画面仍然不可控制地颤抖：坚守临时据点直到只剩最后一名士兵，然后据点被敌人占领；美国人和北越人在扭打中死去、僵硬，双方都睁大眼睛，牙齿裸露或深深陷进敌人的肉里；大量的直升机被击落(一次又一次没完没了的救援任务……);北越部队的装备中首次出现 AK-47 突击步枪、RPG-7 火箭筒,数百人因此丧命。很多士兵都目睹了这一切,但就算是最强硬的人也不想谈论它。那年秋天,我们的王牌部队——第 1 空中骑兵师——在德浪河谷浴血奋战,官方公布的死亡人数是三百人左右,但我从未见过一个去过那里的人,包括骑兵师的军官都觉得死亡人数至少是这个数字的三或四倍。

有一种观点认为,美国卷入越南战争——撇开承诺和利益不谈——很大程度上是因为我们认为赢下它很容易。但在德浪河谷战役之后,司令部的傲慢越来越少,当然它从未消失。在德浪河谷之后,除了三角洲地区,再也没有发生过真正的游击战,同时武元甲*通过高地封锁南方,将国家一分为二的古老战略,开始被很多有影响力的美国人严肃对待,甚至过于严肃了。

哦,那个地形!实在太血腥,太让人疯狂了!当恐怖的达多战役在 875 高地结束时,我们的公告说有四千人阵亡。那几乎是纯粹的屠杀,我们损失惨重,但显然美国又一次胜利了。当我们到达山顶时,发现了四个北越士兵的尸体,四个。当然一定有更多的人死了,数百个,但被踢踹、计数、拍照和埋葬的尸体只有四个。在哪,上校?怎么死的?又为什么?那里的一切都让人感到恐怖、毛骨悚然,即使没有战争也是一样。你在一个不属于你的地方,看见任何东西都必须付出代价,看不见它们也会付出代价,在那里,他们不装神弄鬼,只要你入侵就会被直接杀死。光听到这些城镇的名

---

* 武元甲(1911—2013),曾任越南国防部长兼人民军总司令,是越南抗法、抗美战争的主要领导人。

字，你的骨头就会突然生出寒意：昆嵩、达马罗、达罗鹏、柏利康、奔卜乐、波来古、波来梅、波来丁。只是穿过那些城镇，或者驻扎在它们附近的高地上，你就会失神，每当我设想自己会死在某地时，一定是在高地。它能够让一名美军指挥官下跪乞求："上帝啊！请给我们施展武力的机会，哪怕一次！"即便是骑兵师，以他们的实力、勇气和机动性，也无法穿透这永恒的高地。他们杀死了很多越共，但这也就是他们所做的全部了，因为阵亡的越共人数没有任何意义，什么也改变不了。

肖恩·弗林是越战的摄影师和专家，他告诉我，他曾经和一位营长站在火力支援基地的高处。黄昏时分，恐怖的雾气从谷底升起，遮蔽住阳光。营长眯着眼睛看了很久，然后顺着丛林线非常缓慢地挥手，穿过那些通向柬埔寨（避难所！）的山丘。"弗林，"他说，"整个北越第 1 师，就在那里的某个地方……"

亲爱的上帝，给我们一次施展的机会吧！

三

在那里的某个地方，溪山战斗基地的炮火射程内，方圆二十英里，不过一天的行军路程，部署着整整五个北越正规师，计划着攻势、隐蔽、静默又不祥。这是 1967 年最后几周的情况：

西南方向的某个地方是越南民主共和国第 304 师。正东的某个地方是第 320 师。第 325C 师以一种未知的方式部署在西北部，而第 324B 师（引起了敌情人员的真正警觉）则在东北的某个地方。在老挝边境的另一边还有一支身份不明的师，他们的大炮在山坡上埋得太深了，就连 B-52 轰炸机也拿它们没办法。一座接一座的山脊、凶险的峭壁和峡谷，都被层层树冠和厚厚的季风雾气所遮蔽，而所有的北越部队都藏在其中。

海军情报局（我看到很多消息被送进去，但没有一个公告出来），依靠不断增加的空军侦察任务的发现，自春季以来，他们一直警惕地关注并评估敌人的集结。溪山一直在主要渗透路线附近，正如代表团所说，它"横跨"这些路线。这个不大但突出的高原从老挝和越南边境的山脚上陡然升起，自从越南进入战争状态以来，它就一直很重要。现在的北越部队进攻的路线，二十年前越盟*也曾走过。溪山对于美国的原始价值可以通过这样一个事实说明：尽管已知它周围有敌人渗透，但我们多年来只有一支特种部队 A 小队在那里，由不到十二个美国人和大约四百人的越南人和山地土著的当地人部队组成。当特种部队于 1962 年第一次进驻溪山时，他们在法国人留下的掩体上建造了队舍、附属建筑、俱乐部和防御工事。敌人的渗透纵队只需简单地改道一公里左右，远离溪山中心即可。绿色贝雷帽会定期进行非常谨慎的巡逻。因为他们总被渗透部队包围，溪山在越南绝不是最舒服的地方，但除了随机遭遇埋伏或偶尔的迫击炮袭击外，他们也不比其他地方的 A 小队经历得更多。如果北越部队认为溪山在战术上至关重要，或仅仅是有重要性，他们随时都可以拿下它。如果我们不仅仅将它视作一个象征性的前哨——你不可能让渗透部队到处跑，而不派人去看看——我们可以把它建设为一个主要的基地。没有人比美国人更会

---

* 1941 年 5 月 10 日，越共中央八次会议决定发展游击战争，成立"越南独立同盟会"，简称"越盟"，主要目的是带领越南脱离法国的殖民统治，以及抵抗入侵日军。

建设基地。

在 1966 年初春的例行巡逻中，特种部队的报告显示，紧邻溪山地区的敌军似乎大幅增加，海军陆战队的一个营被派去加强巡逻。一年后，即 1967 年 4 月和 5 月，在例行的大规模搜索歼敌行动中，海军陆战队发现了南 881 高地和北 881 高地的北越部队并与之交战，双方都有很多人阵亡。这场战斗成为那年春天最血腥的时刻。山顶被攻下了，几周后又被放弃了。本来可能驻守山顶的海军陆战队（还有比海拔 881 米的高地更好的观察敌人渗透的位置吗？）被送往溪山。在那里，海军陆战队第 26 团第 1 营和第 3 营轮换，增强对北越部队的骚扰，设想即使不能将他们赶出溪山，至少也能迫使他们按照预测行动。第 26 团是一个混合团，从海军陆战队第 5 师的战术责任区里抽调，即使该团的实际指挥权转移到海军陆战队第 3 师（指挥部在东河，靠近非军事区）后，这个番号仍然保留在纸面上。

到了夏天，人们开始清楚地意识到，发生在南 881 高地和北881 高地的战斗只是与该地区很小一部分敌人的冲突。巡逻队出动得越来越多（他们被认为是第 1 兵团最危险的部队之一），海军陆战队第 26 团的更多士兵被空运到已被称为"溪山战斗基地"的地方。"海蜂"工程营铺设了一条六百米长的柏油跑道。他们在这里建了一个啤酒屋和一个带空调的军官俱乐部，指挥部在最大的法军废弃掩体里建立了战术行动中心。此时，溪山仍然只是海军陆战队的一个温和的"私人问题"。记者团中的几位老手对这个基地和南边四公里处大约有一千名山地土著的小村庄也不是很了解。直到 11月，该团规模达到顶峰（六千名海军陆战队士兵，还不包括从海军陆战队第 9 团增加的部队），此外还有六百名南越突击队员、两支

"海蜂"派遣队、一个直升机中队和一个小型特种部队混编队，这时，海军陆战队才"泄露"出相当引人注目的说辞——通过建立基地，我们已经吸引了令人难以置信的数量的敌人进入该地区。

大约就在同时，朱尔斯·罗伊的《奠边府战役》红色英国版平装本开始出现在每个驻越记者聚集的地方，你可以在大陆酒店的露台酒吧、将军餐厅、阿特比亚酒店、新山一的第八航空港、海军陆战队的岘港新闻中心，以及位于西贡的美国联合公共事务办公室*大型新闻发布会场上看到它们的身影。每天下午4点45分，发言人在这个会场主持每日的战争发布会，这俗称"五点蠢事"，发言人奥威尔式**地通报代表团对当日事件的看法（以一种非常笃定的方式）。那些能搞到书的人正在读伯纳德·费尔的《地狱在一个非常小的地方》，很多人认为那是一本更好的关于奠边府的书，它更注重战术，更务实，没有罗伊书中那些富有戏剧性的高层八卦。当第一次关于溪山海军陆战队的发布会在岘港或东河的海军陆战队总部举行时，"奠边府"这个名字就像一个预示坏消息的恼人幽灵悄悄潜入。不得不接受媒体采访的海军陆战队员发现，提及之前法国人的失败会让他们感到恼火，甚至感到被侮辱。大多数人都没兴趣回答有关它的问题，剩下的人则毫无准备。他们越恼火，媒体就越是用它来刺激他们。有段时间，战场上发生的事似乎还没有对奠边府的

　　＊　美国联合公共事务办公室是越南战争期间美国宣传的主要阵地之一。

　　＊＊　指与乔治·奥威尔（1903—1950）的名作《1984》中所描述的极权主义类似的方式。

回忆惊心且险恶。你不得不承认，奠边府与溪山的相似之处让人无法视而不见。

首先，进攻方和防守方的比例大致相同，都是八比一。两地的地形也惊人地相似，尽管溪山防线内的面积只有两平方英里，不像奠边府那样四处延伸。天气条件相同，季风将美国的空中行动压到最低水平，这有利于进攻方。溪山被包围了，就像奠边府一样。1954 年 3 月，最初的袭击从越盟战壕爆发，而现在北越部队则挖了一个战壕网络，步步逼近，很快就会来到距离海军陆战队的铁丝网不足百码的范围内。武元甲将军是奠边府战役的主要指挥官，美国情报部门有传言说，溪山战役也是武元甲在非军事区的某个地方指挥的。考虑到很多海军陆战队军官一开始并不了解我们在溪山做什么，一再唤起奠边府的记忆确实令人不安。但是，在发言人所说的"我们的优势"方面，两者的区别非常重要。

溪山基地建在一个高原上，即使只有一点高度，也会减缓地面袭击的速度，并给海军陆战队提供些许射击优势。海军陆战队也有一支庞大的反应部队可以依靠，至少可以寄望。在官方公告中，这支部队由第 1 空中骑兵师和第 101 空降师的部分士兵组成，但事实上，这支部队有近二十五万人——整个非军事区的火力支援基地的人、西贡（和华盛顿）的策划者，以及最重要的，远至乌隆、关岛和冲绳基地的飞行员和机组人员，他们几乎毫无保留地投入溪山任务中。空中支援就是一切，是我们在溪山全部希望的基石，我们知道，一旦没有季风的限制，他们会在基地周围投放数万吨烈性炸药和凝固汽油弹，毫无压力地提供补给，掩护并增援海军陆战队。

这是一种安慰,我们所拥有的力量、精确打击的能力、精良装备的威力。这对在溪山的数千名海军陆战队员,对指挥部,对在基地待了几天几夜的记者,对五角大楼的官员们来说意义重大。我们都可以因此睡得更安心:准下士们和威斯特摩兰将军、我和总统、海军医务人员和所有战场上男孩的父母们。我们所有人不得不担心的是:我们在溪山的人数远远少于敌人且我们完全被包围了;全部地面疏散路线,包括至关重要的9号公路,都彻底被北越部队控制了;而季风至少还将持续六周。

当时流传着这样一个笑话:"海军陆战队和童子军有什么不同?""童子军有成年人的领导。"海军陆战队员会觉得这个笑话好笑,只要他们不是从外界,从陆军、空军这样的"无关人员"那里听到的就行了,它只有发生在兄弟之间时,才是一个好笑话。这是怎样的兄弟情?如果有记者说第1兵团的战争是个"专业化问题",那并不是因为它与其他战争有什么本质不同,而是因为它几乎完全是由海军陆战队打的。大多数记者认为海军陆战队的特质令人难以接受,甚至可以说具有犯罪性质。(战争中有一周,按照比例,陆军阵亡的人数超过了海军陆战队阵亡的人数,陆军发言人很难掩饰他们的骄傲和纯粹的欣喜。)既然海军陆战队旧有的灾难不断出现新变化,那你认识几十个杰出军官也不足为奇。总会有什么地方以某种方式出问题,好像总是存在什么模糊、无法解释的东西,带有厄运的气息,而它的结果总是会被分解为其基本要素——海军陆战队的死亡。认为一个海军陆战队队员胜过十个越南人的信念，让他们用一个班迎战已知的北越排，用一个排对抗一个连队，如此往复，直到整个营发现自己被困在原地，孤立无援。信念可以不朽，但士兵不能，很多人称海军陆战队是有史以来设计得最好的杀害美国年轻人的机器。那里总是有很多故事，关于被整个消灭的班（他们残缺不全的身体会激怒海军陆战队，然后海军陆战队会发起"复仇巡逻"，而结局往往是一样的），关于伤亡率达到百分之七十五的连队，关于海军陆战队伏击海军陆战队，关于支援的炮火和空袭对准了我们自己的阵地，所有这些都发生在例行的搜索歼敌行动中。你很清楚，如果你和他们在一起的时间够长，这些也会发生在你身上。

士兵们自己也清楚：疯狂、苦涩、恐怖和厄运。他们对此非常热衷，甚至享受。其实这些故事并不比那些正在发生的事情更疯狂，它们背后往往有其扭曲的逻辑。他们会说"吃下这个苹果，该死的兵团"，并将其写在头盔和防弹衣上，让他们的军官看到。（一个孩子把它文在肩膀上。）有时，他们会看着你无声地笑很久，嘲笑他们自己，嘲笑你本可不必却非要和他们在一起。说真的，想想一个十八岁的男孩在军事区巡逻一个月能学到的东西，还有什么比那更有趣的呢？这是一个在最黑暗的恐惧内核最深处的笑话，你可能会笑着死去。他们甚至写了一首歌，写给一位死去的海军陆战队员的母亲，大概是这样的："去他的，去他的，你的孩子死了，该死的，他只是个士兵……"他们变得更凶残，也变得更柔软，他们的秘密折磨着他们，让他们变得更黑暗，但往往也让他们变得更美。不需要年龄、经验或教育，他们就知道真正的暴力在哪里。

他们是杀人犯，当然是，不然还能期望他们是什么呢？这吸引他们，栖身于他们，让他们变得坚强，就像受害者一样坚强，让他们沉浸在死亡与和平的双重痴迷之中，让他们无法脱身，让他们永远不能，永远不能再轻描淡写地谈论"世界上最糟糕的事"。如果你对他们了解到这种程度，你就永远不会像和其他部队在一起时那样快乐地，以"痛苦的欢愉"的方式报道这场战争。当然，这些可怜的混蛋在整个越南都很出名。如果你在那里待上几个星期，然后加入一个陆军部队，比如第 4 师或第 25 师，你会得到这样的对话：

"你之前在哪儿？我们没见过你。"

"在第 1 兵团里。"

"和海军陆战队一起吗？"

"是的。"

"好吧，我只能说你运气很好！海军陆战队，去他的。"

"溪山是我们防御的西部支柱。"将军提出。

"谁告诉你的？""审查天使"们反问。

"这是什么问题……每个人都这么说！"

但从来没有海军陆战队员这么说过，即使是那些从战术上认同这一点的军官也没有，就像没有海军陆战队员把那七十六天里发生在溪山的事称作"围攻"一样。这只是驻越军援司令部的巧辞，经常被媒体报道，而这激怒了海军陆战队。只要海军陆战队第 26 团还能在铁丝网外维持一个营（哪怕溪山镇的驻军撤退，小镇被炸毁，但海军陆战队仍在界外巡逻，驻扎在附近的山顶），只要飞机还能为基地提供补给，这就不可能是一场围攻。海军陆战队可能会陷入困境，但不可能被围攻。不管人们怎么称呼它，等到春节攻势开始，也就是炮轰溪山一周后，似乎双方都已经承认大规模的交战是不可避免的了。我认识的人中没有人怀疑这一点。它很可能会以大规模地面袭击的形式展开，等它到来时，将无比恐怖且浩大。

在战术上，溪山对司令部有着巨大的价值，以至于伟大的威斯特摩兰可以公开宣布，春节攻势只是武元甲战略的第二阶段，第一阶段是秋季爆发在禄宁和达多之间的小规模冲突，第三阶段（将军称其为"顶点"）则在溪山。很难相信，任何人会在任何时候——即使是在春节攻势的混乱中，把春节攻势如此重大（或决定性？）的事件，说成是为了进攻溪山这样的小地方转移注意力，但一切都记录在案。

那时溪山已经出名了，是极少数为美国公众所知晓的越南地名之一。溪山和"围攻""被包围的海军陆战队""英勇的守卫者"这类表述联系在一起，很快就被报纸读者们理解，它意味着光荣、战争，以及荣耀的死者。这似乎合情合理，没有问题。人们只能想象总司令所承受的焦虑。林登·约翰逊直截了当地说，他不想要"该死的奠边府"，他做了战争史上前所未有的决定。参谋长联席会议召开，并签署了一份"让公众放心"的声明，宣布将不惜一切代价守住溪山。（显然，此时此刻不适合读《科利奥兰纳斯》*。士兵们，即使是没有职业抱负的那批，也感到总统的策略是对他们职业的侮辱，认为那是可耻的。）也许溪山能守住，也许不能，但总统有了声明，而且签署得很清楚。如果溪山守住了，他可能会在胜利的

---

* 《科利奥兰纳斯》，英国剧作家莎士比亚晚年创作的悲剧，讲述了罗马共和国的英雄马歇斯（被称作科利奥兰纳斯）因得罪公众而被逐出罗马的故事。

照片中露齿而笑；如果沦陷了，也落不到他的头上。

　　相比其他在越南的美国人，溪山的防守者更像是人质，将近八千名美国人和越南人接受的命令，既不来自战术行动中心的团长，也不来自岘港的库什曼将军，或者西贡的威斯特摩兰将军，而来自一个我认识的情报官员习惯称之为"市中心"的地方。他们只能坐在那里等待，海军陆战队的防守就像是反基督者在晚祷。在那里，修建防御工事的"回报率"很高，从躲藏处射击就像跪在地上射击一样。（库什曼将军说："修建防御工事不是海军陆战队的作战方式。"）大部分针对火炮的防御都是在猛烈的炮击后才开始建造或大幅加强的，当时因为春节攻势，其他部队迫切地需要空中补给，这使溪山变得更加孤立无援。他们的防御设施从各处"乞讨"而来，又建造得如此杂乱，伸向远方的沙袋堆明显地偏向一边，薄雾和灰尘过滤了光线，远处的沙袋轮廓依然看不真切。如果撤掉所有的沙袋和铁丝网，溪山看起来就和哥伦比亚山谷的贫民窟没什么区别，他们的粗鄙成为一种牢固的特征，他们的绝望明显无疑，以至于你在离开后的几天里，会因为自己只是旅经苦难而感到羞愧。在溪山，大多数掩体只是没有完整顶盖的破屋，即使在战争期间，你也很难相信美国人会这样生活。溪山防卫战是一件丑闻，你在越南任何地方都能闻到海军陆战队身上陈腐的酸臭味。如果他们听不见仅仅三个月前死在康天的自己人的声音，又怎么能指望他们听到奠边府的死者声音呢？

　　没有一发子弹落在防线内，从基地向上延伸的斜坡上的森林，还没有被烧毁，树枝上挂着摇曳燃烧的降落伞，看起来就像是婴儿的裹尸布。六种深浅不一的绿色告诉我那不是什么漂亮的东西。分诊室外没有一堆破碎的、满是鲜血的丛林迷彩服，每天清晨铁丝网附近也没有横七竖八的死者。当溪山作为一个战术实体永久迷失时，这些都还没有发生。你无法确定它发生的确切时间，也不知道真正的原因。唯一能确定的是，溪山已经变成了一种"激情"，成为司令部心中虚假的"爱情对象"。你甚至无法确定这一激情生成的路线。它是从最脏乱不堪的狭窄战壕出发，向外推进，穿过第1兵团到达西贡，然后继续（带着它真正的防线），直至传递到五角大楼（信息概括程度最高的地方），还是说它本来就起源于五角大楼的那些办公室？六年的失败让那里的空气变得格外糟糕，那里的乐观情绪完全没有任何依据，但仍然被不断生产出来，传到西贡，然后打包运往北方，给士兵们某种理由，让他们理解即将发生在他们身上的事。在它的提纲中，许诺总是很美好：胜利！想象一下四万人在战场上，按照我们的方式，像男人一样战斗，却徒劳无果。将会有一场战争，一场精心设计的战争，"查理"将被杀死，被大量杀死，而如果我们杀得够多，"查理"也许就会离开。面对这样的现实，失败甚至想都不能想，正如在春节攻势后，溪山战役是不是不明智，甚至荒谬的军事决定，这个问题也不能想一样。如果一切都按计划进行，溪山就会像华莱士·史蒂文斯诗中竖立的罐子，"统治所有地方"*。

---

    * 华莱士·史蒂文斯(1879—1955)，美国著名现代诗人，此处引用了其作品《罐子轶事》(*Anecdote of the Jar*)中的诗句。

四

每当我在某个地方看到这个名字，或者被问到它的样子，进而快速回想时，脑海中就会出现一片平坦、暗淡的地面向外延伸，直到不远处出现丘陵（丛林密布）的形状和颜色。我在那里总有种奇怪的、最为紧张的幻觉，看着那些山丘，就会想到里面的死亡和神秘。我能看到那些过去曾亲眼看到的东西：从我所站的地方看基地，上面是山丘，里面人影晃动，直升机从跑道旁的停机坪上升起。但同时，我也会看到另一面：地面、军队，甚至我自己，同样是俯瞰的视角。我不止一次看到了那里的双重景象。我的脑海里一遍又一遍地回荡着几天前第一次听到的那首歌的不祥歌词，"神奇之旅正等着带你离开，"它承诺，"带你离开，等不及要带你离开……"* 这是一首关于溪山的歌，我们那时就知道了，如今它依旧是。在掩体里，一名士兵一直在说可怕的梦话，突然大笑一声，之后就变得比深度睡眠还要安静，过会儿又重来一遍，那里的情况比我能想象的任何地方都更可怕。于是，我站起来走到外面，任何地方都比这儿要好，我站在黑暗中抽着烟，看着山丘，希望没有任何迹象出现，因为它什么也揭示不了，除了更多的恐惧。凌晨三点，我的血液变得与寒冷亲密无间，自愿成为其宿主。从地心开始，一切都在震动，我的腿和身体在颤抖，脑袋不由自主地摇晃起来，但掩体里没人醒来。我们称之为"弧形灯"，"查理"称之为"滚雷"的东西，在夜里响个不停。炸弹被从一万八千英尺的高空投放，然

　＊　出自披头士乐队《神奇之旅》（*Magical Mystery Tour*）中的歌词。

后飞机掉头飞回乌隆或关岛。黎明似乎持续到上午晚些时候，黄昏则在下午四点来临。浓烟吹过我眼前的一切，所有的东西、所有的地方都在燃烧，不用担心记忆扭曲，因为全部的场景、声音都会通过烟雾和烧焦的气味回来。

其中一些像是子弹的硝烟，干净地爆裂在空气中，保持令人舒适的距离；还有一些像是被柴油烧过的大桶排泄物，它们会一直浮在空气里，即使你已经习惯了，也会往你喉咙里钻。就在跑道上，一艘运油机被击中，没人能在听到动静的一小时内停止颤抖。（发生了什么？发生了什么？）一幅画面映入眼帘，先是完全静止的，然后恢复了之前的动作：加热片燃烧释放出巨大热量，上面是个小小的、焦黑的炉子，那是两周前在顺化，一名海军陆战队员用配给盒里的甜点罐给我做的。在一点昏暗的灯光下，我只能看到几个海军陆战队员的轮廓。我们一群人挤在一个充满加热片燃烧的刺鼻气味的掩体里，但我们很高兴，因为多亏了这块加热片，今晚的配给口粮是热的，因为我们知道这个掩体很安全，因为我们既是个人又是集体，找到了很多好笑的事。我随身带着一些加热片，从东河一个上校的助手那里偷的，那是个傲慢的混蛋，而这些家伙已经几天、几个星期没有加热片用了。我还有一瓶酒。（"哦，兄弟，这里欢迎你，非常欢迎你。让我们等军士长来一起喝。"）牛肉和土豆、肉丸和豆子、火腿和"母亲"牌牛肉棒，今晚这些美食都是热的，谁会真的在乎明晚呢？现在又变为地面上的某个地方，下午天光正亮，那儿有一堆四英尺长的C-口粮纸箱，金属绑带下的硬纸板被烧掉了，罐头和工具包落得到处都是，上面还躺着一名年轻的南越突击队员的尸体，他刚来B侦察队，想去捡几罐美国食物。如果他成功了，回到队伍就会成为"名人"，但显然他没有。三发子弹很快就射了过来，没有打死或伤到海军陆战队员。两名准下士正在争吵，一个想把死去的突击队员装进绿色尸袋里，另一个人则只想拿什么把他盖住，然后拖到越南人的部队里。他非常生气，一遍又一遍地说："我们一直和那群该死的家伙们说待在自己的队伍里！"战火吞噬了一切。晚上的交火使几公里外的山坡上的树木都烧着了，浓烟滚滚。上午晚些时候，太阳会带走最后一丝寒意和清晨的薄雾，使人们能从上方看到基地；等到下午晚些时候，寒冷和薄雾又会回来；夜晚再次来临，西侧防线外的天空中，燃烧着的含镁照明弹缓缓落下。成堆的设备都烧着了，黑色的庞然大物令人毛骨悚然，被燃烧出不规则的奇怪形状，就像一架直立在空中的 C-130 运输机的尾巴，了无生气的金属从灰黑色的烟雾中显露出来。天呐，如果它能让金属变成这样，它能让我变成什么样子呢？这时，就在我头顶上方，离我很近的什么东西冒烟了，潮湿的帆布盖在一排沙袋上，下方是一条狭窄的战壕。这个战壕不大，我们很多人都是匆忙进来的。在战壕的另一头有个年轻人的喉咙被击中了，他发出的声音就像婴儿在放声号哭前努力呼唤的声音。当弹雨袭来时，我们正在地面上，一名靠近战壕的海军陆战队员的双腿和腹股沟被严重擦伤了。我几乎是拖着他进的战壕，里面非常拥挤，我有时被迫靠在他身上，他嘴里不停念叨："你个杂种，你个狗东西。"直到有人告诉他，我不是士兵而是记者后，他非常温和地说："先生，小心点，请小心点。"他以前受过伤，所以知道几分钟后会有多痛。那里的士兵经历着最糟糕的事，无论什么都随时可能着火。绕着战术行动中心走远，你会见到一个垃圾场，他们在那里焚烧不能用的装备和迷彩服。在一堆垃圾上，我看到一件防弹衣，破得没人想要。在背面，它的主人记录了自己在越南服役的时间。3月、4月、5月（均以一种犹犹豫豫的精巧字体）、6月、7月、8月、9月、10月、11月、12月、1月、2月，然后就结束了，好像一个被子弹射坏的时钟。一辆吉普车停在垃圾场，一名海军陆战队员跳下车，拿着一件揉成团的迷彩服，使劲让它远离身体。他看起来严肃又惊恐。他连队里的某个人，他甚至都不认识，就在他旁边被炸飞了，溅了他一身。他举着衣服，我相信他的话。"我猜你没办法洗它们，对吗？"我说。当他把它们扔进垃圾场时，看起来就像要哭了。"兄弟，"他说，"你可能得洗一百万年，才能把这件迷彩服洗干净，而这永远不可能。"

我看到一条路，到处都是卡车和吉普车的胎痕，在阵雨中，它们永远泥泞。沿路有一张两美元的纸币，一件刚刚被用来遮盖海军陆战队员尸体的雨披，泡在血坑里，沾满泥水，在风中变硬，呈糟糕的球状，上面印着条纹图案。风吹不动它，只能让凹坑里的血或水微微晃颤。我和两个黑人大兵一起走在这条路上，其中一个凶狠又无助地踢了雨披一脚。"放松点，兄弟，"另一个士兵说，但脸上毫无波动，甚至连头也没回，"你踢的可是美国国旗。"

2月7日清晨，溪山地区发生了恐怖的战斗，即使是我们这些在顺化的人听到消息，也不得不暂时放下自己的恐惧和绝望，承认溪山的恐怖并向其致敬。那感觉就像我们所有人做过的关于战争最糟糕的噩梦一下子成真了，它是那么恐怖，甚至让你在睡梦中都颤抖不已。没有人能在听到它之后，露出那种幸存者的苦涩、神秘的微笑，尽管那几乎是听到灾难消息的本能反应。它让人根本笑不出。

在溪山战斗基地西南五公里处，也就是那条与老挝接壤的河流上，有个特种部队A营地，它被称作"老村"，得名于附近山地土著的小村庄（一年前被空军误炸）。这个营地比大多数特种部队营地都要大，而且建造得更好。它驻扎在相距约七百米的两座山丘上，保护大部分士兵的重要掩体位于离河流最近的山上。这个营地由二十四名美国人和四百多名越南士兵驻扎。营地的掩体很深，很坚固，头顶有三英尺高的钢筋混凝土，看起来牢不可破。午夜之后的某个时段，北越部队突袭并占领了它。他们采取了之前只在德浪河谷用过一次的方式，用了所有人都没想过他们能拥有的武器和战术。九辆轻型坦克（苏制 T-34 坦克和 SU-76 自行火炮）从东西方向，突然逼近营地，它们如此之近，以至于美国人起初甚至误以为炮声是营地的发电机出了故障。炸药包、爆破筒、催泪瓦斯以及（难以形容多么恐怖的）凝固汽油弹被扔进了掩体的机枪缝和通风口。一切都发生在很短的时间内。有人看到一位来老村视察的美国上校在被击倒前，仅拿着手榴弹冲向坦克。（最后，他竟然活了下来，"奇迹"都不足以形容此事。）大约有十到十五名美国人、三百名越南士兵被杀。幸存者们整夜跋涉，大多数步行穿过了北越部队阵地（有些后来被直升机接走），黎明后抵达溪山，据说那时有些人已经精神失常了。就在老村被攻占的同时，溪山遭遇了最猛烈的炮火袭击：当晚有一千五百发炮弹，平均每分钟六发，持续时间超过了任何人的忍受极限。

溪山的海军陆战队看到老村的幸存者们走进他们的营地，看到这些人的脸和分散的目光，听到他们自己悄悄地谈论那件事，用枪口拦住所有访客。天呐，北越人有坦克，有坦克！在老村之后，你晚上向外看时，总能听见靠近的脚步声。在黑暗中巡逻时很难不去想听过的那些故事，关于幽灵般的敌军直升机在军事区边缘飞行；关于敌人在阿肖谷地面上铺设的小径，大到能通行卡车；关于狂热的袭击者，他们服用大量毒品（他们当然吸毒，这让他们疯狂），他们向前推进时拿平民当作盾牌，他们把自己拴在机枪上，宁愿死也不要输，他们对人命毫不在意。

表面上，海军陆战队说老村袭击与溪山战役无关。私底下，他们则骇人听闻地说老村是诱饵，那些可怜、绝望的混蛋们上钩了，正如我们所希望的那样。但其实每个人都知道，知道得清清楚楚，那些不得不和记者讲述这件事的少校和上校们总是会面临尴尬的沉默。人们讨厌提起这件事，也没有人真的提起过，但在老村被攻占后，有一个问题与溪山息息相关。这个问题我一直想问，几个月来我纠结得都快要疯了。上校（我想问），这纯粹是假设，我希望你能理解。但是，如果你认为在那里的所有越南人真的都在那里，又该怎么办呢？如果他们在南风吹起之前发动袭击，那将是一个雾气弥漫的夜晚，我们的飞机根本无法抵达那里；如果他们真的非常想占领溪山，不惜越过三重带倒钩的铁丝网，和德国刀片铁丝网；不惜采取人海战术，越过他们自己人的尸体形成的路障（上校，你在朝鲜战场见过这个战术），一波又一波，人群涌入，直到我们.50口径的枪管过热、融化，M-16自动步枪射到卡壳，所有的阔刀地雷都炸光？如果他们继续朝着被他们的炮火摧毁的基地中心前进，那些小小的战壕和你的海军陆战队队员们搭了一半的掩体毫无用处，从未在这场战争中登场过的米格和伊尔-28轰炸机摧毁战术行动中心、机场跑道、医疗营和指挥塔，然后是两万到四万的北越士兵冲到你面前，该怎么办？如果他们越过了我们设置的全部路障……杀死了所有活物，包括防守或撤退的美军……然后占领溪山，我们该怎么办？

有时那里会发生一些奇怪的事。一天清晨，在季风最强的时节，太阳早上就很明亮，并持续了一整天。清晨的天空一片晴朗，呈现出干净明亮的蓝色。4月以前，他们第一次遇到这样的天气，士兵们醒后不用哆嗦着从掩体里出来，他们脱光了靴子、裤子和防弹衣，吃早餐时，二头肌、三头肌和文身都露了出来。可能是因为北越人知道美国的侦察机和轰炸机会在这样的晴朗早晨加班加点地工作，所以几乎不会有炮击，我们都知道我们可以相信这一判断。在那几个小时里，溪山有种死刑缓期般的气氛。我记得我在路上遇到一位名叫斯塔布的牧师，他为今天早上的奇迹感到格外地喜悦。这些山丘好像不再是昨晚，或者之前所有的日日夜夜，那让人感到恐惧的山丘了。在清晨的阳光下，它们看起来是那么清晰、宁静，似乎你可以带上一些苹果和一本书，在那里待上一个下午。

我一个人在第1营区域内游荡，当时还不到早上八点，我一边走，一边听到有人在我后面唱歌。起初我听不清唱的是什么，只知道是一首短歌，每隔一会就重复一遍，每次都有人笑着叫唱歌的人闭嘴。我放慢了速度，让他们赶了上来。

"我宁愿成为奥斯卡·迈耶热狗……"*那个声音唱着，听起来非常悲哀和孤独。

我当然回头了。他们有两个人，一个大块头黑人，浓密的八字胡一直垂到了嘴角，只要他脸上有一点点不友善的痕迹，这胡子就能将其放大。他至少有六英尺三英寸高，壮得像是个橄榄球四分卫，带着一把 AK-47。另一个是白人，如果我一开始是从后面看到他，我会说他只有十一岁。海军陆战队一定有身高要求，我不知道他是怎么进来的。年龄是一回事，但你怎么才能谎报身高呢？他一直在唱歌，现在他笑了，因为他让我回头了。他叫梅休，他的头盔上用大大的红字写着：梅休——你最好相信它！我一直敞着我的防弹衣，即使在今天这样的早晨，这也是件愚蠢的事，他们可以看到我左胸口袋上缝制的标签，上面写着我们杂志的名字。

"记者？"黑人说。

梅休只是笑了笑。"我宁愿成为——奥斯卡·迈耶……热狗，"他唱道，"你可以把这些都写下来，伙计，把我说的都告诉他们。"

"别理他，"黑人说，"这是梅休。他是个疯子。是不是，梅休？"

"我当然希望如此，"梅休说，"我宁愿成为奥斯卡·迈耶热狗……"

他很年轻，只有十九岁，后来他和我说，他想留胡子。到目前为止，他只有嘴唇上面长着几个分布奇怪的、稀疏的、透明的金色斑点，除非光线合适，否则你看不到它们。那个黑人被叫作"白日

---

* 歌词为奥斯卡·迈耶热狗的广告歌。

旅行家"，这写在他的头盔上，旁边还有"底特律城"。在头盔背面，大多数人只列出了他们在这的月份，他却仔细画了一张完整的日历，每过去一天，就在边上画一个整齐的"×"，他们都来自第 2 营 H 连，沿着北边的防线挖掘战壕，但他们现在正准备顺路拜访个朋友，一名第 26 团第 1 营的迫击炮手。

"如果中尉知道了这事，你清楚他会怎么做。""白日旅行家"说。

"去他的中尉，"梅休说，"你应该知道他脑袋不太好使。"

"嗯，他脑袋不好使，但也足够你喝一壶了。"

"现在他能把我怎么样？送我去越南吗？"

我们走过营队指挥中心，沙袋堆得五英尺高，接着是一个巨大的沙袋包围圈，也就是迫击炮坑。我们爬了下去，中间有一台 4.2 英寸口径迫击炮，地上到处都堆着弹药，几乎堆得和沙袋一样高。一名海军陆战队员躺在灰尘中，脸上盖着一本战争漫画。

"嘿，埃文斯在哪儿？"梅休说，"你认识一个叫埃文斯的人吗？"

海军陆战队员拿下脸上的漫画，抬起头来。之前他一直在睡觉。

"该死的，"他说，"我还以为是指挥官来了呢。你刚刚说什么？"

"我们在找埃文斯，"梅休说，"你认识他吗？"

"我……呃……我想我不认识。我是新来的。"

他看起来就像是那种会独自走进高中体育馆，在篮球队开始训练前投篮半个小时的孩子，可能不够出色，但很有决心。

"其他人很快就会回来。如果你愿意的话可以等，"他看了看周围，笑着说，"这里的环境可能不是很好，但你们可以在这里等。"

梅休从裤子口袋里拿出一罐饼干和切达奶酪酱，从头盔带子里拿出 P-38 开罐器，然后坐了下来。

"不如边等边吃点东西。如果你饿了，它们不算难吃。我现在愿意用我的一只蛋换一罐水果。"

我总是从后方带点水果罐头出来，现在背包里就有一些。

"你喜欢什么水果？"我问。

"任何一种都不错，"他说，"如果有什锦水果罐头就绝了。"

"不，兄弟，""白日旅行家"说，"桃子罐头，桃子泡在糖浆里，简直太赞了。"

"给你，梅休。"我扔给他一罐什锦水果，给了"白日旅行家"一罐桃子，给自己也留了一罐。

我们边吃边聊，梅休给我讲了讲他的父亲和母亲。他父亲"在朝鲜战场被干掉了"，母亲在堪萨斯城的一家百货商店上班。然后他开始讲"白日旅行家"的故事，"白日旅行家"之所以被这么称呼，是因为他害怕夜晚——不是黑暗，而是夜晚——他不介意别人知道这个。没有什么事是他不想在白天完成的，但如果可以，他想在傍晚前就躲进掩体深处。他总是自愿参加危险的日间巡逻，只为确保能在黄昏前回来。（当然这是在过去，现在溪山周围几乎所有的巡逻都停止了。）有很多白人，特别是那些想要耍酷的初级军官，总是来骚扰"白日旅行家"，谈论他的家乡，称其为"道奇城"或"汽车城"，然后哈哈大笑。（"为什么他们觉得底特律*很特别？"他说，"它没什么特别的，这一点也不好笑。"）他是个不知道

---

* 底特律在 20 世纪 60 年代黑人人口迅速上升，1967 年爆发了著名的"第十二街骚乱"种族冲突。

哪里出了问题的黑人，尽管他努力让自己看起来不那么友善，但还是流露出一些温和的气质。他说他认识一些底特律人，他们把迫击炮拆成零件，每个人装一块在行李箱里，等他们回到街区后再重新组装。"你看到那个 4.2 英寸口径迫击炮了吗？"他说，"它可以帮你拿下一个警察局。我现在还好，但也许明年就需要它了。"

就像其他在越南的美国人一样，他同样执着于时间。（从来没有人讨论这场糟糕的战争什么时候结束，只是问："你还要待多长时间？"）但从他头盔上的日历就能看出，"白日旅行家"比大多数人都更执着。没有一位形而上学学者像他那样研究时间、它的组成和含义、它的每一秒、它的阴影和运动。时空连续体、时间即物质、奥古斯丁的时间观＊：所有这些对"白日旅行家"来说都是小菜一碟，他的脑细胞排列得就像最精密的手表里的宝石轴承。他本以为在越南的记者一定得来战场。当他得知我主动要求来到这里时，手里的桃子罐头差点掉到地上。

"等等……让我们等一下，"他说，"你的意思是说你可以不来这里，但是你来了？"

我点了点头。

"好吧，他们肯定给了你一大笔钱。"

"如果我和你说实话，你可能会觉得失望。"

他摇摇头。

"我是说，要不是我不得不来，他们给多少钱我都不会来。"

"胡说八道，"梅休说，"'白日旅行家'喜欢这儿。他马上就到

＊ 奥古斯丁（354—430），古罗马帝国时期著名神学家、天主教思想家，他认为时间是"心灵的伸展"，一切时间都是"现在"，并不存在过去和将来。

期了，但他很快就会回来，是不是？"

"瞎说，我妈妈会在我回去之前，来这边旅游一趟。"

又有四名海军陆战队员进入坑里。

"埃文斯在哪里？"梅休问道，"你们有人认识埃文斯吗？"

一名迫击炮手走了过来。

"他在岘港，"迫击炮手说，"前几天晚上受了点伤。"

"真的吗？"梅休说，"埃文斯受伤了？"

"他伤得重吗？""白日旅行家"问。

"不算太糟，"迫击炮手笑着说，"十天后就能回来，只是腿部中弹了。"

"他运气很好，"另一个人说，"有人中了一样的子弹，然后死了。"

"是啊，格林就死了，"有人说道，不是对我们，而是对已经知道这件事的队员们说，"你们还记得格林吗？"每个人都点头。

"噢，那个格林，"他说，"格林已经准备好回家了，那个该死的家伙。他们都准备给他做体检了，然后就能离开这儿。"

"这是真的，"另一个人说，"他在外面等着在回家前见见少校，然后在离开前一天的晚上死了。"

"听到了吗？""白日旅行家"平静地对梅休说，"就是这样。"

一架四十英尺长，前后各有旋翼的"支奴干"直升机由 C 医疗队的队员驾驶降落在跑道上，看起来就像一头巨大的野兽在泥泞中翻滚，将周围的灰尘、鹅卵石和残骸吹向一百码外。在风力范围内，所有人转身蹲下，抱着脖子抵抗狂风。这些叶片旋转的风可以把你吹倒，可以撕碎你手上的纸，甚至可以将一百磅的沥青路段抬到空中。但棘手的主要是风中的尖锐碎片、硬土块和被人尿过的泥巴水，当它们打在你身上时，你几乎会下意识地转身，把后背和头盔留给它们。那架"支奴干"直升机突然飞了进来，尾舱放下，一名手持.50口径机枪的机枪手俯卧着，守在舱门边缘。在直升机降落之前，无论是他还是舱门机枪手都不会放松握紧武器的手。等他们松了手，巨大机枪的枪管如死物一般落在机舱地上，一群海军陆战队员出现在跑道边缘，艰难地穿过肮脏的风圈，跑向平静的中心。每三秒就有三枚迫击炮弹，集中落在跑道周围两百米内，所幸没有一发打中。直升机的噪音淹没了炮弹的噪音，但我们可以看到跑道上被风吹走的白色烟圈，士兵们仍然向直升机跑去。从直升机后侧下来四个沉甸甸的担架，有的伤员自己慢慢走向医疗帐篷，没有人扶，有的人跟跟跄跄，还有人被两名海军陆战队员架着。很快空担架被送回，又装上四个盖着雨披的尸体，他们先前被放在帐篷前的沙袋旁边。然后直升机陡然升空，惊险地猛降，随后控制住飞行姿势，朝西北方的丛林山丘飞去。

"一定是9团1营，"梅休说，"我敢打赌。"

溪山西北四公里处是861高地，老村之后，它是遭遇最猛烈的袭击的前哨，所有人都觉得选择海军陆战队9团1营驻扎在那里是最合乎逻辑的。一些人甚至觉得，如果是别的队伍，而不是9团1营的人在那儿，861高地可能都不会遇袭。在所有的倒霉部队中，它被认为是最惨的那个，在溪山战役前几天的搜索歼敌行动中，它因遭遇伏击和算计而闻名，伤亡率是所有部队中最高的。这甚至成了一种心照不宣的"声名"，对此最深信不疑的是他们自己，当你和他们在一起时，会感到莫名的恐惧，来自某种神秘可怕的东西，而不仅仅是运气很差。所有的可能性似乎都在急剧下降，包括你对自己能否生还的预估。在861高地上和9团1营待一个下午就能让你紧张好几天，因为只用几分钟你就能看到那里的糟糕情况：状况频出，走着路就突然痉挛，干燥的嘴唇（几秒钟前刚喝过水），完全放弃后的梦幻般的微笑。861高地是"千码凝视"*的大本营，我一直祈祷能有架直升机来把我带走，无论是飞越火线，还是降落在溪山的迫击炮火中——怎样都行！因为不可能比这里更糟了。

　　在老村遇袭后不久的一个夜晚，9团1营的一个整排在巡逻时遭到伏击并被消灭。861高地也频频遇袭，有一次连续三天遭遇敌人对防线的试探，最后这场试探演变成敌人的围攻，一次真正的围攻。出于没人能确定的原因，海军陆战队的直升机拒绝在那里执行任务，9团1营的支援、补给和医疗撤离都被切断。情况十分糟糕，他们不得不独自想办法渡过难关。（当时的故事成了最差劲的海军陆战队故事的一部分，比如一名海军陆战队员知道等不来医疗救助，用手枪射杀了一名受伤的队友；或者海军陆战队对铁丝网外抓到的北越俘虏所做的那些事。其中一些可能是真的。）在861高地，海军陆战队对其空中力量的敌意彻底爆发：当最困难的时刻过去后，终于有一架CH-34直升机出现在山顶，其中的舱门机枪手被敌人的地面火力击中，从直升机上摔了下来，高度至少有两百英尺，当他被击中时，地面上有海军陆战队员在欢呼。

_____

　　* "千码凝视"，一名疲于战斗的士兵心不在焉的凝视，是典型的战斗应激反应。

梅休、"白日旅行家"和我走在C医疗队的分诊帐篷附近,弹片掉进帐篷里,没有什么很好的保护办法。它周围的沙袋只有五英尺高,顶部完全暴露出来。这也是士兵们连最轻的能退伍回家的伤都害怕的原因之一。有人跑出帐篷,给那四名阵亡的海军陆战队员拍了照。"支奴干"的旋翼风吹走了其中两个人身上的雨披,一个已经没有脸了。一位天主教牧师骑着自行车来到帐篷入口并走了进去。一名海军陆战队员走出来,在门帘旁站了一会儿,嘴里叼着根没有点燃的香烟。他没有穿防弹衣,也没有戴头盔。他任由香烟从嘴唇滑落,走了几步,到沙袋前坐下,蜷起腿,垂头在两膝之间,一只胳膊无力地搭在头上,然后敲打自己的后颈,猛烈地摇头,好像很痛苦。他没有受伤。

我们之所以在这里,是因为必须经过这条路才能到我的掩体,我必须在那里拿些东西才能去H连过夜。"白日旅行家"不喜欢走这条路。他看了看那些尸体,然后又看了看我,表情仿佛在说,"看到了吗?你看到这里发生什么了吗?"过去几个月里,我经常看到这样的表情,我自己现在肯定也是那样,我们俩都没说什么,就好像他在一个人走路。他用古怪却平静的声音唱着:"当你到旧金山的时候,一定记得在头上戴些花。"*

我们经过指挥塔,它就是像个瞄准桩,明显又脆弱,爬到它上面比在机关枪面前奔跑还要糟糕,已经有两个指挥塔被击中了,而旁边的沙袋似乎没有任何变化。我们路过满是灰尘的行政建筑和掩体,一堆金属屋顶已被压坏的废弃"硬皮封面",战术行动中心,指挥官厕所,邮局的掩体,没了屋顶的啤酒屋,以及倒塌废弃的军

---

* 出自斯科特·麦肯齐(Scott McKenzie)的《旧金山》(*San Francisco*)。

官俱乐部。"海蜂"工程营的掩体就在前面不远处。

它和其他掩体不同。这里是溪山最深、最安全、最干净的地方，顶上有六英尺高的木头、钢材和沙袋，里面灯火通明。士兵们称它为"阿拉莫的希尔顿酒店"，并认为那是懦夫的温柔乡，几乎每个来到溪山的记者都想在那里搞一张床，一瓶威士忌或一箱啤酒就能让你住好几个晚上，一旦你和他们成了朋友，礼物就只是一种象征，表达你深深的谢意。海军陆战队在离机场跑道非常近的地方建了一个"新闻中心"，那里的环境很糟糕，以至于很多记者觉得那是个不折不扣的阴谋，想让我们中的一些人永远闭嘴。那就是一个狭窄、脆弱并有老鼠出没的洞，有一天里面没人，一枚152毫米的榴弹炮把它炸平了一截。

我走进"海蜂"工程营的掩体，拿起一瓶苏格兰威士忌和一件野战夹克，告诉一名"海蜂"队员，今晚把我的床架留给需要的人。

"你是生我们的气还是有什么别的事？"他说。

"完全没有，明天见。"

"好吧，"我离开时他说，"如果你真要这么做的话。"

当我们三个人向26团2营的地盘走去时，两个海军陆战队的炮兵开始在基地的另一边发射105毫米和155毫米口径的榴弹炮。每发射一枚，我都会退缩一下，然后梅休就会笑。

"你放心，它们都是朝外打的。"他说。

"白日旅行家"最先听到了其他炮弹飞行的啸叫。"这不是朝外的。"他说，然后我们一起跑到几码外的战壕里。

"这确实不是朝外的。"梅休说。

"我刚刚说什么来着？""白日旅行家"喊道，我们到达战壕时，一枚炮弹落在了南越第37突击队营地和弹药库之间的某个地方，接着又来了很多枚，还有一些迫击炮，我们没有数到底有多少。

"真是个美好的早晨，""白日旅行家"说，"天呐，为什么他们就不能让我们单独待一会？"

"因为他们让我们单独待着就领不到工资，"梅休笑着说，"另外，他们知道这么做会把我们搞得一团糟。"

"该死的，你别告诉我你不害怕。"

"你永远看不到我害怕的样子。"

"哦，不。三天前的晚上，当那群混蛋袭击我们的铁丝网时，你在喊你妈妈。"

"胡说！我在越南从来没有被打中过。"

"没被打中？好吧，为什么打不中你呢？"

"因为，"梅休说，"它不存在。"*这是一个很老的笑话，但这一次他没有笑。

到目前为止，营地周围几乎布满了战壕。北边大部分地区由海军陆战队26团2营控制，H连就在那里。它的最西边面对着北越部队战壕，相距仅仅三百米。东边是一条狭窄的河流，越过它往北三公里就是北越部队控制的950高地，其最高的山脊和溪山机场完全

---

* 此处应指一个英语笑话，大意为：妈妈说圣克鲁斯（Santa Cruz）在加州。小朋友说它不存在。妈妈问为什么？小朋友说是你去年圣诞节说的。妈妈说我说的是圣诞老人（Santa Claus）不存在。

平行。掩体和贯通的战壕建在河岸延伸的斜坡上，山丘距离河岸有几百米远。两百米外，对着海军陆战队的战壕，有一名北越狙击手，手持.50口径的机枪，从狙击手掩蔽坑向海军陆战队射击。白天他对着沙袋上方的随便什么东西开火，晚上对着能看到的灯光开火。你在战壕中能清楚地看到他，如果透过海军陆战队狙击手的瞄准镜，你甚至能看到他的脸。海军陆战队用迫击炮和无后坐力炮攻击他时，他就躲进掩蔽坑里等待时机，武装直升机也朝他发射火箭弹，而等它们离开后，他又会上来狙击。最后，他们使用了凝固汽油弹，掩蔽坑上方黑色、橙色的烟雾持续了十分钟，它周围的地面上一个活物也不剩。然而等一切都消失后，狙击手又突然冒出来开了一枪。战壕里的海军陆战队员欢呼起来，他们称他为"亚洲佬卢克"，从那以后，没人再想他出什么事。

梅休有位朋友名叫奥林，来自田纳西州的某个山区，家里有三辆小卡车，做短途运输生意。梅休和"白日旅行家"去26团1营找埃文斯的那天早上，奥林收到了他妻子的一封信。信上直接写道，她并不是像他以为的那样怀孕七个月，而是只有五个月。这完全颠覆了奥林的世界。她总是感觉很糟糕（她写道），于是她去找了牧师，最后牧师让她相信讲真话是打开美好良知的唯一钥匙。她不愿告诉奥林孩子的父亲是谁（亲爱的，请你不要，不要逼我说），只说是一个奥林很熟悉的人。

当我们回到连队时，奥林正坐在战壕上方的沙袋上，独自一人暴露在敌人的射程内，望着远处的山丘和"亚洲佬卢克"。他胖胖的孩子般的脸上露出愠色，不怀好意地眯着眼睛，嘴巴因愤怒而撅起。他偶尔会呆滞地微笑起来，露出干涩无声的笑容。这是一张发狂的美国南方男人的脸，就好像一个在冬天狩猎后，却让肉自然腐烂的猎手。他坐在那儿，拨弄一把刚擦干净的.45口径手枪的枪栓。战壕里没人走近他，也没人和他说话，除了喊："下来吧，奥林！你这样肯定会被打死的，混蛋！"最后军士长走过来说："如果你不把你的屁股从沙袋上挪开，我就亲手开枪打死你。"

"听着，"梅休说，"你最好也去看看牧师。"

"听起来很不错，"奥林说，"那个混蛋能帮我什么？"

"也许你可以请个紧急事假。"

"不，"有人说，"一定得家里有人去世，他们才会批准。"

"哦，别担心，"奥林说，"我家里会有人去世的，只要我一回去就会有。"然后他笑了。

那是一种可怕的笑声，平静又剧烈，让每个听见的人都相信奥林真的会这么做。在那之后，他变成了一个疯狂的大兵。他将会度过这场战争，然后回家杀了他的老婆。这使他在连队里变得特殊起来，也让很多人觉得他的运气会很好，不会有意外发生在他身上，他们尽可能地和他待在一起。连我也这么觉得，我很愿意晚上和他待在同一个掩体内。这并非没有道理。我也信了，如果之后我听说他出了什么事，会感到惊讶。但是当你离开这个队伍后，就很难听到他们的消息了，就算可以，你也会避免听到。可能他死了，或者改变主意了，但我对此深表怀疑。每当我记起奥林，就会想到田纳西州将要发生一起枪击案。

有一次在为期两天的岘港之旅中，梅休违反规定进入黑市买烟叶和充气床垫。

他一直没有买到烟叶，当他最后买下床垫的时候，人都快被吓死了。他对我说，在溪山发生的任何事都没有让他像那天那样害怕。我不知道别人告诉他，如果宪兵队在黑市上抓到他，他将面临什么，但他说，这是两年以来他经历的最刺激的一场冒险。两年前的某一天，猎鹿季结束后，一名狩猎管理员开着直升机把他和一位朋友赶出了树林。我们坐在潮湿的八人小掩体中，梅休和"白日旅行家"就睡在这里。梅休一直想让我晚上用他的床垫睡觉，但我拒绝了。他说如果我不睡在上面，他就把它扔到外面的战壕，直到天亮。我告诉他，如果我想要充气床垫，任何时候在岘港都能买，而且宪兵队也不会管我。我说我喜欢睡在地上，那是很好的训练。他说这完全是胡说八道（他是对的），他对上帝发誓，床垫会和其他垃圾一起整晚躺在外面的战壕里。之后他又神秘兮兮地说，在他不在的时候好好考虑一下。"白日旅行家"问他要去哪儿，但梅休不肯说。

当你周围没有隆隆炮弹声的短暂间歇，当山丘没有遭遇空袭，当防线上没有你来我往的交火时，你坐在掩体里就能听见老鼠跑来跑去的声音。它们中的很多都被毒死、射死、落入陷阱，或被幸运地扔中的军靴砸死，但还有一些在掩体里。这里有尿味，有陈年的汗水味，有C-口粮的腐烂味，有发霉的帆布和个人的污垢味，还有一种战斗区特有的混合气味。我们中的很多人都相信疲惫、恐惧可以被闻出来，甚至某些梦也会散发味道。（在某些事情上，我们就像海明威笔下的吉卜赛人。无论直升机降落时吹起多大的风，你总能知道降落区周围是否有尸袋；侦察队住过的帐篷闻起来就是和其他任何帐篷都不一样。）这个掩体可能是我住过最糟糕的一个，我在里面吐过一次，也是第一次。因为那里几乎没有光线，你不得不对着那些气味胡思乱想，这几乎成为一种消遣。直到我们走进这个掩体，我才真正知道"白日旅行家"到底有多黑。

"这也太臭了，"他说，"我必须得买瓶除臭剂才行。"

他顿了顿。

"今晚准会出事，你就跟着我吧。你该庆幸梅休没觉得你是个废物，把你的脑袋炸飞，他有时很疯狂。"

"你认为我们会被袭击？"

他耸耸肩："敌人可能会出来探查情况。三天前的晚上，他们就来了，他们人很多，杀了一个男孩。杀了我们一个兄弟。"

"不得不说这是一个真正的好掩体，我们的正上方被袭击了，虽然泥土会落在我们头上，但人没事。"

"你们是不是穿着防弹衣睡觉？"

"有人会穿，但我不穿，而梅休就是个疯子，他光着屁股睡觉。他太彪悍了，该死的，鹰都出来了，他居然光着屁股。"

"鹰出来了？那是什么意思？"

"就是说该死的非——常——冷*。"

梅休已经离开一个多小时了，当我和"白日旅行家"走出地上铺满了弹药箱的战壕时，他正在和一些士兵说话，看到我们后，他笑着走过来，看起来就像一个穿着成人装备的男孩，在防弹衣里游泳，步兵们跟在他后面唱着："梅休又续上了刑期……替他祈祷。"

---

* 过去黑奴不能读写，只能根据自然判断天气，鹰停在树上就是寒冷的征兆。

"嘿，'白日旅行家'，"梅休说，"你听见了吗？"

"听见什么？"

"我去延长了服役时间。"

"白日旅行家"脸上的笑容消失了。起初他看起来有些疑惑，很快就变成了危险的愤怒。

"你再说一遍？"

"好的，"梅休说，"我就是为了这个去见指挥官的。"

"行……你延长了多久？"

"只有四个月。"

"只有四个月。那真是太好了，吉姆。"

"嘿，兄弟……"

"别跟我说话，吉姆。"

"轻松点，兄弟，这样我就能提前三个月离开部队。"

"随便你，吉姆。"

"哦，兄弟，别这么叫我，"他看着我说，"每当他生气时就会这么叫我。听着，混蛋，我能提前离开海军陆战队了。我有个探亲假，指挥官说我下个月就可以走了。"

"你不要和我说话，我什么都听不见，你说的话我一个字也没听见，吉姆。"

"噢……"

"你不过是又一个蠢货，我为什么要听你说话？就像你从来没听过我对你说的话一样，一个字也没听过。我知道……哦，兄弟，我知道你已经在那份文件上签字了。"

梅休什么也没说，你很难相信这两人年纪相仿。

"我能拿你怎么样呢？可怜的蠢蛋。你为什么……为什么不直接跑到铁丝网外面去，让他们把你射死，这样还能结束得快些。给，兄弟，这里有一枚手榴弹。你为什么不跑到厕所后面，拔掉撞针躺在上面呢？"

"你到底在说什么啊，兄弟，就四个月而已！"

"就四个月？兄弟，在这个该死的地方待四秒钟都可能让你完蛋，步你爸的后尘，你根本没吸取教训。你是我见过的最可怜、最可怜的士兵，最可怜的那一个！见鬼，梅休，我真替你感到难过。"

"嘿，兄弟，一切都会好起来的，好吗？"

"当然，但你现在不要和我说话。把你的枪擦干净，写信给你妈妈，做点什么。过会儿再和我说话。"

"我们可以抽点东西。"

"好的，待会儿再说。"他走回掩体躺下。梅休则摘下头盔，在侧边写道：4 月 20 日，酷！

有时你走出掩体，会惊讶于时间的流逝，发现外面已是一片漆黑，远处的山底闪闪发光，但你永远找不到光源，如果从很远的地方看，它就像是一座夜幕将至的城市。防线附近漫天都是照明弹，从山麓到山顶，划过一道道冰冷的白光，可能同时有几十枚，拖着浓烟，冒出白热的火花，似乎任何在它范围内的东西都静止不动，好像玩"木头人"游戏的人。有时会有一轮消音的照明弹齐射，由铁丝网内 60 毫米口径的迫击炮筒射出，在北越战壕上方落下，发出几秒的耀眼镁光，勾勒出枯瘦、横倒的桃花心木轮廓——清晰得可怕，然后消失。你能看到迫击炮在三四公里外的树梢上爆炸，散发橙色和灰色的烟雾，以及东边沿着非军事区分布的火力支援基地、卡罗尔营和岩堆基地更猛烈的炮击，目标是疑似的部队行动或北越部队的火箭炮、迫击炮。偶尔——我大概总共看到过三到四次——会发生二次爆炸，直接打中北越部队的弹药补给库，在夜晚看起来很美。即使是射向我们的炮弹，在夜晚也是美丽的，美丽又恐怖。

我记得一名"鬼怪"*飞行员说过，当地空导弹飞向并要杀死他时，它们看起来是那么美丽。我自己也记得在晚上乘坐直升机时，那些.50口径机枪射出的曳光弹是多么迷人，缓慢而优雅，划过一道弧线射过来，好像梦一样，好像那些可能伤害你的东西都离你无比遥远。它会让你感到真正的宁静，一种超越死亡的升华，但这种感觉不会持续太久。飞机任意部位被击中，就能让你回到现实，咬紧的嘴唇、攥得发白的指关节，这些让你清楚自己到底在哪。它们和射向溪山的炮弹不同，你并不经常能看到炮弹。你知道，如果你听到砰的一声，就说明你是安全的，至少暂时得救了。如果在这之后你还站着继续看，那你受伤或者死亡也是自作自受了。

晚上是空袭和炮击最猛烈的时候，因为我们知道那时北越部队会在地面上有所行动。晚上，你可以躺在沙袋上，看着C-47运输机搭载"火神"机枪执行任务，它是标准的"扁平型"飞机，但也有很多C-47会在舱门装上20毫米和7.62毫米的机枪，最快每秒能射

---

* 即F-4战斗机。

出三百发子弹，就像加特林那样，就像宣传册上写的，"不到一分钟，它就能射满整个足球场"。过去，他们称它为"神龙帕夫"*，但海军陆战队显然更了解它，他们叫它"幽灵"。每轮射击的第五发子弹都是曳光弹。当"幽灵"开火时，其他东西就像静止了一样，只有暴力的红色溪流从夜幕中倾泻而下，如果你从很远的地方看，在两轮扫射之间，这条溪流就像彗星尾巴一样，从夜空落到地面然后缓缓消失，几秒钟后枪声也消失了。如果你近距离看到它，你不会相信居然有人敢一夜又一夜、一周又一周顶着这样的枪林弹雨行动，你不由对越共和北越部队心生敬意，因为几个月来，他们每晚都活在这样的空袭炮击之下。这太难以置信了，比上帝对埃及所做的还要糟糕。到了晚上，你会听到海军陆战队员看着它喊："上啊！"等到他们安静下来，有人会说："'幽灵'知道该怎么做。"夜晚非常美丽，但也是你最害怕的时候，你可能会在夜晚经历一些非常糟糕的戏码。

因为，真的，这是多么残酷的选择啊，令人害怕的东西多么奇怪啊！一旦你真正理解这一点，你立马就不会焦虑了，因为那是一种奢侈品，一旦你知道战争带来的死亡和伤害，你就不会再拿它开玩笑了。有人怕头部受伤，有人怕胸部或腹部受伤，但所有人都怕伤痛中的伤痛——伤痛本身。士兵们会不停祈祷——只有你和我，对吗上帝？——我愿意做任何事，只要能让我幸免于难：不要夺走我的腿、我的手、我的眼睛、我的性命，混蛋，请你不要夺走它

---

* 《神龙帕夫》(*Puff the Magic Dragon*)，一首英文歌，歌词虚构了一只会魔法的神龙帕夫(Puff)。"Puff"本是象声词，指烟气喷出的声音。

们，请千万不要。每当炮弹落在人群中，他们会暂时忘记接下来的扫射，他们向后跳，掀掉裤子检查，然后歇斯底里地大笑，即使他们的腿被炸碎，膝盖被炸飞，但因为解脱、震惊、感激和肾上腺素，他们仍然可能保持直立。

在越南，选择无处不在，但你从来不想做这些选择。在"最害怕的事"上，你甚至还有一点体现个人风格的机会。你可能伴着碎裂声流血而亡，因为你乘坐的直升机重重撞在了地上；你可能四分五裂而那些碎片永远也不会被收集起来；你可能肺部中弹，突然就只剩最后几口呼吸；你可能会死于疟疾晚期，耳朵里不断传来微弱的敲击声，在经历了几个月的交火、炮袭和扫射后，你依然可能这样死去。有足够的人、太多的人，死得没这么戏剧性，你总希望你的死亡不要太滑稽，你可能会在某个坑洞突然被刺穿身体，然后一切就永远停下了，除了一两个纯粹无意识的动作，就好像你可以把它踢开似的。可能你倒下时已经死去，医护人员不得不花半个小时寻找杀死你的那个洞，当她检查你的身体时，可能会越来越害怕，你可能经历了枪击、地雷、手榴弹、火箭弹、迫击炮、狙击、爆炸……以至于你的残骸必须装进一件松松垮垮的雨披里，带到坟墓登记处，这就是她写下的全部内容。实在太不可思议了。

在夜晚，似乎一切都变得更有可能。在溪山，只是在那里等，想着他们可能会全军出击（有人说是四万）试试，就能让你睡不着觉。如果他们真这样做了，你是否在非军事区最好的掩体里，你是不是年轻且志向远大，是不是被人爱着，是不是一个非战斗人员、一个观察者，可能都无关紧要了。因为那必将是一场血腥的杀戮，也没有人会检查你的证件。〔我们很多人唯一会说的越南语是"包驰！包驰！"＊（记者！记者！）或者是"包驰法！"（法国记者！）这就相当于哭着说："别开枪！别开枪！"〕你会开始热爱你的生活，热爱并尊重你还活着这个事实，但你往往又对其无所察觉，就像梦游症患者一样。在战场上，"好"就意味活着，在某些特定时刻，这甚至是唯一需要关注的问题。难怪每个人都成了运气的狂热信徒，难怪某些日子你会在凌晨四点醒来，"知道"明天它将会到来，而从那时开始，你就会一直担心地躺在床上，往外冒汗，感受最大限度的恐惧。

可当你真的面临死亡的威胁，情况又不一样了。你和其他任何人没什么不同，你既不能眨眼，也不能吐口水。而且那种感觉每次都是一样的——恐惧又欢愉，睾丸和肠子一起颠倒，感官时断时续，一会下落至意识深处，一会又疾速飞出，重新集中思绪，好像第一次注射赛洛西宾＊＊后的强烈幻觉，并由此抵达一种脆弱的平静，得以短暂跳出所有已知的——任何曾活过的人所知道的——欢乐和恐惧，因它绚烂的光芒而失语，触摸到所有伤痛的边缘，却又一闪而过，仿佛这一切都由外界控制，由神祇或月亮控制。每经历一次，你都会感到无比疲惫、空虚，除了你还活着，什么都想不起来，只知道过去曾有过类似的感觉。在很长一段时间里，这些记忆都模糊不清，但在一定次数后，它们开始拥有形状、获得实体，最后，在某个午后的交火间歇突然清晰起来。那感觉就好像你在非常非常年轻的时候，第一次和女孩亲密接触。

＊　即越南语 Báo chí，实际指报纸或杂志。
＊＊　又名裸盖菇素，是一种具有神经致幻作用的神经毒素。

★

一小时前，科尔曼马灯就降到了最低亮度，现在它彻底熄灭了。一名中尉走进来，拿刺眼的灯光四处照探，寻找他以为会出现在铁丝网附近的人。然后帆布帘落下，遮住了他们战壕和我们战壕间的亮光，于是只剩下烟头和梅休的收音机发出的光。

"我们来聊聊曳光弹吧，"播音员说，"当然，它们看起来很有趣，照亮了天空！但你知道曳光弹会在枪管上留下沉积物吗？它们会导致故障，甚至堵住枪管……"

"嘿，梅休，把那该死的东西关掉。"

"听完体育节目就关。"梅休说。他现在浑身赤裸地坐在床上，弓腰对着收音机，好像收音机的灯光和声音是一场"神迹"。他正在用洗漱用品擦拭自己的脸。

"已经证实了！"有人说，"把雪佛兰的引擎放在福特车里，把福特的引擎放在雪佛兰车里，它们都会跑得更快！已经证实了！"

我们都准备睡觉了。梅休是唯一没穿靴子的人。两名我在白天都没见过的海军陆战队员擅自离开掩体，回来时拿了一张新担架给我用来睡觉，他们看都没看我一眼，好像在说："这根本不值一提，我们喜欢在地面上散步。"他们总是会为你做这样的事，就像梅休试图给我床垫，就像那天顺化的士兵试图给我他们的头盔和防弹衣一样，因为我没有穿着它们。如果你的迷彩服在前线或匍匐寻找掩护时被划破了，几分钟内你就能穿上新的——或者至少是整洁的，而且你永远不知道它们是从哪儿来的。他们一直都在照顾你。

"……所以下一次，"播音员说，"不要忘了这点，它可能会救你的命。"然后另一个声音传来,"好了,接下来是我们精彩的'60年代之声',驻越美军广播网,献给第44防空炮兵团1营,尤其是兵营办公室里的黑人兄弟,奥蒂斯·雷丁*——不朽的奥蒂斯·雷丁的《坐在海湾码头》。"

"好的,兄弟。""白日旅行家"说。

"听着,"一名海军陆战队员说,"当你提到参加这场战争的人时,他们的伤亡不值一提。不值一提!该死的,你在这里活下去的概率比在洛杉矶的高速公路上更大。"

"并不温暖的安慰。"我喃喃地自言自语。

梅休跳了起来,"嘿,兄弟,你冷吗?你之前怎么不说呢?我老妈**给我寄了这个,我还没怎么用过呢。"我还没来得及说一句话,他就扔给我一条银色的方形织物,像《圣经》纸一样落在我手上。那是一张太空毯。

"你老妈?""白日旅行家"说。

"是的,我的母亲。"

"你妈妈还给你寄了什么,手工货?"

"嗯,她还给我寄了圣诞饼干,我连纸都没来得及撕,你就把它们吞了。"

"白日旅行家"笑了,又点了一根烟。

"天呐,"梅休说,"我好饥渴啊……"我们等他接着说下去,但什么都没有。

"嘿,梅休,"有人喊道,"你上过床吗?第一次不算。"

---

* 奥蒂斯·雷丁(1941—1967),美国著名灵魂乐歌手。

** 原文为"old lady",该词在英语中既有"老婆",又有"老妈"的意思。

"噢，""白日旅行家"说，"梅休在岘港海滩有个小情人，那个小妞只喜欢梅休，对不对？"

"好吧，吉姆。"梅休说，"白日旅行家"咯咯笑了起来。收音机里播放了一则戏剧般的提醒，提醒人们不要丢失支付凭证和外汇兑换单，然后电台主持人又上场了："有人为'硬汉保罗'和消防队，以及我们杰出的指挥官弗雷德*点歌……"

"嘿，梅休，把音量调大点！"

"混蛋，你刚刚还让我把它关掉。"

"哥们，这首歌很赞。"

梅休调高了音量，尽管仍然不是太响，但足以覆盖掩体。那个冬天，收音机里常放这首歌：

> 有件事正在这里发生，
>
> 具体是什么还不清楚。
>
> 有个男人拿枪站在那里，
>
> 告诉我要当心。
>
> 我想是时候停下了，孩子，
>
> 那是什么声音？
>
> 大家都在看发生了什么……**

"你知道我在上尉的棚屋里听到了什么吗？"梅休说，"有人说骑兵师要来了。"

---

* 指弗雷德里克·埃德加·弗格森（Frederick Edgar Ferguson），1968 年 1 月 31 日，他作为直升机指挥官英雄般地立功。

** 出自布法罗·斯普林菲尔德（Buffalo Springfield）乐队的代表作《无论如何》（*For What It's Worth*）的歌词。

"是的，"有个声音说，"明天他们就来了。"

"明天几点？"

"别太相信我，"梅休说，"那人是个办事员，他昨天去作战中心，听到了他们的谈话。"

"骑兵师来做什么，把这里变成该死的停机场吗？"

海军陆战队不喜欢陆军第 1 骑兵师（空中机动部队）甚至超过了不喜欢其他陆军，与此同时，骑兵师的人觉得他们在越南的唯一任务，就是帮陷入困境的海军陆战队脱困。过去六个月里，他们帮了海军陆战队十几次，最后一次是在顺化，他们的伤亡几乎和海军陆战队一样多。2 月以来，一直有传闻说他们要救援溪山，到目前为止，它的受重视程度和北越军的进攻传闻一样，有人说北越军会在某个特殊的日子发起进攻。（3 月 13 日，奠边府战役的纪念日是大家唯一相信的日子。那天没有人想靠近溪山，据我所知，唯一留下来的记者是美联社的约翰·惠勒。）如果是进攻传闻，大家都会选择忽视，而如果是救援传闻，无论它听起来多么牵强，海军陆战队员们私下里都会期待，同时公开地嘲笑它。

"哥们，没有骑兵师会靠近这个该死的地方。"

"行吧，我不在乎，"梅休说，"我只是告诉你那人对我说的话。"

"谢谢你，梅休。现在你能闭嘴吗？让我们好好睡一觉。"

那正是我们所做的事。有时在溪山睡觉，就像抽了几管鸦片似的，在持续运转的意识中漂流，你甚至可以在睡着的时候问自己："我是否正在睡觉？"同时感受到地面上的每一声噪音、每一次爆炸、每一次奔跑引起的震颤，并记住它们的细节，但从头到尾你都没有醒。海军陆战队会睁着眼睛睡觉，会僵硬地站着睡觉，他们经常站着打盹儿，好像被施了咒语似的。在那里睡觉没有丝毫快乐可言，那里没有真正的休息，它只提供实际用处——让你免于崩溃，就和冰冷、油腻的 C-口粮能让你免于挨饿一样。那天晚上，可能是正在睡觉的时候，我听到外面有自动武器开火的声音，我没觉得自己醒了，却突然看到三支香烟在黑暗中发着微光，我完全不记得它们是什么时候被点燃的。

"试探。"梅休俯身看着我，穿上了整齐的衣服，他的脸几乎触到了我的脸。那一瞬间，我想他可能是在保护我躲过任何可能飞进来的炮弹。（之前有士兵这么做过。）每个人都醒着，我们的雨披内里都被吹翻，我伸手去拿眼镜和头盔，才发现自己已经戴上了。"白日旅行家"看着我们，梅休正咧着嘴笑。

"听听这可恶的声音，听听，那家伙肯定会把枪管烧坏的。"

那是一把 M-60 机枪，它不是在爆发式地射击，而是在疯狂地持续射击。机枪手肯定看到了什么，可能他正在为试图穿越铁丝网返回的海军陆战队巡逻队打掩护，可能一个三到四人的试探小队被发现了，总之有什么东西在那站着或移动，可能是入侵者，也可能是老鼠，不过这声音听起来像是一个机枪手在阻挡一个师。我不知道是否有还击，突然，枪声停了。

"我们去看看。"梅休抓起他的步枪说。

"你别去外面捣乱，""白日旅行家"说，"如果他们需要我们，他们会派人来找我们，该死的梅休。"

"但现在枪声已经停了，你听，走吧，"然后梅休对我说，"看看我们能不能给你提供个故事。"

"给我一秒钟。"我穿上防弹衣，和他一起走出掩体。"白日旅行家"对着我们摇头，"该死的梅休。"

刚才，枪声听起来就像是从掩体正上方传来的，但那里的海军陆战队员说，它在战壕四十米外的那头。我们在黑暗中行走，人影在周围的薄雾中时隐时现，像是一种古怪、漂浮的存在，这条路给人感觉很漫长，后来梅休的头盔和别人的头盔撞上了。

"你走路看着点儿。"那个人说。

"应该说'你走路看着点儿，长官'。"那是一名中尉，他在笑。

"对不起，长官。"

"梅休？"

"是的，长官。"

"你在这里干什么？"

"我们听到了一些声音。"

"那个人是谁？他的步枪呢？"

"他是个记者，长官。"

"哦……你好。"

"你好。"我说。

"好吧，"中尉说，"你错过了最精彩的部分。你该五分钟前就到这的，我们在第一道铁丝网那儿抓住了三个敌人。"

"他们想干什么？"我问。

"不知道。也许想剪断铁丝网，也许想埋个地雷，或者偷一些我们的阔刀地雷，扔几个手榴弹，骚扰我们，现在还不确定。"

然后我们听到声音，起初像是小女孩的哭声，柔和纤弱，接着我们听见声音越来越响，越来越剧烈，越来越痛苦，直到彻底变成刺耳的尖叫。我们三个人面面相觑，几乎能感觉到对方的颤抖。那声音太可怕了，好像吞噬了黑暗中的其他声音。不管发出这声音的是谁，除了让他发出这声音的原因之外，他此时不会再想任何事。后来我们头顶上传来一声沉闷的爆裂声，一发照明弹无力地落在铁丝网上。

"越南人，"梅休说，"你看到他了吗，看到了吗，在那边的铁丝网上？"

我什么都没看见，那边也没什么动静，尖叫声也停止了。随着照明弹变暗，又开始传来呜咽声并逐渐增强，直到再次变成尖叫。

一名海军陆战队员和我们擦肩而过。他留着八字胡，脖子上系着一条印花降落伞丝带，臀部别着一个枪套，里面装着 M-79 榴弹发射器。有那么一秒钟，我以为自己产生了幻觉，我没有听到他走近的声音，我试着想他可能是从哪边过来的，但想不出来。这把 M-79 枪管被锯短，又配了特制的枪托。这显然是个深受主人喜爱的物件。你能看出来，它发射过如此之多的照明弹，以致它们的光芒如今永久地留在磨得闪闪发亮的枪托上。那名海军陆战队员神情严肃，神枪手的那种严肃。他站在那儿，右手悬在枪套上，等待着。尖叫声又停止了。

"等着，"他说，"我来修理这混蛋。"

他的手放到了武器的手柄上。哭泣声又来了，然后是尖叫，这似乎成了一种模式，北越人一次又一次地尖叫出相同的内容，不需要翻译，我们也知道那是什么意思。

"把这混蛋拖走。"海军陆战队员好像在自言自语。他拔出武器，打开弹匣，放进一枚如同膨胀的子弹般的榴弹，同时，他一直非常仔细地听着尖叫声。他把 M-79 放在左小臂上，瞄准了一秒钟，然后开火。两百米外的铁丝网上冒出一道巨大的火光，喷出橙色火花，然后一切都安静了，除了几公里外的爆炸声和 M-79 被打开、再度合上、装回枪套的声音。那名海军陆战队员的脸上没有任何变化，很快又回到了黑暗中。

"射中了，"梅休悄悄地说，"伙计，你看到了吗？"

我说，"是的（撒谎），这真的很棒，真的很棒。"

中尉说他希望我能在这里找到一些真正的好故事。他叫我放轻松，然后就不见了。梅休又看了看铁丝网的对面，但这次，我们前方土地的寂静却回应了他。他的手指软弱无力地搭在脸上，像是个看恐怖电影的孩子。我戳了戳他的胳膊，然后我们一起回到掩体睡了会儿。

五

更高层的指挥部对溪山的情况持乐观态度，就和帮我们度过春节攻势的乐观一样，那种在一片狼藉中的微笑。这经常导致媒体和海军陆战队高级军官之间的误解，尤其当惨重伤亡被描述为"轻微伤亡"时，当溃败和遭遇伏击被描述为"临时战术"时，当寒冷潮湿的天气被描述为"良好"甚至"好极了"时。当你从非军事区回到岘港温暖的沿海地带，很难相信海军陆战队的新闻处竟在同一天表示非军事区也同样温暖，尤其是当热水澡和更换衣物也无法消除你臀部经受了三天的湿冷时。你不需要是一个经验丰富的战术专家就能意识到你的屁股很冷。

对海军陆战队第 26 团指挥官戴维·朗兹上校的采访，似乎表明他是一个对自己身上的责任完全无动于衷的人。他很有迷惑性，有着"糊弄媒体"的天赋（就像他的一名参谋所说）。他可能看起来温顺、低调、注意力不集中甚至愚蠢（一些记者私下称他为"溪山之狮"），好像他就是因为这些品质才被犬儒的司令部选中，作为其决策的幌子。当被质问成功防守溪山的可能性时，他会说"我不需要增援"或"我不担心，我有海军陆战队"。他身材矮小，有着一双茫然又湿润的眼睛，有点像寓言故事里的啮齿动物，但有一个鲜明标志：浓密细致的军官小胡子。

他自称对奠边府战役一无所知，这让记者们抓狂，毫无疑问这是一种逃避。朗兹非常了解奠边府和那里曾经发生的事，比大多数采访者都知道得更多。当我第一次见到他时，给他带来了一条两周前的消息，他的女婿（我在顺化遇到的一名海军陆战队上尉）在一场发生在皇城西南运河的战斗中受了重伤。这条消息只是我和他打招呼的方式，作为指挥一个团的上校，朗兹当然清楚上尉们的最新信息，但他似乎很高兴能和一个去过那里、见过他女婿的人交谈。他为自己的女婿自豪，也被我的回忆打动。他逐渐厌倦了记者，厌倦了大多数向他提出的问题里所暗含的批评，我不禁对他心生同情。溪山的一些战略和态度导致了士兵的伤亡，但我怀疑它们是否出自朗兹上校。而他本人确实是一个士兵，在溪山待了很长时间，他的脸说明了一切。所有关于他的公开发表的故事，从来没有提到他的个人勇气，也没有提到他在拿部下的性命冒险时所表现出的极端的、特别的谨慎。

如果你想找真正的盲目乐观主义，那种拒绝接受事实、大规模杀害士兵、将你逼到疯狂无助的愤怒中去的乐观主义，必须从溪山向外寻找。溪山的士兵们士气很好（他们中的大多数都活了下来，他们挺了过来），但这并不是任何将军声称他们渴望战斗、渴望袭击到来的理由。在2月底和3月初，我在非军事区进行了为期五天的旅行，耳边全是"好的""非常好""很好""一流"这样的话，仿佛他们所有人都只会说这些。这样的话语倾倒在你身上，直到你也只能说出这些，以阻止自己随便抓住一个灰白的平头脑袋，把它深深按进离你最近的战术地图里。

那五天我和《时代》周刊的卡斯滕·普拉格在一起。普拉格三十岁出头，断断续续报道这场战争已经三年多了。他是来美国上大学的德国人，但他说话完全没有德国口音，取而代之的是一种粗暴、简练、布鲁克林式的说话方式。有一次我问他，为什么他这么快就能不带口音地说英语。他说，"嗯，因为我对语言有超强的听力*。"他还有一双坚韧、敏锐的眼睛，与他的声音和对虚张声势的司令部的鄙视相匹配，这有时会让采访变得紧张。

我们一起从广治飞到卡罗尔营和岩堆基地（它们对敌人所有的火力支援基地发起炮袭，以支援溪山），乘坐一架破旧的海军直升机——迟钝的H-34（我们决定不在意金属老化，而H-34对人体贴入微），飞越寒冷、破碎、薄雾笼罩的山丘，过去三周里，B-52轰炸机往这里投放了超过十二万磅的炸药，地面就像月球表面一样，坑坑洼洼，到处都是熟练的北越炮手。根据过往的经验和气象学家的预测，冬季风应该已经结束了，风应该从南方来，吹净非军事区的天空，给山丘带去温暖，但这些都没有发生。（"天气？"一些上校会

---

* 原文模拟了德国记者的口音。

说，"天气对我们越来越有利了！"）我们当时很冷，你几乎不能在山顶的火力支援基地小便，中午之前和下午三点以后，云幕一如既往地低。旅途的最后，也就是飞往东河时，座位下的铝棒断了，我们摔到地板上，发出的声音就像一枚.50口径的子弹射中了直升机，我们所有人都吓了一跳，然后哈哈大笑。有几次，飞行员觉得有什么东西在山顶上移动，于是下降绕了五六圈，而我们都在因为恐惧和寒冷而呻吟或傻笑。机组组长是一名年轻的海军陆战队员，他在直升机边缘走动，飞行服上没有系安全绳，面对机身的摇晃他感觉十分自如，你甚至来不及钦佩他的勇气，就立马被他轻松优雅的操作吸引。当他蹲在敞开的机门边上，用钳子和一段铁丝重新装上坏掉的座椅时，你不由心生惊叹。在一千五百英尺的高空，身后就是狂风环绕的大门（他有没有想过会掉下去？多久想一次？），他双手自然地放在臀部，就像他只是站在某个街角等待着谁。他知道他很酷，是个艺术家，他也知道我们欣赏他的技艺，但这不属于我们，而是他私人的，他就是那个永远不会从任何该死的直升机上掉下去的家伙。

到了东河，我们直接去了海军陆战队第3师的总部。我们好几天没有洗澡、刮胡子或更换迷彩服了，而普拉格要求立即采访指挥官汤普金斯将军。将军的副官是个干净利落的中尉，脸刮得很干净，上面泛着哑光，他难以置信地盯着我们。那种第一次见面就产生的厌恶是相互的，而且我想我们会永远相互厌恶，但片刻之后，他还是不情愿地领着我们走进将军的办公室。

汤普金斯将军坐在办公桌后面，穿着一件军绿色汗衫，他的微笑让我们感到轻微的疯狂。我们站在那里，满脸胡茬、浑身泥土，穿着破旧的迷彩服。中尉离开房间时，就好像一扇门砰地一声关上了，挡住了寒冷，将军请我们就座。尽管他身体强健，脸色紧绷，饱经风霜，但他还是让我想起了埃弗里特·德克森*。他的微笑中有某种狡猾和有趣的东西，眼神里藏着机智，声音则好像柔和的沙砾，每句话都在深思熟虑中完满结束。他身后按照标准悬挂着几面旗帜，墙上还有一张引人注目的非军事区地形图，有几个小区域被盖住了，没有授权的人不能看。

我们坐下来，将军递给我们香烟（整包），普拉格开始盘问。都是些我听过的内容，是普拉格过去四天所搜集到的内容的大综合。我从来不觉得就任何事情向将军们严肃提问有什么意义，他们也是官员，他们的回答和你想象的几乎一样。我一半时间在听，一半时间在走神。普拉格问了一个冗长又复杂的问题，涉及天气变化、空中军事能力、我们大炮的仰角和射程、敌人的大炮、补给和增援问题以及（抱歉地问）脱离战斗和撤离。随着问题深入，将军双手指尖相触，当提问进行到第三分钟时，他微笑着点头，普拉格对形势的把握似乎给他留下了深刻印象。最后当问题结束时，他把手放在办公桌上，仍然保持微笑。

"什么？"他说。

普拉格和我很快地对视了一眼。

"请原谅，小伙子们，我听力不好，有时听不见你们说的话。"

于是普拉格又说了一遍，声音大得不自然。我的思绪则又回到墙上的地形图，真的进入其中了，以至于窗外的炮声、冷空气中焚

---

* 埃弗里特·德克森(1896—1969)，美国政治家，曾是约翰·肯尼迪和林登·约翰逊执政期间的参议院的共和党领袖。

烧粪便和湿帆布的味道，让我有一会儿仿佛回到了溪山。

我想起有一天晚上，士兵们抱着吉他围坐在一起唱着《花儿都去哪了》，哥伦比亚广播公司新闻部的杰克·劳伦斯问他们是否知道这首歌对很多人的意义，他们回答说，是的，他们知道；想起约翰·惠勒在那里的厕所墙上看到的涂鸦"我想我爱上杰克了"；想起那些离开战壕找担架让我睡觉的士兵；想起梅休的太空毯；想起一个男孩傻乎乎地把一只越南人的耳朵寄回家给心爱的女孩，而不明白为什么她不再给他写信了；想起部署在军事区的海军陆战队第13机动营，他们的野蛮和亲切、他们表达感谢的方式，尽管他们觉得你是疯了才会去那儿；想起在溪山的海军陆战队，今晚大约是炮击的第四十五个夜晚，比《圣经》中大洪水持续的时间还长。普拉格还在说话，将军还在点头，双手指尖还轻贴在一起，问题就快结束了。普拉格说："将军，我想知道的是，如果他们决定进攻溪山，同时袭击海军陆战队为支援溪山而设立的、遍布整个非军事区的每一个基地，该怎么办？"

我心想，请吧将军，说"上帝保佑！"，然后举起双手，让不由自主的颤抖折磨你高瘦又强硬的身躯。记住老村，记住梅休。

将军微笑着，露出毫不怀疑的期待神情，说："这……正是……我们想让他们做的。"

我们感谢了他的时间和香烟，然后离开，去找晚上睡觉的地方了。

我们返回岘港的当天下午，海军陆战队操控的新闻中心举行了一场重要的发布会，地点是河边的一块地方，很多记者采访第 1 兵团时会驻扎在那里。一名来自海军陆战队总部的第 3 两栖部队准将过来向我们介绍非军事区和溪山的情况变化。负责"新闻行动"的上校显然很紧张，被用作发布会场地的餐厅打扫干净了，麦克风和椅子摆好了，印刷材料也整理好了。这些官方发布会通常会影响你对战争的看法，就像照明弹对夜视的影响一样，但这次有些不同，记者们从第 1 兵团的各个地方赶过来。《华盛顿邮报》的彼得·布雷斯特鲁普（之前在《纽约时报》）就是其中一员，他报道这场战争快三年了，朝鲜战争时期，他曾是海军陆战队的一名上尉。前海军陆战队员就像前天主教徒或轮休的联邦调查局人员，布雷斯特鲁普仍然十分关注海军陆战队，对他们在溪山糟糕的防御工事越来越恼火，惊讶于他们抵抗炮击的能力竟如此之差。当上校介绍将军并开始发布会时，他安静地坐着。

天气很好："每天早上十点之前，太阳就会从溪山升起。"（坐着的记者们集体发出低吟。）"我很高兴地告诉你们，9 号公路已经完全畅通了。"（将军，你会从 9 号公路进溪山吗？我敢打赌你不会。）

"溪山的海军陆战队怎么样？"有人问道。

"我很高兴你们问到这点，"将军说，"我今天早上在溪山待了几个小时，我想告诉你，那里的海军陆战队是干净的！"

一片诡异的寂静。我想我们都听见了他说的话，那个人说溪山的海军陆战队是"干净"的（"干净？他说的是'干净'，对吗？"），但我们没人能理解他的意思。

"是的，他们每天都刮胡子，每隔一天就泡澡或好好洗一次澡。

他们的心情很好，精神很好，士气也很好，眼里闪烁着光芒！"

布雷斯特鲁普站了起来。

"将军。"

"彼得？"

"将军，溪山的防御工事怎么样？你们在那里建了一个配空调的绝佳的军官俱乐部，现在已是一片狼藉，还有你们建的啤酒厅也被彻底炸毁了，"他刚开始时很平静，但现在很难控制声音中的怒气，"你们在那里有支医疗队，简直是耻辱，他们就在机场跑道上，每天暴露在数百发子弹下，头顶没有丝毫保护。你们从 7 月开始就在基地部署人手，至少 11 月就预计会有袭击，1 月敌人开始猛烈炮击。将军，为什么那些海军陆战队到现在还没有挖好防御工事？"

房间里很安静。布雷斯特鲁普坐下来时，脸上露出了凶狠的笑容。当他开始提问时，上校猛地坐到椅子的一边，好像被枪击了一样。现在，他正试着让自己的脸出现在将军眼里，这样他就能摆出一副"看到了吗，将军？看到我每天都要面对的那种蠢货了吗？"的表情。布雷斯特鲁普直视将军，等待他的回答。这并不是一个修辞性问题，回答也很快就来了。

"彼得，"将军说，"我想你在用一个非常大的锤子砸一个小钉子。"

六

舱门机枪手探出身子往下看，突然笑了起来。他写了张纸条递给我，"我们肯定朝他们的山头尿了一大泡。"

夏季风来了，酷热又回来了，溪山的磨难也快结束了。飞越非军事区的最西边，你只需看看山丘就能知道那个冬天的可怕。

在北越部队控制9号公路并将海军陆战队围困在溪山的大部分时间里，人们只能透过浓雾看到一小块山丘——寒冷且充满敌意，所有的颜色都被无雨的季风消磨殆尽，或隐匿在雾气之中，而现在它们在新春的阳光下生机勃勃。

你经常会听到海军陆战队员谈论那些山丘本该多么美丽，但那个春天它们并不美丽。它们曾是安南皇室的狩猎场。老虎、鹿和跳跃的松鼠曾在这里生活。我想象过安南皇室的狩猎情景，但最终只能想象出一个东方童话故事：皇帝和皇后、太子和王子们、宫廷宠儿和特使，所有人都为狩猎而盛装打扮；绣帷上的纤细身影；无伤猎杀的承诺；包括马背上的调情以及"死亡微笑"游戏的宁静嬉戏。即便是现在，你也能听到海军陆战队员将这些山丘和他们家乡附近的山丘比较，说在这些山丘上狩猎除人以外的任何东西，该有多么愉快啊。

但我认为，海军陆战队对这些山丘还是痛恨更多，不是像我们许多人那样时不时地痛恨，而是持续地、诅咒般地痛恨。他们宁可在丛林，在古越河边干燥的平地上战斗，也不愿意在山丘中战斗。有一次我听到一名士兵说它们让人"愤怒"，他可能是从电影或电视剧里学的，从他的角度看也确实如此，所以当我们破坏它们、毁灭它们，焚烧它们的一部分，让它们永远变为不毛之地时，我想很多海军陆战队员会感觉很好，这暗示着某种权力。他们爬过这些山丘，双腿疼痛难忍；他们在山路上遭到伏击，被炸得四分五裂；他们被困在荒芜的山脊上；他们躺在枪林弹雨中，只能抓紧生长于山丘之上的树叶；他们独自在恐惧、疲惫和羞愧中哭泣，能感觉到的只有随黑夜而至的恐怖。而现在，到了 4 月，他们终于要开始复仇了。

我们从来没有宣布实行焦土战术，除了搜索歼敌行动之外，我们从来没有公开宣布过任何战术，我们以最明显的方式开展战争。我们利用手里的装备，在溪山方圆三十英里的范围内投放了战争史上最大数量的炸药；在敌人围堵溪山的十一周里，我们采用"饱和轰炸技术"，向那些山丘投放了超过十二万吨的炸弹，较小的山丘被炸翻了，较陡的山丘被炸得面目全非，较大的山丘上则留下了巨大的伤疤和凹坑，以致遥远文化的研究者可能通过它们看到某种执念和宗教符号的仪式性重复，看到幽深的黑暗中心，向四周喷射出颠倒土地的夺目光线，形似阿兹特克人的太阳图腾，表明它们的制造者对自然怀有的敬畏之情。

在一次从甘露到东河的直升机上，我坐在一个海军陆战队员旁边，他从背包里拿出一本《圣经》，起飞前他就在读了。他用圆珠笔在防弹衣上画了一个小十字架，在头盔上画了一个更不显眼的。在参加越战的海军陆战队员中，他的长相颇为怪异。首先，无论他在太阳下待多久都不会晒黑，他的脸上会出现红色斑点，尽管他头发是深褐色的，还有，他可能超重了二十磅，这从他的靴子和迷彩服就能看出——它们被撑得到处隆起。他并不是牧师的助手或其他人员，只是一个碰巧又胖又白又虔诚的士兵。（你不会遇到很多虔诚的信徒，尽管你如此预期，因为这里有不少来自南部和中西部的孩子、来自农场和小镇的孩子。）系好安全带后，他就开始看书，全神贯注，我靠在门边，看着地上绵延不绝的巨坑，看着被凝固汽油弹或化学喷雾侵蚀掉表面的巨大伤疤。（有一支空军特种部队专门执行落叶任务，他们被称作"牧场之手"，他们的座右铭是"只有我们能战胜森林"。）当我拿香烟递给他时，他从《圣经》中抬起眼，摇了摇头，发出快速、无意义的笑声，这种笑声使我确信他经历了很多次行动。也许他去过溪山，或者去过第9团所在的861高地。我想他没有意识到我不是海军陆战队员，我穿着一件海军陆战队的防弹衣，上面缝着的记者标签被遮住了。他认为递烟是一种友好的礼节，所以想回应下，于是笑着指向《圣经》中的一段，那是《诗篇》91：5，上面写着：

> 你必不怕黑夜的惊骇，或是白日飞的箭。
>
> 也不怕黑夜行的瘟疫，或是午间灭人的毒病。
>
> 虽有千人仆倒在你旁边，万人仆倒在你右边，这灾却不得临近你。*

好吧，我心想，我很高兴看到这些，于是在一张纸上写下"写得很美"递给他，他猛地竖起大拇指，意思是他也这么觉得。他继续看书，我继续看门外，但在前往东河的整个途中，我都有一种强烈的冲动，我想翻阅《诗篇》，找到一个我可以指给他的段落，那段话说的是他们被自己所做的污秽了，因自己的创造而犯下邪淫。

溪山的救援工作于4月1日开始。它的代号是"天马"行动，虽然它包括一万多名海军陆战队和三个完整的南越营，但行动代号的风格却更像第1骑兵师（空中机动部队）。一周前，一万八千名骑

---

* 译文引自《圣经》和合本。

兵师士兵离开在东河附近的埃文斯营地的基地，转移到溪山东北十一英里处的一个河谷里，那里正好在北越大炮（藏在老挝山脉中）的射程之外。骑兵师有大量的直升机，这也是骑兵师的核心。"空中起重机"*吊装挖掘设备，"支奴干"运来重型火炮，几天内就出现了一个比第1兵团大多数永久基地看起来更好的前方作战基地，建成了一条一千米长的机场跑道和深厚且通风的掩体。他们称其为"斯塔德降落区"，一旦它完工，溪山就不再是行动中心，而只是一个目标。

这几乎就像战争已经结束了。在"天马"行动开始的前一天，约翰逊总统宣布暂停对北越的空袭，并宣布不再竞选下任总统。海军陆战队第11工程营已经开始沿着9号公路拆除地雷、修复桥梁，他们没有遇到任何抵抗。对溪山的炮击也变成了一天几发零星的炮弹，两个多星期前，威斯特摩兰将军表示，在他看来，对溪山的攻击永远不会来了。北越第304师和第325C师都已经离开了该地区，似乎除了一支象征性的部队外，所有北越部队都消失了。现在无论你走到哪里，都能看到整个越南最令人安慰的军徽，那就是黄黑相间的第1骑兵师肩章。你现在和这些专家、精英们在一起了。降落区和火力支援基地正在以每天三四个的速度建立，他们每小时都在向溪山靠近。

真的，这简直太棒了，但到了第三天，出现了一种奇怪的感觉。作为一次行动，它体现了骑兵师指挥官约翰·托尔森少将的风格，他是一位敏锐又富有才智的出众将军。整个行动的速度和精确

---

* 即CH-54直升机，马力强劲，在越南战场表现出色，可用于紧急救援、吊装大型设备。

度都令人难以置信，特别是对一个过去三个月的大部分时间都和海军陆战队待在一起的人来说。"天马"行动在战术和实施上可以说是简洁而优雅。司汤达会喜欢它（他会说这是一个"前线故事"），但很快它看起来更像是一场奇观，而不是军事行动，一次旨在"非救援"溪山"非围困"的"非行动"。当我对托尔森将军说，我并不理解骑兵师在做什么时，他对我说，关于战争，你可能比你以为的更聪明。"'天马'行动没有目标，它旨在参与。"但是参与什么呢？

也许就像我们所说的那样，B-52 轰炸机已经把他们全部赶走了，摧毁了他们进攻的意志。（我们声称有一万三千名北越士兵死于我们的突袭。）也许他们早在 1 月份就离开了溪山，留下被围困的海军陆战队，然后穿过第 1 兵团，为春节攻势做准备。很多人都相信，只要足够灵巧活跃，几个营就能让海军陆战队在溪山的铁丝网内和地下待上几个星期。也许他们意识到进攻不可能成功，然后回到了老挝，或者阿肖，或者广治，或者顺化。我们不知道。他们在某个地方，但肯定不在溪山附近了。

我们发现了难以置信的武器，整箱整箱的火箭弹，发射器还被纸包着，AK-47 整箱装在防腐油里，所有这些都表明营级武装已经匆忙转移了。骑兵师和 9 号公路上方的海军陆战队找到的装备表明，北越部队以连为单位逃跑了。人们在地面上发现了整齐排列的背包，里面有士兵们写的日记和诗，但几乎没有提到他们去了哪或为什么去。相较发现的武器和补给数量（越南战场的最高纪录），战俘人数出奇地少，尽管有一名战俘告诉审讯者，他们团有百分之七十五的人被我们的 B-52 轰炸机杀死了，那意味着将近一千五百人，幸存者也一直在挨饿。这名战俘是被我们从北 881 高地的一个狙击手掩蔽坑里拖出来的，对此他似乎很感激。一名参与审问的美国军官说，这个男孩还不到十七八岁，北越政府将这些孩子投到战争中，简直太可怕了。我不记得有任何人，无论是海军陆战队还是骑兵师，是军官还是应征入伍的新兵，在看到这些战俘、意识到他们在这个冬天所遭受的种种苦难时，无所触动。

　　十一个星期以来，溪山的海军陆战队第一次离开了他们的防线，步行两英里抵达，在一场在那几周里堪称激烈的战斗之后，占领了471高地。很多降落区，包括斯塔德降落区，偶尔会遭到火箭弹和迫击炮的袭击；骑兵师被北越炮手打下了一些飞机；几乎每天都有激烈的小规模交火。大多数下午，大多数降落区都有一两个尸袋等待运走，这和之前的情况不同，而也正是问题所在。经历过冬天的屠杀，你会害怕这种不寻常的仁慈，害怕变得松懈，害怕玩笑落在你头上。如果它必须发生，在顺化或在溪山是一回事，但成为不幸的个别人是另一回事。（"为什么是我？"这是大家头盔上的常见涂鸦。）你可能会听到骑兵师的士兵说："我听说海军陆战队在9号公路上倒了霉。"他真正的意思是，海军陆战队当然会倒霉，他们在这场战争中还能做什么呢？骑兵师承认换作他们可能也会死人，但绝不会像海军陆战队那样。有个故事在"天马"行动的战术责任区流传开来，说是一名海军陆战队员被北越部队封锁在山坡上，但海军陆战队的直升机拒绝去接他，于是骑兵师出马救了他。不论这是不是真的，它都表明了海军陆战队和骑兵师之间复杂的竞争关系，当骑兵师派出一支部队接替471高地上的海军陆战队时，并没有发生战争电影中仅存的浪漫情节：没有叫喊，没有恶作剧，没有欢乐的污言秽语或者老套的台词"嘿，你从哪里来？布鲁克林？！不是开玩笑吧！我也是！”，只有到达文件和离开文件的传递，他们一句话也没说。

★

马丁·路德·金的去世 * 以一种其他外部事件从未有过的方式影响了这场战争。在那之后的几天里，发生了一些小规模骚乱、一两起刺杀事件，当然官方对此都予以否认。海军陆战队在岘港海滩的娱乐设施被禁用一天。在斯塔德降落区，我们站在收音机旁，听着来自美国多个城市的枪声。将军幕僚中的一位南方上校告诉我，这无疑是一件非常耻辱的事，但我不得不承认（不是吗？）这就是他一直想要的。骑兵师的一名黑人上士前一天晚上还带我到他的小队吃晚饭，那天却对我视而不见，但当天晚些时候，他来到记者帐篷，向我道歉。我从背包里拿出一瓶苏格兰威士忌，和他一起到外面坐在草地上，看着照明弹落在河对岸的山坡上。仍然有一些夜雾，在火光下看起来就像大雪，峡谷就像雪道。

他来自亚拉巴马州，几乎已经决定要在军队中发展。甚至在马丁·路德·金被谋杀之前，他就已经知道这某天会意味着什么，但他一直希望能以某种方式绕过它。

“现在我该怎么办？”他说。

“我回答不了这个问题。”

“但你想想，我是不是该把枪口转向自己人？该死的！”

几乎没有一个黑人军士不需要思考这个问题。我们坐在黑暗

---

* 1968 年 4 月 4 日下午，马丁·路德·金在孟菲斯市洛林汽车旅店二层被种族主义分子暗杀。

中，他告诉我，当天下午他从我身边走过时，情不自禁地觉得恶心。

"该死，在这种军队里我干不了太久，没有办法。我只希望自己能在紧要关头拖延一下。去他的，我为什么要在这里？家里正麻烦不断。"

山上传来一些枪声，十几发 M-79 榴弹以及 AK-47 沉闷的啪啪声，枪声和我们之间隔着一个完整的美国师。但那个男人在哭，他试图把目光移开，而我尽量不去看。

"这真是一个糟糕的夜晚，"我说，"我能对你说什么呢？"

他站起来，看了看小山，然后开始离开。"哦，哥们，"他说，"这场战争没完没了。"

在老村的一座小山丘上，我们发现了一具尸体，在失事的吉普车后座上躺了两个月，对面就是 2 月份被北越部队占领的山丘，山丘上面还有特种部队的掩体。北越人现在还在那里，就在七百米外。那具尸体是我们见过的最糟糕的东西，已经完全变黑了，脸上的皮肤像绷紧的皮革一样往后缩，以致所有的牙齿都露了出来。我们对他没有被埋葬或至少被遮掩一下感到愤怒，然后我们离开，驻扎在山丘周围，接着南越士兵向掩体移动，但被机枪击退。我们坐在山上，看着凝固汽油弹落下，然后架起一台无后坐力炮，朝通风口开火。我回到斯塔德降落区。第二天，骑兵师的一个连尝试拿下它，分成两个纵队从高低两个方向靠近敌人，但山丘之间几乎没有掩体，他们也被击退了。那天晚上，连队遭到猛烈的火箭炮袭击，但伤亡并不严重。第三天，我和美联社的里克·默伦、约翰·伦格尔一起回到这里。当天晚上，掩体遭到了猛烈的空袭，两架"泥鳅"直升机在上方几英尺处盘旋，喷射火力。

一位年轻的上尉说："兄弟，你相信吗？一个越南人用一把54式机枪就能让'泥鳅'飞不回来。"这太难以置信了。这些小飞机是越南空中最漂亮的东西（你有时甚至会停下来欣赏一下它的机械美），它们就像巢外的黄蜂一样悬停在掩体上方。"这才是性感，"上尉说，"真正的性感。"

一架"泥鳅"突然升起，飞过山丘，过了河，直奔老挝，它快速盘旋、下沉，直接从我们头顶飞过，悬在那边。飞行员用无线电向上尉报告。

"长官，有个越南人正沿着小路向老挝靠近，请求允许射杀。"

"授予权限。"

"谢谢。"飞行员说，然后飞机开始移动，朝小路加速前进，开火。

一枚火箭炮呼啸而过，穿过了山丘，我们朝掩体跑去，接着又来了两枚，但都没有落在山上，于是我们再次向对面的山丘发起进攻，一只眼睛看着机枪缝隙里飞舞的光点，另一只眼睛检查地面上是否有陷阱。但敌人放弃了这里，我们没有开枪就占领了它，站在掩体顶部，俯瞰老挝，扫过两辆俄罗斯坦克的残骸，感到如释重负，感到胜利和愚蠢。那天下午，当我和默伦飞回斯塔德降落区时，那具发黑的尸体和我们同行。在直升机接走我们的前十分钟，才有人盖住他，尸袋上爬满了苍蝇，直到飞机上升才把它们吓走。我们在坟墓登记处下车，那里的一个工作人员打开袋子说，"该死的，这是个越南人！你们把他带到这里来干什么？"

"你看清楚了吗？他穿着我们的制服。"

"我才不管这个，这不是美国人，而是该死的越南人！"

"等一下，"另一个家伙说，"也许是个黑人……"

把我们带回溪山的直升机几乎还没碰到跑道，我们就又开始奔跑了。我看到海军陆战队员在那里打垒球，到处乱窜，挂衣服。但我拒绝相信，所以跑走了。奔跑是我在那里所知的唯一正确行为，我知道掩体在哪，于是跑向那里。

"你一定是在进行空降训练。"一些士兵说，我放慢了脚步。

"再也不用那么紧张了。"一名黑人海军陆战队员说，他们都脱掉了迷彩服衬衫，估计有几百人，到处都是。尽管这听起来不可能，但我相信一定是没事了。我在跑步时才意识到防弹衣和背包的重量。近五百名南越突击队队员坐在机场跑道附近，周围是他们的全部装备。其中一人跑到一位美国人（可能是一名顾问）跟前，紧紧拥抱了他，早上他们就要被带走了。朗兹上校的继任者随时可能到达基地，第26团的一些人已经被转移到岘港以南的会安。新的 C 医疗队分诊室刚刚完工，在地下深处，并且光线充足，不过每天只有几个人在那里接受治疗。我去了 H 连的驻地，但他们已经走了，取而代之的是骑兵师的一个连。他们已经沿着防线清理了所有战壕的地面，现在那个旧掩体闻起来就像早上刚挖的一样。难怪海军陆战队不喜欢骑兵师，每当他们在附近就会感觉不自在。我在一个垃圾堆里小便，一名海军陆战队中士走了过来。

"下次请用尿瓶。"他说。

我完全没想到它，我不记得在溪山见过尿瓶。

"骑兵师接管了大部分防线吗？"我问。

"呃……"

"不用再操心这些事了，一定很轻松吧。"

"该死的，如果这里还有海军陆战队的话，我会感觉舒服很多。该死的骑兵师，只会在值守的时候睡觉。"

"你看到了吗？"

"没有，但他们就是这么做的。"

"你不喜欢骑兵师吗？"

"我不会这么说。"

在距离跑道四百米远的地方，一个男人独自坐在弹药箱上，那是上校。我已经将近六个星期没见到他了，他看起来很疲惫。他有着和这里的其他海军陆战队员一样的凝视，他的胡子边缘卷成两个紧绷的点，上面粘着干掉的奶油咖啡。是的，他说，离开这个地方当然值得庆祝。他坐在那里看着这些山丘，我想他几乎被它们催眠了。现在它们不再是过去十个月里包围他的那些山了。它们那可怕的神秘保持了那么长时间，以至于当你发现它们突然变得平静时，变化大得好像经历了一场大洪水。

接下来的一个月，一支象征性的美国部队驻扎在溪山，海军陆战队重新开始在山间巡逻，就像他们一年前所做的那样。很多人都想知道，为什么溪山基地这个月是我们西边的防御支柱，下个月就变成了一个一文不值的地方？他们只被告知情况有变。很多人甚至怀疑官方和北越达成了某种秘密协议。在溪山被抛弃后，沿着非军事区的行动几乎都停止了。代表团宣称这是一场胜利，威斯特摩兰将军说这是"截然相反的奠边府"。6月初，工程营收拾起简易的飞机跑道，把挽救回来的沥青和碎石路面运回东河。掩体里填满了烈性炸药，然后引爆。剩下的沙袋和铁丝网被留给丛林——在这夏天的高地，它凶猛地茂盛生长，似乎有股力量迫不及待地想要消除那个冬天留下的所有痕迹。

后记：岘港海滩

这是一片面向岘港湾的蜿蜒海滨。即使在冬季风盛行的时节，这里的下午也是一样地温暖晴朗，但现在到了8月，这些干燥炎热的夏季风会把沙滩上尖锐的沙砾吹进你的眼睛，打在你的皮肤上。在他们十三个月的服役期中，第1兵团的每一名海军陆战队员都至少会在岘港海滩度过几天假期，在这里他们可以游泳、冲浪、喝酒、抽烟、在游乐场里玩耍、租帆船或者只是在海滩上睡觉。他们在这里有时是因为在越南国内的休整或假期，有时是因为在战场上有杰出表现。有些海军陆战队员来到这里，不仅仅是因为他们会打仗——他们几乎每个月都会来一次——也是因为他们的连长不想在没有行动时看见他们。只要获得军功，他们就能有三天假期，就像被判缓刑，其间承诺给他们热食、热水澡、休闲时间和数英里的海滩。有时骑兵师的直升机会在海滩上低空飞行，嗡嗡作响，故意打扰海军陆战队，有一次遇到一个穿比基尼的漂亮女孩，其中一架直升机还真的降落了。但实际上你在这里很少看到女性，大多是海军陆战队员，有些日子里多达几千名。他们有时会在海浪中嬉戏，咯咯笑着、喊着，沿着海岸线玩沙滩飞盘，就像孩子一样；有时只是躺着睡觉，一半在水里，一半在沙子里。你很清楚这不是战争景象，但他们是海军陆战队，只是看着他们在那里，在潮水中一瘸一拐地走着，就会给人一种可怕的感觉。

海滩上有座长长的、不通风的混凝土建筑——自助餐厅。那里有越南最好的点唱机，黑人海军陆战队员在那里待的时间比在海滩上更多。他们在房间里晃来晃去，拿着油腻的汉堡，湿软的薯条，装满麦芽奶、葡萄汁或番茄汁（其中一人告诉我，它太赞了）的大纸杯。你可以坐在桌子边听音乐，享受阴凉。每隔一段时间，就会有一些认出你的士兵过来和你聊天。看到他们总是很令人开心，但他们也总给你带来坏消息，有时你只是看到战争对他们的伤害，就会感到可怕。好在现在走到我跟前的两个人看起来都很好。

"你是一名记者，对吗？"

我点了点头。

"我们在溪山见过你一次。"

他们来自海军陆战队第 26 团 H 连，他们告诉了我 4 月以来那里发生的一切。他们和奥林、"白日旅行家"不是一个排的，但知道这两人都回家了。有一位跑出去帮我拿担架睡觉的士兵正躺在日本的一家大医院里。我想不起那个我最想知道消息的士兵的名字，可能我害怕他们告诉我些什么，但我还是描述了他：一只金发小猫，想留胡子。

"哦，你是说斯托纳。"

"不，不是。他总是和'白日旅行家'在一起。我指的是 3 月份延长服役的那个家伙。一个疯狂、有趣的小家伙。"

他们看了眼对方。我很后悔自己问了这个问题。

"我认识你说的那个人，"其中一人说，"他是不是喜欢唱着歌到处乱跑，唱得难听死了？我知道他，他死了，这个小混蛋叫什么名字来着？"

"我不知道你说的是谁。"另一名海军陆战队员说。

"该死，我想起来了，他是在会安那次精彩的行动中被干掉的。还记得吗？在 5 月份。"

"哦！是他啊。"

"被一枚该死的 RPG 榴弹正中胸口，我应该能想起他的名字。"

但我已经想起来了。我坐在那里拨弄着一瓶防晒油。

"蒙蒂菲奥里。"其中一人说。

"不是，但确实是 M 开头。"另一个人说。

"温特斯！"

"不是，蠢货，'温特斯'是 M 开头吗？"

"是莫里西吧。"

"你是在逗我吗？莫里西上周刚回家……"

他们就这样继续着，他们真的记不起来了。对他们而言，想起一个死去战友的名字只是一个有关自尊或礼貌的问题，他们打算试一试，而当他们觉得我没有在看时，他们互相看着对方微笑不语。

照明弹

我们都被绑在"支奴干"的座位上，有五十个人，什么东西正在击打直升机，就像有人在外面用一把大锤子砸它一样。他们是怎么做到的？我想，这可是在一千英尺的高空啊！但这就是事实，一次又一次的袭击，直到直升机开始摇晃、下沉，陷入可怕的失控状态，我的胃里翻江倒海。我忍不住笑了，这太令人兴奋了。这就是我想要的，几乎就是我想要的，除了那令人头痛的、反复的金属回声。即使是在巨大的旋翼噪音下，我仍然能听到它。我知道他们正在努力修理飞机，让噪音停止。他们必须做到，我已经快要吐了。

他们都是替补士兵，填补 875 高地和 876 高地在战斗后的空缺，这两场战斗已经被记在一场伟大战役——达多战役的名下。而我完全是个新人，刚来越南三天，我为我的靴子感到羞愧，它们太新了。在我对面十英尺远的地方，一个男孩试图从安全带里挣脱出来，他猛地向前倾倒，挂在那里，步枪枪管被座椅靠背上的红色塑料网卡住了。当直升机再次上升并转向时，他的身体猛地向后靠在塑料网上，他的迷彩夹克中间出现一个婴儿手掌大小的黑点，然后越长越大——我知道那是什么，但不是很确定——它一直蔓延到他的腋窝，同时向上方的肩膀和下方的袖子蔓延。它穿过他的腰和腿，覆盖靴子的帆布，直到帆布变得像衣服裤子一样暗沉，它从他的指尖缓慢、沉重地滴下来。我想我能听到液体打在金属板上的声音。嘿！……但这根本不算什么，这些都不是真的，这只是他们正在经历的一些事，而这些事不是真的。一个舱门机枪手像布偶一样躺在地板上，他的手看起来血淋淋的，就像刚从屠宰板上取下的一磅肝脏。我们降落在几分钟前刚离开的那个降落区，但直到一个人摇晃我的肩膀，我才意识到这一点，后来我就站不起来了。我只能感觉到我的双腿在颤抖，那家伙以为我中弹了，把我扶了起来。直升机被击中了八次，地上到处都是破碎的塑料，前面有一名垂死的飞行员，男孩又在安全带里向前倾倒，他死了，但我认为这不是真的。

我花了一个月的时间，才脱去对那些"半游戏半表演"经历的旁观感觉。第一天下午，在我登上"支奴干"直升机前，一名黑人中士试图阻止我。他对我说，你刚来战场，还是不要离他们往山上扔的那些东西太近为好。（"你是记者吗？"他问我。"不，我是作家。"我又傻又自大地说。他笑着说："小心，在你要去的地方用不了橡皮擦。"）他指着地上美国人的尸体，它们在停机坪附近排成两长排，数量太多了，以至于他们不能体面地遮盖所有尸体。但那时对我而言，它们并不是真的，也没有教会我任何东西。后来直升机飞进来，把我的头盔吹掉了，我抓住它，加入了等待登机的替补士兵队伍。"好的，伙计，"中士说，"你得走了，你得走了，我只能祝愿你的伤口不要感染。"

争夺875高地的战斗已经结束，一些幸存者被"支奴干"运到达多的机场跑道上。第 173 空降旅已有四百多人伤亡,近两百人阵亡,一切都发生于昨天下午以及持续了整整一个晚上的战斗中。那里又冷又湿,一些红十字会的女孩被从波来古派来安慰幸存者。当士兵从直升机里鱼贯而出时,女孩们站在服务台后面朝他们微笑挥手。("嗨,士兵!你叫什么名字?""士兵,你从哪里来的?""我打赌现在你们想来点热咖啡。")

第 173 旅的士兵们继续走着,直视前方,没有回应,他们的眼睛因疲惫而发红,他们的脸因夜间战斗变得苍老憔悴。其中一人突然离开队伍,对一名穿着"花生漫画"运动衫的吵闹胖女孩说了些什么,然后她就哭了起来。其余人只是从女孩们和军绿色的大咖啡壶旁走过。他们并不十分清楚自己在哪儿。

特种部队的一位高级士官讲了一个故事:我们回到布拉格堡,在士官俱乐部里,一名中小学教师走了进来,她真的很好看,达斯蒂抓住她的肩膀,开始用舌头舔她的脸,好像她是冰激凌蛋筒一样。你知道她怎么说吗?她说:"我喜欢你,你很不一样。"

曾经,他们会在大陆酒店的露台上为你点燃香烟,但那已是近二十年前的事了,不过说起来,谁会真正怀念他们呢?现在有一个长得像乔治·奥威尔的疯狂美国人,他喝完酒后,总是躺在一把柳条椅上睡觉,他会重重地倒在桌子上,又突然猛地跳起,大喊大叫,然后又睡着了。他让每个人都感到紧张,尤其是那些服务员,其中有些老人为法国人和日本人服务过，为第一批美国记者和美国战略情报局的人（格雷厄姆·格林称他们为"那些在大陆酒店里的吵闹混蛋"）服务过，还有一些非常年轻的年轻人，他们打扫桌子，同时羞涩地拉皮条。负责按电梯的小男孩至今还会每天早上用法语轻声和客人说"你好吗？"，但他很少得到回应。老行李员（他也给我们带来烟叶）则坐在大厅里对客人说："你明天好吗？"

露台角落立柱上的音响播放着《比利·乔颂歌》，但似乎空气沉重得无法传播这音乐，声音始终悬浮在墙角。第1步兵师有位疲惫醉酒的军士长，从一位穿着卡其色短裤、戴着木质头盔的老人那里买了一支长笛。老人在首都大街卖乐器时，也会倚靠在露台外散落的花盆上，用一把木制弦乐演奏《雅克兄弟》。军士长买下长笛，轻声、忧郁又糟糕地吹奏起来。

餐桌上挤满了美国建筑工程师，这些人根据政府合同，每年能拿到三万美元，在黑市，他们很轻松就能得到超过这个数的报酬。他们的脸看起来就像航拍的金刚砂坑洞，上面挂着松垮的赘肉，静脉清晰可见。他们的情妇是越南最漂亮也最悲伤的女孩们。我总是会想，她们在做工程师情妇之前是什么样子。工程师们坐在桌子前，宽大冷酷又疤痕累累的脸上露出空洞的微笑。难怪他们在越南人眼里都长得一样，过了一会儿，我都觉得他们长得一样。在西贡以北的边和公路上，有一座纪念越战死者的纪念碑，那是这个国家仅存的几个得体之物中的一个。它是一座建在公路上方的不起眼的佛塔，前面是一段缓缓上升的台阶。某个星期天，我看到一群工程师在午后的阳光下骑着他们的哈雷摩托冲上台阶，又笑又喊。越南人专门给他们起了外号，以区别于所有其他美国人，翻译过来类似

"极讨厌的家伙",虽然我听说这个翻译完全没有表现出越南语里原本的憎恶之情。

　　特种部队有一名年轻中士,驻扎在芹苴的 C 分队,该分队曾是第 4 兵团特种部队的总部。他在越南一共待了三十六个月。这是他第三次延期退伍,他计划在这次服役期结束后尽快回来。在他的上个服役期里,他和敌人交火时失去了一根手指和部分拇指,他被击中的次数够多了,因此获得了三枚紫心勋章*,这意味着他可以不必再在越南作战。在经历了这一切后,我猜他们认为他是一个战斗负担。但他是个强硬的老兵,于是他们让他管理士兵俱乐部。他做得很好,看起来也很开心,只是他的体重增加了不少,这让他有别于其他人。他喜欢在院子里作弄越南人,从后面跳到他们背上,重重地压在他们身上,推他们,扯他们的耳朵,有时还会用点力打他们的肚子,脸上带着僵硬的微笑,这是为了告诉他们,他只是在开玩笑。越南人也会微笑,直到他转身走开。他说他喜欢越南人,经过三年,他真的了解了他们。在他看来,世界上没有比越南更好的地方了。在北卡罗来纳州的家中,他有一个玻璃大展柜,里面保存着他的奖章、勋章和嘉奖令,三次服役期和无数次战斗的照片,过去指挥官的信件,以及一些纪念品。他说,箱子放在起居室的中央,每天晚上,他的妻子和三个孩子都会把厨房的桌子搬到柜子前,在那里吃晚饭。

---

　　* 紫心勋章,美军向普通士兵颁发的勋章,专门授予作战中负伤或阵亡的军人。

在八百英尺的高空，我们知道有人在射击我们。有什么东西击中了直升机的底部，但没有穿透它。他们没有发射曳光弹，但我们看到下面闪烁着灿烂的光点，飞行员绕着圈，快速下降，按下按钮，"休伊"*两边的移动火炮开始射击，每轮射击的第五发都是曳光弹，它们掠过天空，优雅地迫近敌人，直到和丛林中的微小光点相遇。等到地面火力停止，我们还是在永隆降落，飞行员打了个哈欠，说："我想今晚我要早点上床睡觉，看看醒来时对这场战争是否还有一点热忱。"

一名二十四岁的特种部队上尉告诉我一件事："我杀了一名越共，救出一名俘虏。第二天，少校叫我过去，说我杀了十四名越共，救出六名俘虏。你想看勋章吗？"

★

在黎利街和首都大街的拐角处有家带空调的小餐馆，它对面是大陆酒店和老歌剧院，也就是现在的越南下议院。我们中的一些人称它为"格雷厄姆·格林奶吧"（《安静的美国人》中的一幕就发生在那里），但它的名字其实叫"吉夫拉尔"。每天早上这家店都会烤法棍和牛角面包，咖啡也不算太差。有时我会和一位朋友在那里吃

　　＊　即 UH-1H 直升机，绰号为"休伊"（Huey）。

早餐。

他是比利时人，三十岁左右，身材高大，行动迟缓，出生在刚果。他自称了解战争，热爱战争，假装是个唯利是图者。他拍摄越南战争已经七八年了，偶尔也会去老挝，和政府的人一起在那边的丛林里跑来跑去，寻找可怕的巴特寮*，他将它念作"帕迪劳"。其他人讲述的老挝故事让人觉得那里是一片安逸乡，没有人想伤害别人，但他说他在那里执行任务时，会在肚子上绑一枚手榴弹，因为他是天主教徒，他很清楚如果自己被抓住了，"帕迪劳"会对他做些什么。但他讲述的样子有点疯狂，像是有意在戏剧化他的战争故事。

他总是戴着墨镜，甚至执行任务时也戴着。他把照片卖给通讯社，我在美国的新闻杂志上看到过几张。他很善良，但总以粗暴无礼的方式表现，因为善良让他觉得难堪。他在人群中总是那么粗鲁、急躁，因此他不能理解为什么我们这么多人都喜欢他。颇具讽刺意味的是，他在谈话中总试图描述，那种当所有战争机器都正常运转时的美妙感觉。现在他正对我讲述刚刚发生在古芝以北的C战区的一次收尾行动。

"死了很多越共，"他说，"一打接一打！很多都来自最近给你们制造了很多麻烦的那个村子。从上到下都是越共——迈克尔，在那个村子里，连鸭子都是越共。指挥官下令直升机吊起二三十个越共尸体，从至少两百英尺的高空抛下，那些该死的越共就落在村子中心。"

他笑了（我看不见他的眼睛）。

"心理战！"他说着，吻了吻自己的指尖。

---

* 巴特寮，即老挝人民解放军的前身，受越南支持的老挝革命力量。

《新闻周刊》的鲍勃·斯托克斯告诉我：在岘港的一家大型海军陆战队医院，有所谓的"善意谎言病房"，那里住着一些情况极糟的病人，尽管他们能被救活，但再也不能像从前一样了。一名年轻的海军陆战队员被抬进医院，昏迷不醒，浑身都打了吗啡，他的腿也没了。当他被抬进病房时，曾短暂清醒过一会，看到一位天主教牧师站在他旁边。

"牧师，"他说，"我还好吗？"

牧师不知道该说什么："孩子，这你得问医生。"

"牧师，我的腿还好吗？"

"当然。"牧师说。

到了第二天下午，清醒过来的男孩知道了一切。当牧师经过时，他正躺在床上。

"牧师，"他说，"我想请求您一件事。"

"什么事，孩子？"

"我想要那个十字架。"他指着牧师翻领上的小银质徽章说。

"当然可以，"牧师说，"但是为什么呢？"

"这是我昨天醒来第一眼看到的东西，我想要它。"

牧师取下十字架递给他。他把它紧紧握在拳头里，看着牧师。

"你骗了我，牧师，"他说，"你这个混蛋，你骗了我。"

★

他叫戴维斯，是新山一机场一支直升机小队的一名机枪手。按照规定，他应该住在华埠的一个大型酒店式单身士兵宿舍，但他只是把东西放在那儿。他实际住在华埠深处一栋两层高的越南小房子里，尽可能地远离军队的文件和规定。每天早上，他都会坐一辆装着铁网窗的军队巴士到基地执行任务，大部分任务在越柬边境的 C 战区附近。绝大多数夜晚，他都会回到华埠的家，和他的"妻子"（他在一家酒吧找的）以及一些据说是女孩家人的越南人住在一起。她的妈妈和哥哥始终住在一楼，还有些其他人来来去去。他很少见到她哥哥，但每隔几天他就会发现一沓从纸箱上撕下来的品牌标签——那是她哥哥想从美军专用商店拿的东西。

我第一次见到戴维斯时，他一个人坐在大陆酒店露台的桌边喝啤酒。他留着浓密下垂的小胡子，眼睛锐利而忧郁，穿着牛仔工作衫和小麦色的牛仔裤。他还带着一台徕卡相机和一本《堡垒》杂志，我一开始以为他是记者。我当时不知道在专用商店可以买到《堡垒》。我借过来看了会儿，后来我们就聊了起来。这期杂志的封面是一些重要的左翼天主教人物，比如耶稣基督、富尔顿·希恩*。后来一位酒吧的女服务员说："天主教徒？我也是。"**并留下了那本杂志。那时我们正着急找戴维斯的妻子华，外面还下着雨，她妈妈告诉我们，她和几个女性朋友看电影去了，但戴维斯知道她在做什么。

"我恨那个该死的家伙，"他说，"太恶心了。"

"别再受这罪了。"

"是的。"

---

*　富尔顿·希恩(1859—1979)，美国罗马天主教主教、教育家、作家。
**　原文为法语。

戴维斯的房子在一条又长又窄的巷子里，拥挤但还算干净，闻起来有股樟脑和鱼的味道。他不想和她妈妈说话，我们径直走上二楼。这是一个很长的房间，睡觉的区域用薄薄的窗帘隔开。楼梯尽头挂着一张兰尼·布鲁斯*的大海报，下面是一张矮桌，上面摆着一尊佛像并点着香，像佛堂一样。

　　"兰尼。"戴维斯说。

　　有面墙专门用来展示戴维斯在几个朋友的帮助下完成的拼贴艺术，包括焚烧着的僧侣、堆放在一起的越共尸体、尖叫和哭泣的海军陆战队伤员，红衣主教斯佩尔曼在直升机上挥手，罗纳德·里根的脸被一根大麻梗分成两半，约翰·列侬透过钢丝眼镜的凝视，还有米克·贾格尔、吉米·亨德里克斯、鲍勃·迪伦、埃尔德里奇·克里弗**、拉普·布朗***；盖着美国国旗的棺材，国旗上的星星被纳粹党徽和美金符号替代；各种奇怪的剪纸，有《花花公子》上的图片，有报纸头条（"农民屠宰生猪以抗议猪肉价格下跌"），有照片说明（"总统在和新闻记者们开玩笑"），有手持鲜花的美丽少女，还有许多象征和平的标志；阮高祺立正敬礼，一朵小蘑菇云出现在他生殖器的位置；一张美国西部的地图，越南的形状倒了过来，正好同加州契合；还有一个又大又长的人像，脚上穿着闪亮的皮靴，膝盖红红的，往上是一条迷你裙、裸露的乳房、优雅的肩膀和细长的脖子，最上面则是一张被烧焦的、死去的越南妇

---

　　* 兰尼·布鲁斯(1925—1966)，美国喜剧演员、社会评论家、讽刺作家和编剧。

　　** 埃尔德里奇·克里弗(1935—1998)，美国黑人政治活动家、作家，曾任黑豹党宣传部长。

　　*** 拉普·布朗(1943至今)，美国黑人运动中的著名人物，曾任黑豹党司法部长。

女的脸。

等戴维斯的朋友们出现时，我们已经迷迷糊糊了。我们听见他们在楼下和华的妈妈交谈，三个黑人和两个白人一起走上楼梯。

"这个味道很特别。"其中一人说。

"嗨，你个小混蛋。"

"这是十号烟叶，"戴维斯说，"每次抽它，我都感觉不是很舒服。"

"这个烟叶没有问题，"有人说，"不是它的问题。"

"华在哪里？"

"是的，戴维斯，你的老婆在哪儿？"

"她去外面卖西贡茶了，我受够了。"他试着装出很生气的样子，但只是看起来有点不高兴。

其中一人递了他一支大麻烟卷，伸了个懒腰说："今天好好享受一下。"

"你飞到哪里去了？"

"蒲沓。"

"蒲沓！"其中一把黑人说，然后他开始活动关节，摇头晃脑起来，"噗嗒，噗嗒，噗嗒嗒嗒！"

"蒲沓很适合说唱。"

"嘿，哥们，你抽大麻会过量吗？"

"我不知道，也许我们可以在阿伯丁试验场找份工作，专门替美国政府试药。"

"噢，我开始晕了，戴维斯，你晕了吗？"

"我也晕了。"戴维斯说。

窗外又下起了雨，而且很大，但你听不到水滴的声音，只能听到水流全力倾泻在金属屋顶上。我们又抽了一点，后来陆续有人离开，戴维斯看起来像是在睁着眼睛睡觉。

"那头该死的猪，"他说，"该死的女人。兄弟，我在为这栋房子和楼下的越南人埋单，上帝啊，我甚至不知道他们是谁。我真的……受够了。"

"你现在很卑微，"有人说，"你为什么不和她断掉？"

"你是说分手吗？"

"为什么不呢？"

戴维斯沉默了很长一段时间。

"是啊，"他最后说，"这很糟糕，真的很糟糕，我想我该离开这里了。"

一位陆军上校（第4步兵师某个旅的指挥官）说："我敢打赌你总是想，为什么在这里我们叫他们'丁克'＊。这是我自己琢磨出来的。我告诉你，我一点也不喜欢叫他们'查理'。要知道，我有个叔叔叫查理，而且我很喜欢他。不，对那些混蛋们而言，'查理'简直太好听了。所以我就想，他们到底是什么样的呢？最后想到了'林奇丁克'＊＊。它完美地形容了他们，就是太长了，所以我们就截了一半。这就是为什么我们叫他们'丁克'。"

＊　"丁克"（Dink）是越战时美国人对越南人的蔑称。
＊＊　"林奇丁克"（rinky-dink）是美国俚语，指"蹩脚的便宜货"。

黎明之前，哥伦比亚广播公司前西贡分社社长埃德·福希前往新山一的第八航空港，赶飞往岘港的军用航班。太阳升起时，他们登上了飞机，福希系好安全带，旁边坐着一名年轻士兵，身上的迷彩服皱巴巴的。他属于你看到的那种士兵，他们不只是身体疲惫，他们的状态就算睡再多觉也没法改善。他们每一个迟钝的动作都在向你表明他们累了，而且会一直这样，直到他们的服役期结束，直到大飞机把他们送回正常的世界。他们眼神黯淡，脸几乎是浮肿的，当他们朝你微笑时，你不得不接受那敷衍的笑容。

有个标准问题常被用来开启和士兵的对话，福希试了试："你在越南待了多久？"

年轻的士兵半抬着头，这个问题谈不上多么严肃，但你能感觉到他很有压力，话说得很慢："整整该死的一天！"

"你们什么时候应该写一篇关于我的报道。"那个年轻人说，他是一名直升机机枪手，六英尺三英寸高，头很大，和身体其他部位不成比例，笑起来牙齿参差不齐，而且上面总有口水，每隔几秒钟，他就得用手背擦下嘴。他和你说话时，总是靠得离你只有一英寸那么近，我不得不摘下眼镜，免得它们被弄湿。他来自得克萨斯州的基尔戈，在越南连续待了整整十七个月。

"我们为什么要写一篇关于你的报道？"

"因为我很厉害，"他说，"这不是吹牛，我用.50口径的子弹杀了一百五十七个越南人，"他咧嘴笑了笑，擦了一下口水，补充道，"全部得到了认证。"

直升机降落在八宿，我们下了飞机，我们对他没有依依不舍。"听着，"他笑着说，"上了山脊，不要去招惹麻烦，好吗？"

"我说，你是怎么当上记者，然后来到这个鬼地方的？"

他是个块头很大的黑人士兵，即使笑的时候看起来也很粗暴，左鼻孔上戴着一颗金色鼻珠。我告诉他，那颗鼻珠惊到我了，他说正常，每个人都这样觉得。我们坐在昆嵩某个降落区的停机坪旁。他要去达多，我要去波来古，我们都想在夜幕降临前离开这里。我们轮流跑到停机坪去查看进进出出的直升机，但运气都不好。聊了一个小时后，他递给我一支烟卷，然后我们就抽了起来。

"我在这里待了八个多月了，"他说，"至少遇到了二十次枪战，但我几乎没有还击过。"

"为什么？"

"该死的，只要我还击，就可能杀死一个兄弟，你明白吗？"

我点了点头。没有越共叫过我"白鬼"*，但他告诉我，仅他们连队就有十几个黑豹党，他就是其中之一。我什么也没说。然后他说他不仅是黑豹党，还是他们的代理人，被派到部队里招募新人。我问他最近运气怎么样。他说很好，真的很好。一阵强风吹过降落区，烟也抽完了。

---

* 黑人对白人的蔑称。

"嘿，哥们，"他说，"我乱说的，我不是黑豹。我只是跟你开个玩笑，看看你会怎么反应。"

"但这里确实有黑豹党，我见过一些。"

"有可能。"他说，然后笑了起来。

一架"休伊"直升机飞了进来，他慢跑过去，看它要去哪儿，是去达多的，他回来拿他的装备。"下次见，兄弟，"他说，"祝你好运。"他跳上直升机，当飞机从跑道上升起时，他探出身子，举起手臂，掌心向外，然后紧紧握拳，做出黑豹党的标志动作。

有次我跟着南越部队一起在永隆的稻田执行任务。四十名惊恐的南越士兵和五名美国士兵被塞进了三架"休伊"直升机，然后又被扔在稻田里，淤泥一直漫到臀部。此前我从来没有进过稻田。我们散开，朝通向丛林的沼泽地走去。当我们遭受来自森林内的攻击时，距离第一重掩体——一层低矮的田垄——还有二十英尺。可能是交叉火力的侧面把我们卷了进去。一名南越士兵头部中弹，接着他就掉进水里消失了。我们冲到田垄时，有两名人员伤亡。我们没办法阻止敌人的火力，也没有空间从侧翼进攻，所以我们叫来了武装直升机，然后蹲在田垄后面等。树后的火力很猛，但我们只要趴在地上就不会有事。我心想，天呐，这就是稻田！突然我耳边响起电吉他的声音，它一下就吸引了我，一个热烈、疯狂又极富感染力的黑人嗓音唱着："好了，宝贝，不要再如此疯狂。"*当我冷静下来，转过身时，

---

* 出自吉米·亨德里克斯《火》（Fire）的歌词。

一名黑人下士正弓腰坐在录音机前咧着嘴笑，他说："在武装直升机来之前，我们很可能哪也不用去。"

这就是我第一次听吉米·亨德里克斯的故事，在这场战争中，很多人像谈论《勃拉姆斯第四交响曲》那样谈论艾瑞莎*，所以那不仅仅是一个故事，也是一份"认证书"。就像有人会说："吉米·亨德里克斯是我心目中的头号明星，他绝对不简单！"亨德里克斯曾在第101空降师服役过，而越南的空降部队里满是像他一样怪异亮眼的黑人士兵，他们技艺高超，为人善良，总是会在危险中保护你。亨德里克斯的音乐对他们来说意义非凡，但我从未在武装部队广播网上听到过他的歌。

我遇到过一个来自蒙大拿州迈尔斯城的年轻人，他每天都会看《星条旗报》，查看伤亡名单，看上面有没有人来自迈尔斯城。其实他不确定是否还有其他迈尔斯城人在越南，但他还是会查看，因为他确信如果有其他人被杀，他就会没事。他说："我的意思是，你觉得会有两个来自迈尔斯城这样破烂小镇的人在越南被杀吗？"

一名中士和一名受伤的医生在空地边上躺了近两个小时。他一次又一次地呼叫救护直升机，但一架也没来。最后，另一支部队的一架"泥鳅"经过，他通过无线电联系到飞行员。但飞行员说他必

---

* 艾瑞莎·弗兰克林(1942—2018)，美国著名流行音乐歌手。

须等他所属部队的直升机，而他们不会降落。中士告诉飞行员，如果飞行员不降落，他就在地面上开火，把飞行员打下来。最后他们被接走了，但很快后果就来了。

当天下午，代号"坏家伙"的指挥官，从呼叫信号为"暴食"的地方联系到这名中士。

"该死的，中士，"他隔着噪音说，"我还以为你是职业军人呢。"

"我尽可能地等了，长官。再过一会，我的兵就会死。"

"我们完全有能力洗干净自己部队里的脏衣服，明白了吗，中士？"

"上校，受伤的士兵什么时候成'脏衣服'了？"

"放松点，中士。""坏家伙"说，然后无线电就断了。

有个关于驻扎在芹苴的特种部队的技术军士的故事。那是一名害羞的印第安男孩，来自亚利桑那州的钦利，他有一双湿润的、颜色像成熟橄榄的大眼睛，说话很轻，为人友善，对每个人都很好，但一点也不愚蠢或懦弱。就在营地和机场跑道被袭击的那天晚上，他过来问我附近有没有牧师。他说他并不是很虔诚，但很担心这个夜晚。他刚刚自愿加入了一支"自杀小队"，两辆吉普车将带着迫击炮和一把无后坐力步枪横穿机场。我不得不承认，这听起来的确很糟糕。当时我们人太少了，他们甚至不得不让我加入特别反应小组。可能会出问题，他只有这一种感觉，他也见证过其他人有这种感觉时所发生的那些事，至少他相信这就是那种感觉，一种糟糕的感觉，迄今为止最糟糕的感觉。

我告诉他，我唯一能想到的牧师在镇上。我们都知道去镇上的路已经被切断了。

"哦，"他说，"那你觉得，如果我今晚……"

"会没事的。"

"听着，如果真的发生了……你能不能确保上校告诉我的家人，我曾经试图去找一位牧师？"

我答应了他。吉普车装上武器就开走了。后来我听说他们和敌人进行了短暂交火，但没有人受伤，他们甚至都没有用上无后坐力步枪。两小时后，他们开车回到营地。第二天吃早餐时，他坐在另一张桌子，大声说了一堆关于越南人的冷酷的话，他并没有朝我这边看。但是到了中午，他走过来，紧握住我的胳膊，微笑着，紧紧盯着我眼睛的右侧。

春节攻势之后的两天，成百上千的伤员被送到芹苴的省医院。通常他们要么很年轻，要么很年长，要么是妇女，他们的伤口一般都很糟糕。受伤较轻的伤员就在院子里接受治疗，太严重的伤员则被随意地放在某条走廊上等死。伤员实在太多了，根本治不过来，医生们一直忙个不停，而且到了第二天下午，越共就开始炮袭医院。

一名越南护士递给我一罐冰镇啤酒，让我拿到手术室去。一名陆军外科医生正在动手术，房间的门半开着，我径直走了进去。可能我应该先观察一下。一个小女孩躺在桌子上，干巴巴的大眼睛盯着墙看。她的左腿不在了，一块大约六英寸长的锋利骨头从裸露的残肢中伸出。腿在地板上，半包在一张纸里。这位医生是个少校，他一直在独自工作。就算他在血泊里泡一个晚上，也不可能看起来比现在更糟。他的手太滑了，我不得不把罐子放到他嘴边，等他向后仰时倾倒。我无法看那个女孩。

"还好吗？"他轻声问。

"现在还好，我想待会我可能就不行了。"

他把手放在女孩的额头上说，"你好，小宝贝。"他感谢我给他送来啤酒。他可能以为自己在微笑，但其实他脸上什么变化也没有。他已经这样工作将近二十小时了。

情况报告被放在绿面的野战桌上，有人在封面潦草地写着："这一切意味着什么？"并不难猜它出自谁手，那个情报人员是一位著名的讽刺作家，这里有很多人像他一样，年轻上尉和少校有办法缓解绝望、苦中作乐，但迟早会没法调节对工作的热爱和对战争的蔑视，所以最后他们中的很多人会辞去职务，离开军营。

我们坐在一个帐篷里等雨停，少校、五个士兵和我。现在雨下个不停，旱季已经结束了，透过帐篷你能看到那些山丘，想象海军陆战队在里面巡逻的情景。有士兵进来报告说，一支巡逻队发现了一个小型武器藏匿点。

"武器藏匿点！"少校说，"事情是这样的，一个士兵在那里跑来跑去，然后中招了，倒下了。这大概是我们找到那些该死的东西的唯一方式。"

他二十九岁，在少校里算年轻的了，这是他的第二个服役期。

上次他是一名上尉，指挥一个海军陆战队的正规连。他很了解步兵和巡逻队，也很清楚武器藏匿点和大多数情报的价值。

即使是在帐篷里，也让人觉得很冷，应征入伍的海军陆战队员似乎对和一个陌生人待在一起感到不舒服，尤其他还是个记者。这位少校头脑很冷静，他们十分清楚这一点。在雨停之前不会有任何麻烦。他们在帐篷的另一端，远离灯笼，彼此悄悄交谈。报告源源不断：来自越南人的，来自侦察队的，来自师部的，情况报告，伤亡报告——短短二十分钟就有三份伤亡报告，少校都看了一遍。

"你知道每阵亡一名海军陆战队员就要花一万八千美金吗？"他说。士兵们都转过身来看我们。他们知道少校的意思，因为他们了解他。他们只是在看我。

雨停了，他们就离开了。外面的空气很凉，但也很沉重，好像有股可怕的热流就要袭来。少校和我站在帐篷旁边，看着一架 F-4 战斗机，机头朝下，在山脚处释放荷载，然后水平飞行，几乎没有再往上飞了。

"我一直在做一个梦，"少校说，"已经是第二次了。我梦见自己在匡提科的一个大考场里，他们正在发一份能力测试的问卷。我接过来，上面的第一个问题是：'你能用双手杀死多少种动物？'"

我们看到大约一公里外大雨如帘。通过分析风力、风向，少校预计再过三分钟雨帘就会飘到我们面前。

"第一次服役期结束后，我做了很多非常可怕的梦。你知道的，就是那些血腥的东西，激烈的火拼，将死的士兵，将死的我……当时我觉得这些已经是最糟糕的东西了，"他说，"但现在我有点怀念它们。"

同　事

一

掩体的角落里有支蜡烛，用融化的蜡固定在一个钢盔上，已经快烧到底了，烛光落在一台破旧的打字机上，一个指挥官把它拿走，"嗒嗒嗒，嗒嗒嗒，你的孩子，或者兄弟，或者爱人，可能从未为自己要求太多，从未讨要他自己那份以外的东西。当战火还在欧洲的时候，他们称其为'勇气'，但说到底就算这个来自俄亥俄州克利夫兰的男孩不会回来了，又有什么关系呢?"你能听到炮弹就在外面落下，一小块碎石掉进打字机里，但蜡烛继续燃烧，微弱的光线投射在低垂的头上和仅存的几缕白发上。两个人，指挥官和年轻人，站在门口看着。"为什么，长官?"年轻人问，"是什么让他选择这么做?现在他本可以安全地坐在伦敦。""我也不知道，孩子，"指挥官说，"也许他认为这是他的工作，也许因为他真的很在乎……"

我从未见过越南记者团的成员，在"战争"和"记者"这两个词连在一起时无动于衷。它有着疯狂又空洞的魅力，有时它就是你的全部，一种良性的感染，摧毁你除了最幽深的恐惧和抑郁之外的所有东西。为争论的周全性起见，我承认，我们去那里本身就有点疯狂，有些人的疯狂在于并不总是知道自己身处哪场战争，他们心底里幻想的是过去的战争——第一次和第二次世界大战、空战、沙漠战争和海岛战争、对那些后来多次更名的国家采取的殖民行动、惩罚性战争和圣战，以及发生在那些气候凉爽，甚至可以让你穿上好看的风衣的地方的战争，换言之，就是对于我们这些受够了越战的人来说，听起来非常老套的战争。到处都是记者，他们的不良作风和自我意识可能让你崩溃，但你很容易就能理解这些反常的行为。在那里，所有的作风都由同一种令人焦躁又难以忘怀的传奇故事发展而来。这些报道战争的疯子们。

如果这是其他战争，他们可能拍摄关于我们的电影，可以叫作《落款日期：地狱！》《东河快讯》，或者《前线"攀爬者"》，讲述蒂姆·佩奇、肖恩·弗林和里克·梅伦三位年轻摄影师的故事，他们曾骑着本田摩托进出战场。但是越南很尴尬，每个人都知道它有多尴尬，如果人们都不想听到它的名字，你就知道不会有人愿意花钱坐在黑暗里看它，并且讨论它。（《绿色贝雷帽》不算，实际它不是关于越南，而是关于圣莫尼卡的电影。）所以我们被迫制作自己的电影，有多少记者就有多少"电影"，而这一部是我的。（有一天，在顺化的救援站，一名腿部被弹片轻微划伤的海军陆战队员正等着上直升机，得先让阵亡和重伤的人出来，他等了很长时间，几发狙击子弹在跑道上嗒嗒作响，我们不得不躲到沙袋后面去。他说："我讨厌这场电影。"我心想："为什么不呢？"）我的"电影"，我的朋友，我的同事。但请你和他们相遇在下面的场景。

有一座名为穆特岭的山脊，是非军事区众多小山顶上的一座山脊。美国人通常用海拔高度命名这些小山，比如 300 高地。海军陆战队从清晨开始就在那里，直升机把 K 连和四名记者送到了山顶上一个略显凋敝的降落区。如果这是陆军的行动，我们应该已经开始挖战壕了，包括记者也是，但海军陆战队没有这样做，他们的训练更多的是教他们进攻而非求生的知识。每个人都说"查理"很可能就在另一座山丘上观察我们，但他们仍然公开地进行一切活动，沿着山脊"协同"行动，选定位置，用电池供电的电锯和大块炸药搞出一块合适的降落区。每隔几分钟，他们中的一个人就会大步来到降落区下面，记者们坐着的地方，冷漠地警告我们接下来会有爆炸，说："听着，那里有爆炸，你们或许可以转过去并抱住脑袋？"他会在那里等一会儿，好好观察我们，然后跑回降落区告诉其他人我们的情况。

"嘿，看到那边那四个家伙了吗？他们是记者。"

"该死的记者。"

"好吧，一群混蛋，下去看看，待会再炸。"

几名海军陆战队员在离我们几英尺远的地方平躺着聊天，传阅战争漫画，彼此称对方为老兄、死刑犯、混蛋，他们会特别优雅地念出最后这个称呼，好像那是他们语言中最温柔的词汇。一个精明的黑人士兵，头盔上刻着"私生子"，正在研究一本被翻烂的《花花公子》，但到现在在他们还没有一个人和我们说话。他们好像在专门说给我们听，维持着那迟早绷不住的奇怪体贴，好让我们赶紧离开。这就像是一个程序，每一步都必须被遵守满足，他们这么做，不仅仅是因为他们害羞，他们也觉得我们是一群疯子，甚至可能很危险。因为他们不得不在这里，而我们不是，他们对此心知肚明。

（后来他们才意识到，我们的行动自由既能让我们来，也能让我们走。就在那个时候，我们四个以一种"无事发生"的眼神看着对方，谈论离开的事。）如果一个美国士兵从来没见过记者，他会专门横穿整个火力支援基地来看你一眼，就像看一个傻子。

我们有四个人坐在那里，组成了一个松散的"职业同盟"，除了我们以外，第五人坐在指挥直升机上远眺战场，第六人是美联社的摄影师达纳·斯通，现在正跟着被选中探察小径的侦察排上山。一名独行的记者在行动前加入一支队伍是一回事，因为这支队伍——如果它是一个连队或者更大——可以吸收他以及他的存在所必然引发的好奇，当行动结束时，大多数人都不知道他居然一直跟在队伍里。可是当六名记者一起在某次行动前出现，尤其是如果这支队伍正好长时间处于小型交火中，那就是另一回事了。情况就会变得很复杂，士兵和指挥官对记者长久以来的矛盾心态远远无法解释。无论是上校还是军衔最低的士兵，都会因记者而感到他将做的事有种新的重要性，并且只要他们知道你在，就显然会表现得很高兴。但我们的出现也让他们感到不安，感到未知的恐惧。（"为什么是我们？我是说，来了六个混蛋，我们到底要去什么地方？"）当事情发展到这一步，即使是最无依无靠的自由撰稿人也对他们有着某种"权力"，这种权力只有最虚荣冷酷的记者才会想要，它无疑会给士兵们制造恐慌，和每个海军陆战队员对生存的本能直觉相悖。在这种情况下，就算我们穿着和他们一样的衣服，和他们去一样的地方也没用，只要我们带着摄像机和问题，就像黑魔法一样诡异恐怖，即便我们承诺不透露接下来的任何消息，我们也是在那里监督这一天。我们选择跟着他们，似乎就"保证"了这里将会有一场大战，因为他们确信战地记者不会浪费时间。这是一个我们都懂的笑话。

现在是 8 月，热浪袭卷了第 1 兵团地区的一切。那一年，冬季风几乎完全是干燥的（太多的故事都在讲述"无雨季风的恐怖"，最后它甚至成了一句标语，用来逗人发笑），穿过山丘之间的原始地带，你只能在山谷中看到零星的绿色，山丘的颜色从淡褐渐变到日晒黄，上面满是冬季的空袭翻开大地所留下的黑色干疮。初春以来，这片区域几乎没有发生交火。当时，敌人奇怪地从溪山撤退，阿肖谷的多师联合行动也在两周后突然结束，就好像讲到一半的演讲戛然而止。阿肖谷是一个很大的军事补给库，北越人在那里藏着坦克、卡车和重型高射炮，尽管代表团不假思索地宣称行动取得了成功，但他们这一次竟没有什么激情，这表明就连司令部也不得不承认那里是"不容侵犯"的。当时官方承认有很多直升机被击落，但将其表述为昂贵的设备损失，就好像我们的直升机上没有机组人员似的，它们自己在天空中飞，坠毁时没有流淌比燃料更珍贵的东西。

从那时到现在，西边战场没有比连队扫荡更大的行动了，通常双方没有接触。就像战争中所有比较安静的篇章一样，春夏的平静让每个人都很紧张，很多可怕的故事开始流传，比如北越直升机的故事。（据说一支海军陆战队巡逻队发现一架直升机降落在溪山废弃的海军陆战队基地，十二个人下来，沿着防线走了一圈，"好像他们只是在确认情况一样"。）对记者们来说，这也是一个温和的季节（抛开平静不谈，美国的总部开始让西贡分社明白，随着约翰逊的退位、春季的暗杀和即将到来的选举，这场战争失去了过去的刺激感），我们要么在谈论越南战争已经完蛋了，要么在抱怨为什么中弹只被登在报纸的第九页。现在是巡游越南的好时机，一天在这里，一周在那里，跟着军队一起闲逛，也是优哉游哉地调查战争中较小、较黑暗地带的好时机。有消息说，一大批北越部队正在穿越非军事区，可能是为了对顺化发动新的进攻，海军陆战队第5营和第9营正在做粗略部署，目标是找到并杀死他们。这有种我们一直在说的"好行动"的感觉，我们六个人都激动起来。

但现在这里什么都没有，没有可怕的越共、没有炮击、没有值得寄出的照片、没有值得报道的故事，没有迹象表明有人在这座滚烫的山脊上待了至少六个月。（往北几英里，再往东一点，第9营正在经历一场持续到黄昏的惨烈战斗，十一人阵亡，近三十人受伤，但我们现在对此一无所知。如果我们知道，可能会立马设法赶过去，至少我们中的一些人会去，然后用一些冰冷的专业词汇解释他为什么这么做，其他的原因则被留在我们之间，不必多言。而如果一名海军陆战队员表示他也曾有过类似的冲动，我们可能会叫他神经病。）穆特岭上唯一的"暴力"就是这里的炎热天气，以及你往甘露、通往溪山的9号公路、岩堆基地方向看到的与那个可怕冬天有关的任何东西。又有几名海军陆战队员加入"包围"我们的队伍，他们表现得若无其事，停下来读缝在我们迷彩服上的标签，虽然是读给自己听，但声音却很大，只是为了向我们表明，他们知道我们在这。

"美联社，嗯，合众社，嗯，还有《时尚先生》，哇哦，他们居然派人来这里，让你告诉他们我们穿什么吗？还有——嘿，哥们，这是什么意思？"（肖恩·弗林的标签上只有"包驰"——越南语的"记者"。）"真够离谱的，这是以防被抓还是怎么回事？"

事实上，弗林在越南只想做一个"包驰"，不属于任何组织，但他并没有解释这点。相反，他说当他1965年第一次开始在这里拍照时，大多数军事行动都是由南越的人实施的，记者们都会用"包驰"表明身份，这样他们就不会被误认为是美国顾问，在日常大撤退的日常混乱中遭到南越士兵的射击。

"就算你绣上这个也不像是个越南人。"一名海军陆战队员边说边离开我们。

弗林正在用一条澳大利亚汗巾清洁相机镜头，他总戴着这条汗巾，但他最轻微的动作还是把一小片极细小的灰尘送入空中。它们似乎永久地飘浮在那里，让光线看起来模糊，并凝结在你的眼角。海军陆战队员们正盯着弗林，你可以看出弗林让他们大感意外，就和他让其他人意外的方式一样。

他（确实）是"铁血船长"的儿子，但这对士兵们来说没什么意义，因为他们中的大多数人都很年轻，几乎没有听说过埃罗尔·弗林。但任何看到他的人都清楚地知道，他就是海军陆战队说的那种"不简单的家伙"。我们在山脊上的四个人看起来好像就"属于"这里。美联社的约翰·伦格尔报道了过去十八个月里海军陆战队的每一次重大行动，合众社的尼克·惠勒在越南已经工作两年了，而我在这里也快一年了。我们都很年轻，以至于会被误认作士兵，但弗林是特别的。受电影影响，我们每个人都有自己的战争幻想，海军陆战队员也一样，如果那个迷人的角色突然出现，真的会让人疯狂，就像你抬头发现自己和约翰·韦恩或威廉·本迪克斯*共用一条战壕，你很可能会一下子分不清东南西北，而你很快就会习惯弗林的这一面。

---

 * 威廉·本迪克斯(1906—1964)，美国电影演员。

1965 年夏天，当他第一次抵达越南时，也被当作新闻人物，媒体写了很多他早期跟随作战部队的故事，都是些陈词滥调，他们说他是在"作秀"。关于弗林，你可以轻飘飘地说很多话，周围很多人也确实是这么做的，但当你认识他之后，就会发现那些话只会让你自己沮丧。有许多严肃（沉重）的记者不敢承认，长相像弗林那样好看可能会对他的工作有帮助。他们不会像对待自己那样严肃地对待弗林（这对肖恩来说没什么），他们指责他是来越南玩的，战争对他来说就像是非洲或者法国南部，或者某个他去拍摄电影的地方，人们总是用电影评判他。但实际上，在越南很多人都在玩，比那些大人物愿意承认的更多，而弗林"玩"得最认真。他与其他人没有太大不同，他对战争、对这场战争非常着迷，但他也承认这点，他很清楚自己在战场上的角色，并觉得这没什么好羞耻的。这也让他对越南有了一个深刻、黑暗又准确的看法，弗林的诋毁者极少能理解他对越南的野性的认识。这一切都表现在他脸上，尤其是那种野性，但那些人只觉得他很帅，以至于让你意识到，作为一个群体，新闻记者并不一定比会计师更懂得观察和想象。但弗林不会因此停步不前，他在那些从未要求他解释自己的人中找到了朋友，在士兵和装载记者团的"阿帕奇"直升机中找到了朋友。在他们当中，弗林建立了自己的名声。（偶尔也有"打扰"：比如恭敬到令人尴尬的新闻官，或者和小乔治·巴顿上校的非正式访问，正是他让弗林经历了一场"我父亲认识你父亲"的考验。）士兵们总是很高兴看到他。他们会叫他"西恩"*，很多人告诉他，他们在新加坡或中国台

---

　　* 原文为 Seen，与 Sean（肖恩）音形相似。

湾休整时看了他演的电影，只有士兵才能提起这些而"不受惩罚"，对弗林来说那都是过去式了，缴纳会费和住宿费的日子，他不喜欢谈论这些。在越南的这几年里，他意识到真的有让他关心和信任的人，这是他从未想过的礼物，也让他成为连他父亲——即使在他最高光的时候——都会嫉妒的人。

对海军陆战队而言，现在就坐下来聊天太早了，他们得先试探一下周围，而我们越发觉得无聊。当他们清理完降落区时，我们已经没有地方躲避阳光了，我们都很希望侦察排能登上山顶，那样我们就能和达纳·斯通会合，稍微强硬地要求派来一架直升机，然后离开这里。回到岘港新闻中心可能需要两小时或两天，这取决于他们的飞行任务，但与斯通同行肯定会更快，因为他在第 1 兵团的每个机场和某个直升机停机坪有朋友。岘港对我们很多人来说就像是"灵魂之城"，那里有淋浴、有饮料、有空运的速冻牛排，有空调房和岘港海滩，对斯通来说那里还有一个真正的家，有妻子，有一条狗，有一座装满熟悉物件的小房子。穆特岭却酷热难耐，水消耗得很快，并且很无聊，因此，如何选择一目了然。从散落在我们周围的那些风化变黑的弹壳（有他们的，也有我们的）判断，这片山脊也曾有过故事，达纳和我们讲过一些。

斯通过去是佛蒙特州的一名伐木工人（他总是说要回到那里，尤其是在越南度过糟糕的一天后），二十五岁的斯通有双六十岁的眼睛，深深地嵌在金边眼镜后面，它们的精明和经验几乎被他瘦削的脸庞所掩盖。我们肯定，斯通会在登山路上遥遥领先于侦察排里的其他人，他总是这样，这也算是海军陆战队的一次休息，因为他的装备能让他轻松成为队内最适合侦察饵雷、伏击的人，但他的精准与装备无关。达纳总是在动，好像他无法让自己慢下来似的。他是队伍里个头最小的，但他前进的速度就像在下坡而不是上坡。忘记他名字的美国大兵会将他描述为"那只又瘦又结实的红发小猫，疯狂的家伙，和混球一样有趣"。斯通确实很有趣，但他给你带来的每次大笑都会让你付出代价。他的特长是恶作剧——比如早餐时突然把拇指插进你的蛋黄，晚餐时再插进你的白兰地，在新闻中心拿石块砸你房间的金属屋顶，在地板上点着易燃液体烧向你，当你几乎快渴死的时候，用豆子火腿罐头替换桃子罐头——所有这些都是达纳打招呼的方式，通过耍你来帮你。他会在黎明叫醒你，猛烈地摇晃你，说："听着，我需要你的眼镜一分钟，这真的很重要。"然后，你就会一小时没有眼镜。他拍了很多出色的照片（但他称它们为"快照"，这符合通讯社的行为准则，即永远不显露你对自己的工作有多骄傲）。在当战地摄影师的近三年时间里，他投在各种行动上的时间比我认识的任何人都多，他的相机不止一次从他背上被炸飞，但他身体的其他部位都没受伤。到现在为止，这里发生的所有事，没有一个是他之前没见过的，哪怕他的玩笑很挑衅，或者让人毛骨悚然，但你至少知道它出自哪里，也能看出它们背后的生命力。那天早上，我们在营地的飞机跑道旁等待袭击开始时，他告诉我们他另一次登上穆特岭的故事，那时它还没有被命名。就是两年前的这个时候，他说，就在这座山脊。他当时跟着第9团来到这里，他们真的"踩到了屎"。（这是真的，我们都知道这是真的，他又对我们重复了一遍，脸上露出转瞬即逝的微笑。）他们整晚都被困在山脊，没有支援，没有补给，也没有救护直升机，伤亡人数令人难以置信，约莫有七成。弗林笑着说："达纳，你真是个混蛋。"

但斯通用他那低平的佛蒙特嗓音继续说下去，把它讲给我们这些人听，好像那不过是一匹赛马的过去，直到他抬头一看，发现这里并不只有我们几个人。K连的几个士兵过来问我们关于相机的问题，他们也听到了一些谈话。斯通的脸涨得通红，他意识到自己做得有点过火时就会这样。"啊，我刚刚是胡说，我从来没有靠近过那座山脊，"他指着我笑说，"我只是想让他紧张起来，因为这是他最后一次行动，而他看起来吊儿郎当的。"然后他看向地面。

现在，就在我们等他的时候，一名海军陆战队员走到我和伦格尔跟前，问我们是否想看看他拍的一些照片。海军陆战队员觉得和伦格尔相处很自在，他看起来就像是大学里的篮球明星，六英尺七英寸高，显得很年轻（实际上他三十岁了），内华达州人，他把他的"好孩子"形象变成了职业优势。照片被放在一个小小的仿皮文件夹里，你从他站在我们面前的样子——每当我们翻开一张塑料页时，他都期待地咧着嘴笑——就不难看出，这是他最喜爱的东西之一。（他说，他还拍了些"最好的纪念品"，给我们留足了想象空间。）越南有数以百计、数以千计这样的相册，它们似乎有着一样的内容：之宝打火机（"好吧，让我们烧掉那些棚屋，然后离开"）；斩首镜头，脑袋通常被放在死者的胸口上，或者被一个微笑的海军陆战队员举起，或者很多脑袋排成一排，每个嘴里都叼着一根点燃的香烟，睁着眼睛（"就像他们在看着你，兄弟，这很恐怖"）；被半履带车拖行，或倒挂在树上的越共嫌疑人；非常年轻的尸体，手里还拿着AK-47（"你觉得那孩子多大了？"士兵们会问。"十二、十三？你根本看不出这些越南人的年纪"）；一个海军陆战队员拿着一只或两只耳朵，我知道波来古附近有个家伙，有一条用耳朵串的项链，他把它叫作"念珠"；还有我们现在看到的这种——一个死去的越共女孩，她的衣服被脱光，僵直的双腿被抬到空中。

"这是你干的吗？"伦格尔说。

"不是我。"海军陆战队员笑着说。

"得了，你这个混蛋，难道说你发现她的时候她就是这样的？"

"是另一个家伙干的，有趣的是那家伙后来被杀了，就在同一天。你看看这张，这个人正被砍成两半！"

"哦，这是个可爱的宝贝，"约翰说，"真是太可怕了。"

"我打算寄一些照片给《星条旗报》，你觉得他们会用吗？"

"哈哈……"我们都在笑。你能做什么呢？在越南，一半士兵的包里都有这些照片，照片是他们在战斗后唯一拥有的东西，至少它们没有腐烂。我曾经和一名海军陆战队员聊过，他在古越河行动后拍了很多照片，后来他对此感到紧张不安，他把照片带给牧师。牧师只告诉他这是能够被原谅的，然后把照片收进了自己的抽屉里。

几名海军陆战队员正在和弗林、惠勒讨论他们的相机，比如在哪里买镜头最好，某张照片的合适的快门速度等，我都听不懂。这些士兵非常熟悉媒介，他们用比对待记者更认真的态度对待摄影师，我遇到过一些军官，他们不相信我是一名记者，因为我从来不带相机。（在最近的一次行动中，这差点让我从指挥直升机上滚下来，因为上校出于个人原因偏爱摄影师。那次，他营队的一个连和越共的一个连交火，把他们逼到了一个岬角，敌人被夹在炮火和大海之间，武装直升机朝他们扫射。这位上校特别喜欢让直升机降得很低，这样他就可以用他的.45口径手枪朝越共开火，他总想拍一张这样的照片。那天他非常失望，不仅因为我没有带相机，而且当我们到那里时，所有越共都死光了，大约一百五十具尸体散布在海滩上，随着海浪上下浮动。但他还是打空了几个弹夹，单纯为了活动下他的枪。）

现在我们身边都是海军陆战队的人，约莫有十五人，其中有个矮胖的年轻人，长着一张平坦黝黑的脸，举止像个发育过度的矮人，他走过来神情严厉地看着我们。

"你们是记者对吧？你们完全在胡来，"他说，"我老爸给我寄了些报纸里的东西，他觉得你们就是一群混蛋。"

几个海军陆战队员对他发出嘘声，大多数人都笑了。伦格尔也笑了。"好吧，哥们，我能说什么呢？我们尝试了，真的试着去做了。"

"那你们这些家伙为什么不能好好报道？"

"去你的，克伦斯基。"有人说着，狠狠地打了他后脑勺一下。根据头盔上的刻字，他叫"复仇者"。他在帮我们说话，来得正是时候。他看起来就像神学院的大一新生——清澈的蓝色眼睛，光滑短翘的鼻子，玉米穗样的头发，一副天真、信任他人的神情，让你不觉希望永远有人在他身边照顾他。他似乎因为刚才克伦斯基对我们说的话感到非常尴尬。

"你别听那个混蛋的，"他说，"该死的克伦斯基，你什么都不知道。他们是最顶尖的记者，这不是胡说。"

"谢谢你，朋友。"伦格尔说。

"我没什么别的意思，"克林斯基说，"你不要大惊小怪。"

但"复仇者"并没有就此罢休，"他们冒着很大的风险，和我们一样吃 C-口粮，睡在泥地里，受所有的罪。他们不需要站在这里听你说那些话，他们甚至根本不需要站在这里！"

"这是什么意思？"克伦斯基说，他看起来很困惑，"你是说这些家伙是自愿来这的？"

"你觉得呢？""复仇者"说，"你不会以为他们是和你一样的蠢货士兵吧？"

"哦，天呐，他一定是在开玩笑吧？你们是自己要求来这里的吗？"

"是的。"

"你们得待多久？"他问。

"看我们想待多久。"

"我也希望想待多久就待多久，"那个头盔上刻着"私生子"的海军陆战队员说，"那我去年3月就该在家里了。"

"你什么时候到这来的？"我问。

"去年3月。"

一直负责爆破的中尉从降落区往下看，大声呼唤一个叫"柯林斯"的人。

"是的，长官？""复仇者"说。

"柯林斯，立马过来。"

"好的，长官。"

降落区传来动静，侦察排已经到了空地。斯通第一个出来，很快又举着相机退了回去，在两次按下快门的间隔，他快速指了指身后的地面。紧随其后的是四个海军陆战队员，他们用一副临时制作的担架拖着第五个队员。他们把他拖到空地中央，小心翼翼地放在草地上。起初我们以为他死了，踩到了陷阱，但他的颜色看起来比死了要糟糕太多。就连死者身上都会有一种可怕的光晕，慢慢地从皮肤消退，需要很长时间才能完全消失，而这个年轻人身上没有任何颜色，这令人难以置信，如此静止和惨白的身体居然还活着。

"柯林斯，"中尉说，"你去找上校。告诉他我们这里有一名严重中暑的伤员。记住，告诉他情况很严重。"

"是的，长官，""复仇者"一边说，一边沿着山脊慢跑向指挥点。

达纳又拍了几张照片，然后坐下来换胶卷。他的迷彩服被汗水浸成深色，但除此之外，他身上没有任何疲劳的迹象。队伍里的其他人现在都从小路上下来了，像中了狙击一样倒在空地上，先扔下背包，然后摇摇晃晃走几英尺，倒下。一些人像在做快乐的梦一样对着太阳微笑，更多人脸朝下，除了抽搐的小腿外，一动不动。通信兵穿过空地来到公共区域，缓慢地把设备从背上取下来，选好位置后小心地把头盔放在地上做枕头，然后立刻就睡着了。

斯通跑过去给他拍照，说："你们知道吗？"

"知道什么？"

"太热了。"

"谢谢你的废话。"

我们看到上校走过来，他个子矮小，秃顶，眼神冷酷，留着简短的黑胡子，防弹衣紧紧地绑在身上。当他向我们走来时，几名海军陆战队员在他还没开口之前，赶紧跑开并穿上了防弹衣。上校俯身仔细查看昏迷的队员，他正躺在一件由两名医护兵支起的雨披下面，还有一名医护兵正在用水壶里的水给他擦脸和胸部。

"行了，真是见鬼，"上校说，"这个士兵没什么问题，给他喂点盐，让他起来走路，这里是海军陆战队，不是该死的女童子军，今天不会有任何直升机来了。"（我们四个人肯定看起来有点吃惊，达纳给我们拍了一张照片。为了表示对这名年轻人的支持，如果他留下我们就留下，这意味着我们整晚都得待在这里。）医护兵试图告诉上校，这不是普通的中暑，他们请求上校原谅但态度很坚决，不想让上校就这样回指挥点。（我们四个人都笑了，达纳又拍了一张照片。"走开，斯通。"弗林说。"就这样保持住，"斯通说，然后拍了一张特写，镜头离弗林的鼻子不过一英寸，"再来一张。"）那名海军陆战队员躺在那里，嘴唇微微动了动，看起来很可怕，上校怒视着那具脆弱静止的身体，好像它在勒索他。当那名伤员在十五分钟内除了嘴唇什么都不肯动一下时，上校的态度开始变软了。他问医护兵，是否听说过有人死于这种事。

"当然有，长官。他真的需要更好的治疗，这里给不了。"

"嗯……"最后上校批准了呼叫直升机的请求，大步回到他的指挥点。我确信他下了很大的决心。

"我觉得如果可以，他更想朝这个年轻人开一枪。"弗林说。

"或者我们中的一个。"我说。

"你应该庆幸他昨晚没有干掉你。"弗林说。昨晚我和弗林一起抵达营地时，上校带着我们走进指挥掩体，给我们看了些地图并解释了行动，一名上尉给我们倒了一杯装在泡沫塑料里的咖啡。我把咖啡端到外面，一边和上校交谈一边喝完了它。他非常矍铄友好，这种待人接物的方式我之前见过，但不太信任。我四处寻找可以扔空杯子的地方，上校注意到了这点。

"给我吧。"他提议说。

"哦，不用了，上校，谢谢。"

"没事，我来处理。"

"真的不用，我找一个……"

"给我！"他说。我照做了，但弗林和我不敢对视，直到他回到地下。然后我和弗林大笑，交换了我们所知道的关于上校们的最糟糕的故事。我告诉他，有位上校曾威胁一名技术军士，要将他送上军事法庭，因为他拒绝将越共尸体的心脏割下来喂狗。弗林告诉我，美国师（弗林总是说它由通用食品公司赞助）的一位上校认为他指挥的每一个人都需要有战斗经验，他让厨师、办事员、补给人员和司机都带上 M-16 步枪参加夜间巡逻，有一次他手下的所有厨师都在伏击中丧命了。

现在我们能听到我们的"支奴干"直升机飞过来的声音，我们检查有没有忘掉什么东西，这时我突然惊了一下，莫名感到很恐惧，我看着眼前的每一个人和物，试图寻找它的来源。正如斯通所说，这是我的最后一次行动，这让我像所有参加最后一次行动的人一样感到不安，尽管从这里到西贡的一切都能吓到我，但我觉得这次可能有所不同，这种感觉不一样。

"真热……"有人说，"兄弟，我真他妈受不了了。"

那是一名海军陆战队员，当我看到他的时候，立马意识到我以前见过他。大约一分钟前，当我们准备离开时，他站在空地的边缘盯着我们看，和其他海军陆战队员站在一起，但在我没有意识到或承认的情况下，我认为他看起来比其他人显眼得多。其他人也看着我们，带着有趣、好奇或嫉妒的眼神（我们由此分道扬镳，记者和伤亡人员前往岘港），他们都表现出或多或少的友好，但这个人不一样，我看到了他的面孔，了解了它，忽略了它，但并未完全忘记它。他现在正从我们身边走过，我看到他嘴唇上有个流脓的大水泡，似乎已经破开并吞噬了他的大部分上嘴唇。但并不是这个水泡让他在人群中显得特别，如果我早注意到这点，可能会觉得他比其他人更可怜，但也仅此而已。他停了一会儿，看着我们笑了笑，一种可怕、邪恶的微笑，他现在的表情已变为最纯粹的仇恨。

"你们这些该死的家伙，"他说，"一群疯子！"

他的语速快得可怕极了。他仍然愤怒地看着我们，我期待他竖起一根手指，用毁灭、腐烂触碰我们每一个人。我意识到，经过这么长的时间，战争还是提供了至少一个我无法直视的东西。我曾经见过它，并希望永远不要再见到它，我误解过它，也曾被它伤害，我以为我终于解决了它，但现在我又看见了它，我清楚它意味着什么，并感觉这最后一次像第一次一样无助。

好吧，对一名战地记者而言，和士兵们一起行动，走近战争，接触它，迷失自我并尝试亲自与之对抗，可能是件好事。我一直想要这样，也是这么做的，别问为什么，这是属于我的选择，就像这部"电影"是属于我的。我在很多方面是这些疲惫可怜的士兵的兄弟，我知道他们的想法，我做到了，并且这是有意义的。无论我走到哪里，总会有士兵和我说"复仇者"对克伦斯基说的那些话："你很好，哥们，你们很酷，很有胆量。"他们并不总是清楚该怎么看你或对你说些什么，他们有时会叫你"先生"，直到你恳求他们别这么叫，他们会觉得你选择当一名恐惧不已的志愿记者简直是疯了，忍不住咯咯直笑，甚至会心生敬意。如果他们喜欢你，当你乘直升机离开时，他们会说再见，祝你好运，他们中的一些人甚至会感谢你，但你对此能说些什么呢？

他们总会带着让你震惊的强烈情绪要求你"说出来"，因为他们总有一种感觉，那就是他们的故事没有被诉说，他们经历了这一切，而世界上的人对此一无所知。他们可能是一群愚蠢、残忍的杀人狂（很多记者私下都有这种感觉），但其实他们聪明得足以明白这些。在顺化，当我走向通往机场的卡车时，一名海军陆战队员跟在我后面，他已经在那种恐惧里被围困了将近两个星期，而我大概两三天就往返一次。我们那时已经熟悉了，当他追上我，如此用力地抓住我的袖子的时候，我以为他会指责我，或者更糟糕——阻止我离开。他的脸上除了精疲力尽的空白之外一无所有，但他还有足够的感情说："嘿，兄弟，你走啊，你个混蛋竟然要走。但我说真的，你要把这些都说出去！说出去，兄弟，如果你不说出去……"

　　他们到底经历了什么？一切都被摧毁了，有个营的伤亡率高达百分之六十，原来的士官都走了，士兵们让他们的军官去死，去找些别的蠢货到路中央奔跑。在这里，我不需要告诉任何人不要叫我"先生"。士兵们知道不用叫我"先生"，他们比我知道得更多，那里没有人恨我，即使在我离开的时候也一样。等到三天后我回来时，战斗已经结束了，每天不再有新增的伤亡，同一名海军陆战队员朝我做了个胜利的手势，这与海军陆战队或他们刚经历的战斗或前一天在皇城南墙上升起的美国国旗无关。他拍了拍我的背，给我倒了一杯他在某个棚屋里找到的酒。即使是那些不愿和你在一起的士兵——他们鄙视你的工作需要，或者认为你是靠他们的死亡谋生的人，认为我们所有人都是叛徒、骗子和最令人毛骨悚然的寄生虫——最后也会减少敌意，做出我们最喜爱的珍贵让步："我必须对你们说，你们这些家伙也算是有种。"也许他们的意思很简单，我们有自己的办法，我们利用它继续前行，将勉强的承认变成英勇的勋章，使一切恢复正常。

但也有一些很糟糕的时刻，那种让你把目光挪开的怨恨表情，是我所知道的最纯粹的东西，其中没有任何惊奇，没有消遣，并非来自棘手的道德或偏见，没有动机，也没有清醒的缘由。你可能感觉到它在从一件雨披的兜帽下向你接近，或者在躺在直升机地板上的受伤士兵抬头看你的眼神中看到它，在一个非常害怕或刚刚失去朋友的人身上看到它，在某个嘴唇被太阳晒裂、最终被活活晒死的士兵的痛苦亡灵中看到它。

起初，我混淆了一切，不理解这个眼神，我为自己的误判感到难过。我当时会想："去你的。我也可能受伤或死亡，我冒着同样的风险，你们看不见吗？"但后来我意识到，它就是这样，它直白地阐述了自身，它是对战争的又一次黑暗揭露。他们并不是在评判或者责备我，他们甚至根本不在意我，他们针对的并非我这个人。他们只是恨我，就像你恨一个无可救药的傻瓜一样，当他有选择的时候，竟然会让自己经历这些，竟会如此不珍惜生命，把它视作儿戏。

"你们都是疯子！"那个海军陆战队员说，我知道那天下午我们飞离穆特岭时，他会在那里站很久，带着他以前对我们表现出的那种不加修饰的厌恶，看着我们消失在视线之外，最后转向周围的某个人，也可能自言自语，说出我曾听过的那句话。当时，一大群记者刚刚乘吉普车离开，留下我一个人在那里，一个步兵转向另一个步兵，说出了他对我们最冷酷的祝愿：

"那些该死的家伙，"他说，"我希望他们赶紧去死。"

二

告诉我一个不是寄生虫的姓名，

我将出去为他祈祷。

——鲍勃·迪伦《乔安娜的幻象》

　　我总是会想到那些孩子，他们被战争电影洗刷了十七年心灵，来越南后，又被战争洗刷去了肉体。你不会知道什么叫"媒体狂"，除非你真的看到一些士兵知道附近有电视节目组后在战斗中跑来跑去的样子。这些士兵在脑海里制作战争电影，在炮火中跳着勇敢而荣耀的海军陆战队踢踏舞，为整个电视网络拍下他们脸上的粉刺。他们简直疯了，但不是战争造成的。经过最初的几次战斗，大多数士兵不会再认为战争就像一场冒险，但总有一些人无法释怀，这些人像是为了摄影机才出现在战场上一样。很多记者也好不到哪里去。我们都看了太多电影，在电视城待了太长时间，媒体的泛滥让建立某些联系变得困难。我最初几次遭遇炮火或看到身边有人死去，就好像什么都没发生似的，所有反应都被锁在我的脑子里。这是我熟悉的暴力，只是以另一种媒介呈现，就像某种丛林游戏，里面有巨大的直升机和令人惊奇的特效，演员们躺在帆布尸袋里等待这个镜头结束，然后他们就可以站起来离开。但是——你发现了——这个镜头永远不会停止。

　　你必须忘掉很多东西，才能开始学习新事物，可即使你懂得更多，也无法避免它们被混在一起，比如战争本身和战争中像电影的部分，像《安静的美国人》或《第二十二条军规》（它是越战的标准，因为它指出，战争中的每个人都觉得其他人疯了）的部分，像电视上所有的战争镜头的部分。（"有人从树林里朝我们开火！""哪里？""那里！""哪里？""就在那里！""在哪里？""就在那里！"有一次，弗林听了整整十五分钟，我们将其视作一场"显灵"。）你的视线开始模糊，眼里的景象上下晃动，就像一台坠落的摄影机所拍摄的那样。你同时听到上百种可怕的声音——尖叫、抽泣、歇斯底里的叫喊、恨不得占据整个大脑的突突脉搏声、试图发出命令的颤抖嗓音、高低相间的枪炮声（据说当它们在你附近时像是哨声，当它们真的在你身边时则是炸响）、直升机旋翼的巨响，无线电里微弱而模糊的声音："呃，收到，我们已标记了你的位置，完毕。"然后远去，越来越远。

在越南，这些噪音会永远跟着你，让你怀疑自己是不是精神错乱了，但它也会让你比你所能指望的更清醒一点。有时，它的侵入可能隐秘而凶猛。在顺化战役的某天下午，我和《时代》周刊的记者戴维·格林韦在一起，我们发现是时候转到另一个海军陆战队营地了。当时我们在皇城南墙的正对面，空袭把南墙的大部分炸得掉到街上，而此前藏匿在城墙上的北越人，如今也变成地上散落的、破碎发臭的尸体。我们不得不沿着那条街道跑大约四百米，我们知道整条路上都有狙击手，可能藏在右边的残壁和左边的屋顶中。一小时前，我们来到现在的位置时，戴维跑在前面，现在轮到我打头阵了。我们和几个海军陆战队员一起蹲在稀疏的灌木丛中，我转身对旁边的那个黑人士兵说："听着，我们现在要离开这里，你能掩护我们吗？"他用一种惊讶而锐利的眼神看着我，说："如果你们想，你们随时可以离开，但该死的……"他忍住了怒气。戴维和我一路弯着腰，每隔四十米左右就躲在巨石大小的碎墙后面。跑到一半，我突然笑了起来，看着戴维不断摇头。戴维是最彬彬有礼的记者，出生在波士顿，家境良好，受过无可挑剔的教育，有点贵族气质，虽然他对此毫不在意。我们是相当要好的朋友，他很愿意相信我真的发现了好笑的事。他也跟着笑了。

"你笑什么？"他说。

"你知道吗？我刚才叫后面那个家伙掩护我们*。"

他微微扬起一条眉毛看着我，说："是的，你确实说了，刚刚这段难道不精彩吗？"

我们可能会笑着走过整条街，如果快到尽头时，我们没有经历那件可怕的事。在一座被炸毁的房子里，一名年轻的女孩躺在碎木头上，四肢伸展地死去。所有东西都在燃烧，火焰越来越靠近她赤裸的脚。再过几分钟，它们就要烧到她了。从我们的躲藏处，我们将不得不看着这一切发生。我们一致认为没有比这更糟的事情了，于是我们跑过了街道，但戴维在此之前转过身，单膝跪地，拍了一张照片。

几天后，戴维关于顺化的报道登在《时代》上，进入了所有新闻杂志和报纸都具有的那种单一话语。那一周，《时代》驻越南的其他五六个记者也都报道了某个地方。大约五个月后，我的一篇关于这场战役的文章才发表在《时尚先生》上，就像是一篇遗失的克里米亚战争报道。我第一次看到那本杂志是在我们从穆特岭回来的那

---

　* 原文为"cover us"，"cover"在英语中既有"掩护"，也有"报道"之意。

天，而刊登戴维报道的《时代》不到一周就可以在西贡和岘港买到了。（那一期我记得特别清楚，因为封面是武元甲，南越政府不允许出售，直到在每一本杂志上都画一个黑色的"×"，尽管这根本挡不住他的脸。那个春节，人们总在做一些奇怪的事。）所有这一切都意味着，无论我多么喜欢这个职业，我都不可能将自己认作一名战地记者，而不去思考这在多大程度上纯粹是在装模作样。我从来不需要跑回任何一家杂志的分社办公室发稿。（或者更糟糕，在岘港用打结的军用电话线打给他们："工作，接线员，我说工作，你好？工作……哦，你这个蠢货，工作！"）我从来没有在早上八点赶往岘港机场，把我的胶卷送上飞往西贡的航班。我不属于哪个分社，我也没有胶卷。我和纽约的联系很弱，我的任务也很模糊。我在记者团里谈不上是个奇怪的人，却是个特殊的人，有不小的特权。（真正的怪人是另一些家伙，比如摄影师约翰·施耐德，他在他的自行车把手上挂了一面白旗，在一场激烈的战斗中，他一路从北 881 高地骑到南 881 高地，这次壮举后来也被称作"施耐德骑行"；或者是那个在西班牙当了四年斗牛士的韩国摄影师，他说着一口精致流利的卡斯蒂利亚语，我们叫他"跆拳道先生"；还有一个葡萄牙小说家，他穿着一身运动服，提着个格子手提箱就来溪山了，他以为战地装备在那里都能买到。）

我在西贡遇到了伯尼·温劳布，他正在去《纽约时报》西贡分社的路上，手里拿着一堆纸。他刚和联合事务办公室的那些"大人物"开完会。"我现在有点轻微的精神崩溃。你看不出来，但我真的有点崩溃。你在这里多待一会，一定也会精神崩溃。"他说。他哈哈大笑，既因为其中存在着一点真实，也因为这已经变成我们总说的笑话。在炎热、丑恶和递交报道的压力下，在外面的战争和里面的当局宣传之间，西贡给人的感觉很绝望，伯尼显然深受其影响，他看起来是那么疲惫、憔悴和营养不良，好像他刚从巴勒斯坦游击队手里救出一位犹太母亲。

"一起喝一杯吧。"我说。

"不，不，我不能，你知道的，我们在'时报'工作……"我笑了起来。"每天都要提交报道，太糟糕了，时间很紧……希望你能理解。"

"当然。抱歉，我刚才没想到这点。"

"谢谢你，谢谢你。"

我可以笑他，他要回去工作，写一篇故事，几小时后发表在《纽约时报》上，而我要去街对面的大陆酒店的露台酒吧喝一杯，可能悠闲地写几张纸条，可能不写。我没有那么多事，除了一小部分将职业责任看得格外严肃的记者外，没有人对此多说一句。他们怎么理解战争是一回事，怎么写是另一回事，我知道他们是多么努力地想把战争写进故事，知道他们作为老师是多么知识丰富，也知道最后这一切会变得多么令人沮丧。

因为他们在新闻媒体工作，那些必须满怀敬意地对待的事物包括：总统办公室、军队、战争中的美国，以及最重要的，越战标志性的空洞术语。只要我回忆这些好友，就必定同时回忆起千里之外的办公室对他们提出的令人难以置信的要求。（每当新闻负责人、网络副总裁和外国编辑穿上他们的 A&F 战斗装备，来到现场看看，就会有一个真实得如同"热带之雪"的故事展开。经过三天的高层简报会和直升机飞行后，他们会回到美国，确信战争已经结束，确信他们派往战场的记者们都是好样的，就是有点太像故事了。）关于越南问题的日常报道，让晨报沉重得令人无法忍受，它的某处边缘隐没于电视里的超现实背景。故事一如既往地简单：人杀人，一场可怕的战争和各种各样的受害者。但司令部不这么觉得，并把我们带进了虚构的伤亡率背后的持续消耗陷阱；政府则相信司令部，它们互相给对方的无知施肥；而有着客观、公平（不必说自利）传统的媒体，确保所有的这些都有其发展空间。而且一旦媒体开始认真对待并报道这些转移视线的操作，不可避免地就会将其合法化。这些发言人说的话作为字词根本不会流传开来，这些句子在理智的世界里也不可能有任何意义，但如果这些话的大部分内容遭到媒体的尖锐质疑，那它就会被全文引述。媒体得到了全部事实（或多或少），它得到太多事实了，但它从未找到一种有意义的方式报道死亡，毫无疑问，那才是它真正的目的。而杀戮过程中，最令人厌恶的、易懂的、源于神圣的摸索，却得到了报纸和广播的严肃对待。"取得进展"这一术语，就像子弹一样被射入你的脑海。当你费力地读完所有华盛顿的故事和西贡的故事、所有他者的战争的故事和腐败的故事，以及南越部队效率提升的轻快故事时，不知何故，那种痛苦给人留下的印象并不深。已经过了这么多年，这场战争似乎会一直持续下去。如今，晚上坐在那里，你会听见有人说，上周美国的伤亡人数是六周以来的最低点，只有八十名美国士兵在战斗中阵亡，那感觉就像你刚刚得了个便宜。

　　如果你看过彼得·卡恩、威廉·图伊、汤姆·巴克利、伯尼·温劳布、彼得·阿内特、李·莱斯卡兹、彼得·布雷斯特拉普、查尔斯·莫尔、沃德·贾斯特或其他几位记者写的故事，你就会明白代表团对美国公众说的大部分的话，就像是一场精神病患的杂耍。比如所谓的"安定"计划，就是一个膨胀的、计算机化的"乳头"，被强加在那些已经受到侵犯的人们身上，这是一个成本高昂又毫无价值的项目，只在新闻发布会上起作用。而就在春节攻势的前一年（官方年终报告的名字是"1967——取得进展的一年"），无论是在报纸头条还是在黄金时段电视节目里，关于"安定"计划的故事比战争故事更多，就好像它真的发生了一样。

我认识的每个人都不情愿地承认这些不过是例行公事，而我却摆脱了它。不得不跑到机场看洛杉矶市长约蒂拥抱西贡市长闻文属 *，想想都觉得是个大麻烦。（洛杉矶宣布和西贡结为姐妹城市，约蒂正在城里募捐。如果没有报纸和电视，甘和约蒂永远不会相遇。）我不需要报道为菲律宾公民行动组织举办的午餐会，也不需要在国际监察委员会的波兰代表开我玩笑时傻笑。我不需要听从司令部的指挥，去参加那些没完没了的部队聚会。（"孩子，你从哪来？""梅肯，佐治亚州，先生。""很好。你收到信了吗？这里有热食吗？""有的，先生。""好的，孩子，你从哪来？""哦，我不知道，天呐，我不知道，我不知道！""很好，很好，孩子，你从哪来？"）我不需要熟悉那些错综复杂的政府机构及其子机构，也不需要和特工打交道。（他们来自中情局。士兵们和特工们玩着无休止的越南游戏，士兵们总是输。）除了拿我的信和更新证件外，我几乎不必去联合事务办公室，除非我自己想。（这个办公室就是为了处理媒体关系和心理战问题而设立的，我在那里似乎从来没有见过

---

* 1968 年西贡市长名为 Văn Văn Của，此处为音译。

意识到这两者存在区别的人。）我可以跳过每天的发布会，我从来不需要建立线人关系。我关注的问题是如此之少，以致我不得不问其他记者，他们都找了些什么问题问威斯特摩兰、邦克*、科默和佐西安。（巴里·佐西安是联合事务办公室的负责人，五年多来他一直掌控着"信息"。）不过真有人会期待那些人说点什么吗？无论他们在怎样的高位，他们到底是官员，他们的观点只会是公认的、著名的、众所周知的。就算新山一的天上下起了青蛙，他们也不会沮丧；就算金兰湾淹没在中国南海，他们也会想办法让它听起来对你有利；可能当"部队"师（胡志明的近卫队）经过美国大使馆时，他们会将其描述为"绝望"——就算是那些和代表团的委员们关系最密切的记者，又能在采访中找到什么可写的东西呢？（我个人就觉得威斯特摩兰将军的采访尴尬得无可救药。他注意到我是《时尚先生》的记者，就问我是否打算写一些"幽默"的内容。除此之外，我们几乎什么都没说。离开时，我感觉自己刚刚好像和一个人交谈过，他摸着椅子说："这是一把椅子。"指着桌子说："这是一张桌子。"我想不出什么可以问他的问题，采访也就没法进行。）我真的很想知道这类采访应该是怎样的，但我问过的那些记者都会变得非常官方，说出"指挥官立场"之类的话，然后看着我，好像我疯了一样。这可能和我曾经看一个记者的眼神一样，他问我都和那些士兵聊什么，我猜他希望我能告诉他，我和他一样，觉得那些士兵很无聊。

就像在电影里一样，很多记者在最后期限前，尽可能地完成了最荒谬的任务，然后撤退，开始观察战争和它全部的可怕秘密，艰

---

* 埃尔斯沃思·邦克（1894—1984），美国外交官，1967—1973年曾任美国驻南越大使。

难地成为一个犬儒主义者，让自蔑在笑声中重新出现。如果纽约人想知道军队对罗伯特·肯尼迪*遇刺的感受，他们应该亲自来听听。（"你会投票给他吗？""是的，他是个好人，一个真正的好人。他……还很年轻。""那你现在会投票给谁呢？""华莱士**吧，可能。"）他们甚至会收集部队对选择巴黎作为和谈地点的看法。（"巴黎？我不了解，为什么不行呢？我是说，反正他们现在不可能在河内和谈，不是吗？"）他们知道那有多么好笑，多么浪费时间，多么亵渎。他们知道无论他们多么努力，他们最好的作品都会以某种方式消失在所有新闻、事实和越南故事的河流中。就像传统的火力不再能够赢得这场战争一样，传统的新闻报道也不再能够揭示这场战争，它所能做的就是把这场十年来影响美国最深远的事件变成一块通信布丁，把最明显、最不可否认的历史变成一段秘史，而那些出色的记者们知道得更多。

发明之母乐队***唱过一首名为"每天都有麻烦"的歌，它几乎成了大约二十名年轻记者的"团歌"。我们经常在西贡的长夜聚会上播放它，烟灰缸被填满，冰桶里满是温水，酒瓶空了，烟叶抽光了，唱片机还在播放："你知道，我看着那个腐烂的盒子，直到我的头开始痛，因为我在努力检查，新闻记者声称获得黑料的方式。"（房间里出现苦涩滑稽的表情。）"如果一个女司机在座位上被机枪打死，他们会派一个带着童子军小女孩的小丑来，你就能看到故事

---

* 罗伯特·肯尼迪(1925—1968)，第35任美国总统约翰·肯尼迪的弟弟，曾任美国司法部长，著名的反越战民主党人，1968年6月4日遇刺身亡。

** 乔治·华莱士(1919—1998)，美国政治家，保守派代表，1968年代表第三党参加总统大选。

*** 发明之母乐队，20世纪60年代中期以弗兰克·扎帕为核心的美国摇滚乐队。

的一切。"（紧咬嘴唇，畏缩紧张的笑声。）"如果这里爆炸了，我们会第一个知道，因为我们在市中心的男孩们都在努力工作，做得很好……"这首歌并不真的关于我们，每次听到它，我们都会笑着皱眉，我们所有人，通讯社的摄影师和电视台的高级记者，以及像我这样的特派记者都会咧着嘴笑。因为我们都知道，在你读到的每一篇关于越南的文章背后，都有一张泪流满面、笑着死去的脸。它藏在那些报纸和杂志里，停留在你睡前关闭的电视屏幕上，长达几个小时，那片残影最终只是想告诉你，那些不知何故未被诉说的故事。

在新年前不久，也就是越南春节前几周的一个下午，西贡举行了一次特别发布会，宣布"安定"计划的村庄评级系统的最新修订，概述 A—B—C—D 四个安全等级，并表示政府在"乡村地区"（即除西贡外的任何地方，也就是野外）受到广泛支持。很多记者都参加了发布会，多数是因为他们必须去，我在首都大街上的一家酒吧里和几名摄影师待了会儿，采访了几个来自第 1 步兵师的士兵，他们当天刚从莱溪的指挥部回来。其中一个人说美国人把越南人当动物对待。

"怎么说？"有人问道。

"好吧，你知道我们是怎么对待动物的……杀死它们、伤害它们、殴打它们以训练它们。该死的，我们对待越南人和这没什么不同。"

我们知道他说的是实话。你只要看着他的脸，就知道他很清楚自己在说什么。他不是在批判这件事，我认为他甚至没有对此感到不安，这只是他的一些观察。后来我们向一些参加了"安定"计划发布会的人，比如《时代》和美联社的几个人提到了这件事，他们都觉得，关于心灵与智慧计划，那个来自红一纵队的年轻人说的，比他们在一个多小时的统计数据中听到的更多，但他们报社不能用这个年轻人的故事，要用科默大使的。报社得到了想要的故事，于是你知道了这个故事。

我可以让你继续认为，我们都是勇敢、机智、迷人、略带悲剧性的人，我们就像一支出色的中队，一支无可匹敌的突击队，一股可怕的"气"，爱冒险，同时又温柔、富有智慧。我可以用这些词，它无疑会让我的"电影"更好看，但所有关于"我们"的故事都应被据实描述。

在春节攻势最激烈的时候，有六百到七百名记者被派到驻越军援司令部。我和我认识的大多数记者都在想，他们都是谁，都去了哪里？这对我们来说就是一个谜，对那名被分配到联合事务办公室的脾气温和、长相凶狠的海军陆战队炮兵中士来说也是一样。他负责发放那些小小的覆着塑料涂层的司令部认证卡，他每发一张，就在小黑板上加一个数，最后他吃惊地盯着总数对你说，这简直就是个马戏团。（也是他曾对一位电视明星说："做好准备吧，你们这些来自电子媒体的家伙再也吓不倒我了。"）这张卡或与之相配的南越政府的"包驰"证并不是独家的，多年来政府发了几千张，它们只是让你加入了越南记者团，并告诉你，如果你真的想去报道战争，你可以去。各种各样的人都曾在某个时候持有过它：宗教机构和军事杂志的特写作家；大学校报来参加"夏令营"的工作人员（有家报纸送来了两个人，一个鹰派一个鸽派，我们没有管他们，因为他们没有再送一个温和派）；那些说他们无比憎恨战争（远胜你我）的二流文学人物；会和威斯特摩兰或邦克一起参加宴请的知名人士，他们可以在美国参谋长联席会议上报道战争行动，这些特权让他们得以完整地记录我们在春节的伟大胜利，一年又一年地发表"证据"，证明越共的后备力量已经完全瓦解，河内政府立马就会解体。没有哪个国家如此贫穷，也没有哪个地方的报纸如此卑微，甚至都不让记者去切身感受下战场，哪怕一次。还有一类是老记者，我认识的大多数年轻记者都害怕有一天会成为他们。你偶尔会在岘港新闻中心的酒吧里遇到他们。他们年近四十，自从美日战争胜利后就再也穿不下制服了，在所有的发布会和快速采访后，他们总是筋疲力尽又迷惑不解，因大量的事实被抛向他们而头昏眼花，但他们的录音机坏了，他们的钢笔在街头被孩子偷了，他们派驻的时间快到了。他们去过金兰湾和很多村庄（这是代表团用语，意味着他们被带去看样板或"新生活"村庄），看到一个顶尖的南越师（在哪里？），看到我们的一些年轻人就在前线（在哪里？），看到很多军事情报办公室的工作人员。他们似乎对这些事的重要性充满敬畏，以至于无法清醒，害羞得不敢交朋友，总是孤身一人，几乎从不说话，除了"嗯，当我来到这里时，我以为这里一点希望都没有，但我必须承认，我们已经基本控制住了局面。我必须说，这给我留下了非常深刻的印象……"。有很多雇佣写手会记下将军和官员们让他们记下的每一个字，对他们来说，越南只不过是一个提供工作的地方。有些人干不来，几天后就走了；有些人干不来，却仍然年复一年地留在这里，试图把他们对战争的仇恨和热爱拼凑在一起，这也是我们许多人不得不面对的艰难和解。有些人经历了非常可怕的事，只要有机会，他们就会忘掉一切。比如有个人对我说，他不明白为什么要这么大惊小怪，他的 M-16 又没有卡壳过。这里的法国人在"第一次印度支那战争"（他们喜欢这么称呼）期间就空降到奠边府，英国人从"独家新闻"（一种记者团的标准，因为如果报纸没登，那就根本没有发生）中活着出来，意大利人之前唯一的经验是拍摄时尚，韩国人靠美军专用商店发了一笔小财，日本人追踪了太多线索而不可避免地成为笑话，越南人为了躲避征兵而开始拍摄战争，美国人和飞行员一起，在西贡的将军餐厅的酒吧里喝酒度日。一些人除了老乡谁都不记录，一些人记录了美国人小圈子的社交笔记，一些人去了战场，只是因为他们负担不起酒店的费用，一些人从未离开过他们的酒店。加在一起，他们占了中士黑板上的大部分，还剩下一些人，多达五十个，他们或有天赋，或诚实，或特别善良，他们给了新闻业一个比它应得的更好的名声，特别是在越南。最后，记者团和战争中的任何一个团一样难以理解且面目模糊，主要的不同之处在于我们中的许多人仍然听从自己的命令。

许多在越南的美国人的一个特征是，他们并没有意识到自己冒犯了别人，而一些记者为此着迷。记者们从每天发布的新闻稿和战场报道中写下他们的故事，从司令部情报办公室的疯狂语言中追踪他们，比如"谨慎的爆炸"（在一次这种爆炸中，一位年迈的祖父和两个孩子沿着田埂奔跑，突然被炸弹撕成了碎片，至少武装直升机的飞行员后来在报告里是这么说的），"友好的伤亡"（这既不温暖，也不令人愉悦）。它们通常以十七或一百一十七或三百一十七名敌人死亡和美国的损失"轻微"结尾。有些记者对待死者和司令部一样敏感：在一场战争中，你得理解，难免会有些泥点溅到地毯上，我们确实被打得鼻青脸肿，但我们一定也让"查理"损失惨重，我们认为现在的击杀率很不错，真的不错……有位著名的报道过三次战争的记者，经常拿着一本绿色的会计账簿在岘港新闻中心走来走去。他会坐下来和你谈话，记下你说的一切，他管这叫"输入信息"。海军陆战队预先准备了一架专门的直升机（或我们常说的"浪费一架直升机"），在溪山战役结束几周后的一天下午载他进出。他回来时，对我们的大获全胜感到非常高兴。我和伦格尔坐在一起，回忆说，至少有两百名士兵在那里阵亡，还有大约一千人受伤。他从账本上抬起头说："哦，两百不算什么。我们在瓜达尔卡纳尔岛*一个小时就损失了更多。"我们不打算和他争论，所以我们离开了。但你一直会听到这样的言论，好像这就能使溪山的死亡变得"无效"，死亡人数比瓜达尔卡纳尔岛的死亡人数少，好像轻微的损失就不是死亡。难道"轻微"损失中的士兵不是和那些"中等"或"严重"损失一样，躺在那里一动不动了吗？这是他们谈论美国人的死亡，你应该听听当死者是越南人时，他们又是怎么说的。

　　这就是我们，没有真正的恶棍，只有几个英雄，有很多冒险者和苦力，很多漂亮的疯子和普通人，在越南报道这场最终属于普通人的战争。不知怎么，我们还是设法找到并认识了彼此，你可以应用严苛的标准，否认那里存在类似"兄弟会"的组织，但除此之外，你还能怎么称呼它？那不只是一些战时小圈子，它的人数太多了，至少包括十二个所谓的"小圈子"，其中一些圈子是重叠的，最终融为一体，还有些圈子互相蔑视。但如果对比臃肿而松散的整

---

　　* 瓜达尔卡纳尔岛战役，1942 年 8 月到 1943 年 2 月美日双方在瓜达尔卡纳尔岛及其周围爆发战斗。

个越南记者团，它的规模又太小了。它的要求未被明言，因为除了感性和风格之外，它没有要求。在其他地方，它完全可能是另一种模样、另一群人，但战争赋予了它紧迫性，使它变得深刻，深刻到我们甚至都不需要喜欢其他人就可以同属于这个集体。当时有很多话没有说出来，但这并不意味着我们没有意识到它，在那个可怕的、无处藏身的地方，我们无不感激对方。

它给那些美国报刊西贡分社的记者们制造了空间，包括年轻的已婚人士、各式各样的女记者、许多欧洲人、在亚洲的常春藤联盟的人、岘港人、不吸毒的人和吸毒成瘾者、正常人和怪人、老手（尽管其中很多人都非常年轻），甚至还有一些游客，他们想去某个地方玩一段时间，碰巧选中了这场战争。我们无法思考"我们是谁"，因为我们是如此不同，但在相似之处，我们又真的相似。如果你经常出去执行任务，或者你的工作做得很好，这有助于你"加入我们"，但它不是必要的。真正重要的是你对这场战争有所了解（与代表团和司令部告诉你的相反），你不是一个势利小人。我们都在做令人心烦意乱的工作，而且常常很危险，我们是唯一知道这份工作到底好不好的人。相比之下，家人的掌声和同事的好话没有什么意义。（一位记者喜欢把他在纽约的上级称为"那些骗人的混蛋"，这是他从空降兵那里学来的，说的是那些没有跳伞资格的人。如果你能理解第4师的一名侦察队员自称是浸信会教徒，而其实是一名圣公会教徒，你就明白了。）我们都在学习同样的东西，如果你被杀了，你就毕不了业。

我们对待在越南的工作足够认真，也确实被它迷住了（即使是最单纯的来自农村的一等兵，也不可能在经历一场战争后毫无收获），即使当你感到疲倦，觉得自己承担了太多，一下午就变老时，也总有办法恢复到我们都试图保持的状态。只有当情况变得非常糟糕时，你才会像大多数士兵那样看清这场战争，所幸这样的情况并不多，并且我们（一群疯狂的家伙……）不知悔改。我们中的大多数人发过誓，如果我们离开一次，就再也不靠近战场了，结果每个人都离开过，但在岘港或西贡，香港或曼谷待几天就能让你忘了它。而回去的选择始终都在，那是属于你的无价选择，属于记者团的财产，仍然在那里。

友谊的建立非常直接，没有任何那些貌似必要的琐事，而且一旦建立起来，除了你最古老、特殊的友谊外，它的价值超过所有。你在越战前是怎样的完全不重要，没有人想听。很多时候我们就像是偏远、受骚扰的哨所里的绿色贝雷帽，八到十二个美国人指挥数以百计的当地雇佣兵，他们可能和越共一样对你充满敌意，他们也经常就是越共。我们一起生活了几个月，却不知道对方的名字或家乡。你也可以在其他地方交朋友，三角洲地区的特种部队上尉，富牌的士兵，大使馆政治部的一些正派、诙谐（通常也痛苦）的工作人员。不管你是和他们，还是和其他记者在一起，你们谈论的都是战争，但过一段时间，它可能会变得像是两场截然不同的战争。因为除了另一名记者，谁能说出你想听的那种神话般的战争呢？（仅仅是听到弗林读"越南"这个词的方式，听到他在其中表达的温柔和尊重，就能让你更了解这个地方的美丽和恐怖，这是那些不断道歉或解释的人永远也说不出来的。）除了同事，你还能和谁讨论政治？（我们对这场战争的立场大致相同：我们身在其中，这就是一种立场。）你还能在哪里感受到战争的过去？有各种各样的人知道背景、事实和最微小的细节，但只有记者才能告诉你每个重要时刻的真实情绪：德浪河谷战役时的本能恐怖，或者海军陆战队第一次行动（代号为"星光"）时的可怕的精神崩溃，他们在那里的死亡速度是那么快，远远超出司令部的接受范围，甚至其中一人在他还活着的时候就被装进尸袋，扔到了一堆尸体的顶端。他在里面恢复了意识，不停扭动，直到尸袋滚到地上，一些医护兵发现并救下了他。"铁三角"*和蓬山听起来就像长津湖或奇克莫加**一样遥远，你只能从你信任的人那里听到历史，但你能信任谁呢？如果你看到一些头盔上的涂鸦似乎表达了一切，你不会把它递给某个上校，也不会把它告诉一个心理战军官。"生而为杀戮"毫无恶意地写在和平标志的旁边，或者"一个该死的胸部伤口，是自然表明你曾经交战过的方式"，这句话写得太好了，好到你只能和真正的收藏家分享，而除了极少数的例外，他们全是记者。

我们分享了很多东西：战地装备、烟叶、威士忌、女孩（没有女人的男人们的旅行只会一路无聊）、消息来源、信息、直觉、注意事项、声望（我在那里的第一天，《生活》杂志和哥伦比亚广播公司的分社社长，把我介绍给他们能想到的每个人，也有人为其他新来的人做了同样的事），我们甚至在自己运气似乎消失时分享彼此的运气。我并不比越南的其他任何人更迷信，而我很迷信。总有几个人好像有着不容置疑的魅力，让你相信他们永远不会倒下；和他们一

---

* "铁三角"，指西贡河西侧、静河东侧和13号公路之间的区域，距离西贡北部约四十公里。

** 奇克莫加，佐治亚州地名，1863年9月于该地爆发的奇克莫加战役是美国南北战争的重要战役之一。

起行动，可能比任何地面上有什么在等待着你的实际考虑更重要。我甚至怀疑还有没有其他关系能这样具有寄生性，这样亲密。

我们永远怀着平等精神，最好、最勇敢的记者通常也是最有同情心的、最了解他们在做什么的人。格林威是这样，杰克·劳伦斯和基思·凯也是这样，他们二人作为记者和摄影师，曾在哥伦比亚广播公司搭档工作近两年。还有拉里·伯罗斯，他自1962年以来一直在为《生活》杂志拍摄这场战争，他是一位身材高大、沉着谨慎的英国人，大约四十岁，在所有越南记者中享有最令人钦佩的声誉。我曾和他一起在一个为解救溪山而建造的降落区，伯罗斯跑下来给一架即将降落的"支奴干"拍照。风很大，可以把柏油路面上贴的标志吹到降落区五十英尺外的另一边，他穿过狂风去拍摄机组人员，拍到了士兵们从斜坡上下来，准备登上直升机，拍到了士兵们扔下邮袋和装满口粮、弹药的纸箱，拍到了士兵们把三名伤员小心翼翼地抬上飞机，再转身把装在尸袋里的六名死者抬上去，然后直升机上升（风大到可以撕破你手中的纸），他又拍了他周围被吹平的草和飞舞的碎片。在直升机升起、稳定、离开时，他分别拍了三张照片。等到直升机消失，他看着我，脸上露出毫不遮掩的痛苦，"有时候你会觉得自己像个混蛋"。

这是我们分享的又一件事。关于这件事和它带来的感受，我们没有秘密。我们都会谈论它，有些人谈论得非常多，还有几个人谈论的似乎只有它。这是一种负担，如果它只是自我感觉倒也还好，但如果它来自外部，那会让你非常在意。就连各种各样的小偷或杀手——包括营长、商人，甚至普通士兵——在我们面前都可以道貌岸然，直到他们意识到我们中很少有人真的通过战争赚到钱。这没法避免，如果你拍到一名死去的海军陆战队员的脸上盖着雨披，并因此获得了什么东西，你就是某种意义上的寄生虫。如果你为了拍得更好，当着他朋友的面把雨披扯下来，你是什么呢？我想是另一种寄生虫。那么，如果你站在那里看着并将其记录下来，以防之后可能想用却忘掉，你又是什么呢？你可以继续举例，类似的组合是无限的，这还只是一小部分我们被认为的样子。我们被叫作追求刺激的怪胎、死亡祝愿者、求伤者、战争爱好者、英雄崇拜者、吸毒成瘾者、低级酒鬼、食尸鬼、煽动分子，多得我记不清。军队中有些人永远不会原谅威斯特摩兰将军，因为他在早期有机会的时候没有对我们加以限制。有军官和许多貌似幼稚的士兵认为，如果没有我们，现在就不会有战争。我永远不能在这一点上与他们中的任何一个人争辩。一些士兵对媒体有一些狡猾、褊狭的怀疑，但至少级别在上尉以下的人从未问过我站在哪一边，告诉我要适应行动，加入队伍，为胜利而来。有时他们单纯是蠢，有时是因为他们太爱自己人了，但我们所有人迟早都会听到这样或那样的说法："我们海军陆战队赢得了这场战争，而你们这些家伙在报纸上让我们失去了胜利。"它通常被以一种近乎友好的方式说出，但微笑背后的牙齿紧闭着。被如此随意、肆无忌惮地鄙视，不禁令人悚然。最后，很多人相信，我们只不过是被美化的战争投机商。也许我们是，我们中没有被杀、没有受伤、没有遭受折磨的人是。

哪怕是在常规时间，很多记者也经历着危险。受伤就是其中之一，它不意味着你已经离得尽可能地近了，而是意味着，可能在你不知情的情况下，你离得太近了。就像有一天清晨，我从特种部队营地的山顶散步到山脚的队舍，打算在那里喝杯咖啡。我没有走主道，而是沿着一条小径往下，直到我看到一座房子和八个傻笑着的、天真的越南雇佣兵。"迈克！"他们指着我，非常兴奋地交谈。当我到达山脚时，他们立刻抓住了我。片刻之后，他们向我解释，我刚刚走了一条特种部队铺设了二十多个诱杀陷阱的小径，任何一个都能让我完蛋。（之后的几天里，它们每一个都在我脑海中萦绕。）如果你经常出去，就会发现自己处于一个按照生存法则必须带上武器的境地（"你知道这东西怎么用吗？这个呢？"一位年轻的中士不得不问我一遍，我不得不点点头，因为他把那东西扔给我，说："干掉他们！"——这是美国式的"万岁冲锋"），会发现自己差点就死了，这是不可避免的。你预计会有这样的事情发生，但这和它真的摆在你面前是两回事。这种危险就像是失去了非战斗人员的身份：你并不特别为此感到自豪，你只是向朋友报告了这件事，然后就不再谈论它，因为你早知道故事会从那里传开，而且也没有什么好说的。但这并不影响你总是想它，做很多可怕的设想，在它周围形成一个袖珍的玄学系统，最终发现自己在思考哪些东西离你更近：从山上走下来；以几分钟之差错过了一架飞机，一小时后，它在五十英里外的溪山机场爆炸了；或者当你咕哝着翻过一堵低矮的顺化花园围墙时，狙击手射中了你防弹衣的背部。你的黎明巡逻*幻想也会变得非常可怕，一个又一个的事件都不像你预期的那样。你会意识到没有什么比一个好友的死亡更接近死亡了。

---

* 指在军事中，在黎明或清晨为侦察敌方阵地而进行的飞行。

1968 年 5 月的第一周，越共对西贡发动了一次短暂而凶猛的进攻，在华埠边缘和郊区形成了小型阵地，反攻只能从 Y 桥、赛马场、种植园路往一个大型法国墓地发起，而墓地长达几百码，通往一片树林和复杂的越共掩体群。撇开这次进攻作为纯粹的革命恐怖行动的价值不谈（这些影响总是难以估量，哪怕我们的装备很好），它或多或少就像司令部说的那样，对越共来说代价高昂，基本上是一次失败。但我们也付出了代价（在西贡和阿肖之间，这周是美国阵亡人数最多的一周），城市郊区受到巨大破坏，大片的房屋被炸毁。官方称其为"五月攻势""迷你春节攻势"（你就知道这不是我编的）或"第二波攻势"。这是等待已久的西贡的阿尔及尔之战，自从春节攻势结束后，每个周末，美国人都预测这场战役的发生。进攻刚开始的几个小时，五名记者乘坐吉普车驶进华埠，驶过第一批逃出来的人群（很多人警告他们返回），接着陷入越共的伏击，其中一人（根据他自己的故事）假装自己死了，然后像动物一样跑到华埠的人群中逃脱了。他说他们一直在喊"包驰！"，但还是遭到了机枪扫射。

　　这听起来就是一个意外事故，仅此而已，在四名死去的记者中，只有一个我不认识，另外两个是熟人，第四个是朋友。他的名字叫约翰·坎特韦尔，是澳大利亚人，为《时代》周刊工作，他是我在越南结识的第一批朋友中的一个。他是个和蔼的好色鬼，我们志趣相投，谈论的通常是最复杂、最难以想象的感情，不朽的幻想。他在香港有一个中国妻子和两个孩子（他能说一口流利的中文，有时会在华埠的酒吧里给我们说两句）。他是我认识的少数真正憎恨越南和这场战争的一切的人之一。他在这里待这么久只是为了挣钱还债，挣够了他就离开。他是一个善良、温柔、搞笑的人，直到今天，我还是忍不住地想，他不应该死在越南，在战争中阵亡不应该是约翰的结局，他没有像其他人那样为此做好准备。很多我非常喜欢的人——陆军士兵，甚至一些记者——都去世了，但当坎特韦尔阵亡时，我不只是感到悲伤和震惊。因为他是我的朋友，他的死改变了一切的可能性。

在不到两周的短暂时间里，它变成了一场对我们而言很便利的战争。这很可怕，但对我们而言是便利的。我们可以在九点或十点跳上吉普车和迷你吉普车，开几公里到战斗发生的地方，在那边跑几个小时，然后很早就回来。我们会坐在大陆酒店的露台上，挥手让对方进来，早早喝醉、熬夜，因为我们不需要五点半就起床。几个月来，我们一直在越南各地奔波，时不时碰见朋友，但这次每个人都聚在了一起。我们从未像现在这样迫切地需要彼此。约翰等人死亡一天后，一个名叫查理·埃格尔斯顿的奇怪的、充满死亡气息的年轻人，合众社的摄影师，离奇地死在了公墓，据报道，他是在向越共的一个阵地还击时被杀的。（遗嘱里，他把自己所有的一切都捐给了越南的慈善机构。）同一天晚些时候，一名日本摄影师遇害，第二天，一名巴西人失去了一条腿，某个地方又有一名记者被杀。那时，每个人都已经停止计算人数，努力让它离我们远点。又一次在墓地里，一颗子弹穿过科·伦特迈斯特的手，卡在另一位摄影师阿特·格林斯潘的眼睛下方。一位名叫克里斯蒂安·西蒙-皮埃特里的法国人（被他的影迷朋友们称作"法国佬"）眼睛上方被一些弹片击中，同一发炮弹让阮玉鸾将军的腿瘸了。这虽然不是重伤，但那时记者受的伤实在太多了，比任何一次记者们集中受的伤都要多。到第五天，已有八人死亡，十几人受伤。我们正驱车驶向赛马场，一名宪兵走到我们车前，要求出示身份证明。

"听着，"他说，"我看到了四个像你们一样的人，我再也不想看到那样的人了。你们认识他们吗？那你们想进去干吗？你们这些人难道就不能汲取点教训吗？我是说，我亲眼看到了那些人，相信我，这并不值得。"

他坚决不让我们通过，但我们坚持进去，最后他放弃了。

"嗯，我阻止不了你们。你们知道我不能阻止你们。但如果可以的话，我会的。这样你们就不会像那四个家伙一样开车去送死了。"

傍晚时分，我们做了记者们在 1964 年和 1965 年流传的可怕故事中所做的事，我们站在卡拉维尔酒店的屋顶上喝饮料，观看河对岸的空袭，距离如此之近，甚至用一个好的长焦镜头就能捕捉到飞机上的图案。我们有几十个人在那里，就像贵族从高处观看博罗季诺战场一样，至少和他们一样超然，尽管我们中的许多人有时也会被困在类似的战争中。那里有很多女性，其中一些是记者（比如法国摄影师卡蒂·勒鲁瓦和朱拉蒂·卡齐卡斯，一位出色的、像时尚模特一样漂亮的记者），大多数是记者的妻子和情人。他们中的一些人曾经努力相信西贡只是他们生活的另一个城市，他们形成了文明的社会生活，品尝餐厅，预约和遵守约会，举行派对，谈恋爱。很多人甚至带上了他们的妻子，但结果往往很糟。很少有女性真正喜欢西贡，她们会变得像大多数在亚洲的西方女性一样：无聊、心烦意乱、害怕、不开心，如果待太久，甚至会变得疯狂。现在，西贡在三个月内第二次变得极不安全。火箭弹落在距离最好的酒店仅有一个街区的地方,"白鼠"队(西贡警察)正在和阴影进行着短暂又疯狂的交火。哪怕你睡着了,仍然能听到交火的声音。西贡不再只是一个臭气熏天、腐败不堪、让人筋疲力尽的外国城市了。

晚上,大陆酒店的房间里挤满了记者,他们睡前习惯荡来荡去、喝杯酒抽支烟,听着音乐聊天,滚石乐队唱着"如此孤独,你离家两千光年"或者"请来你的堡垒看我"*,这个词让房间里感到一阵寒意。我们每个人度完休整假回来,都会带一些唱片,在这里,声音就像水一样珍贵:亨德里克斯、杰弗森飞机乐队、弗兰克·扎帕**和发明之母乐队,所有我们离开美国时还没有的东西。威尔逊·皮克特、小沃克、《约翰·韦斯利·哈丁》***,一张唱片一个月就会被播坏然后换掉;感恩而死乐队****(这个名字就足够了)、大门乐队*****——他们的声音遥远而冰冷。它好像是冬日的音乐,你可以把额头贴着被空调冷却的玻璃窗,然后闭上眼睛,感受外面的热气向你袭来。曳光弹落在了三个街区外的疑似目标上,整晚,武装吉普车和大型车队都在沿着首都大街向河边移动。

当我们只剩六七个人的核心圈子时,我们会疲惫、昏沉地谈论战争,模仿指挥官们总是说的那些话,比如:"好吧,'查理'的地

---

* 出自滚石乐队《离家两千光年》(*2000 Light Years From Home*)和《堡垒》(*Citadel*)的歌词。

** 弗兰克·扎帕(1940—1993),美国作曲家、歌手、导演。

*** 威尔逊·皮克特(1941—2006),美国著名灵魂乐歌手。小沃克(1931—1995),美国著名爵士乐歌手。《约翰·韦斯利·哈丁》是鲍勃·迪伦于1967年发行的唱片,名称来源于19世纪"狂野西部"时代的著名枪手约翰·韦斯利·哈丁。

**** 感恩而死乐队,美国著名摇滚乐队,风格常在迷幻摇滚和乡村摇滚之间切换。

***** 大门乐队,美国著名摇滚乐队。

堡挖得很好，但当我们把他们逼到看得见的地方时，我们就会制造非常不错的杀伤。我们的武器无疑比他们更好，我们干不掉他们的原因只在于我们看不见，因为'查理'总是在跑。来吧，我们会把你们找出来，然后射杀。"我们谈论了我们打算在西贡开设的迪斯科舞厅，它叫"第三次浪潮"，舞池是不锈钢的，墙上挂着最好的战争照片的放大版，还配有一个叫"西方人和阵亡者"的乐队。（我们的谈话和战争一样丰富。）我们会谈论"疯子降落区"*，那是一个神秘的地方，天黑得很快，当你意识到明天早上之前都不会有另一架直升机来时，你已经选好地方睡了一晚。它是越南电影的终极选址地，在那里能看到我们曾见过的，所有疯狂的上校和躲过死亡厄运的士兵，他们重复着他们总爱说的那些糟糕又心碎的话，对恐怖与惊惧那么不以为意，于是你很清楚，无论你在那待多久都不会真正成为他们中的一员。老实说，你都不知道该笑还是该哭，在那里几乎没有人哭第二次，而且你哭完就会笑。这些年轻人是那么无辜又那么暴力，那么善良又那么残忍，他们是美丽的杀手。

一天早上，大约二十五名记者在 Y 桥附近工作，一辆半吨皮卡驶过，车后载着一名垂死的南越士兵。卡车停在铁丝网旁，我们都围过来看他。他约莫十九、二十岁的样子，胸部中了三枪。所有的摄影师都靠过来拍照，他上方有一台电视摄像机，我们看了看他，又互相看了看，然后又看了看他，一个受伤的越南人。他短暂睁开过几次眼睛，也看着我们。第一次，他试着微笑（当越南人对外国人的接近感到尴尬时，就会这样），然后微笑离开了他。我敢肯定他

---

*　"疯子降落区"英文为"LZ Loon"，位于越南广治省溪山东南处的美国海军陆战队基地，"loon"在英语中有"疯子"之意。

最后一眼甚至都没有看到我们，但我们都知道在那之前他看到的是什么。

也是在那周，佩奇回到了越南。《前线"攀爬者"》，作者蒂姆·佩奇；《蒂姆·佩奇》，作者查尔斯·狄更斯。他在战争开始前几天回来了，知道他运气的人都在开玩笑，把整件事归咎于他的回归。在越南，年轻的、非政治激进的、精神错乱的疯子比任何人想象的都多。无数士兵因战争而发狂，还有一大堆记者也是如此，他们形成了一个亚文化的圈子。记者团内部有很多人能够承受那些来自正直人士的压力，如果说弗林是应对得最老练的那个，那么佩奇就是最放肆的那个。我甚至在来越南之前就听说过他（"如果他还活着就去看看他"），从我到越南到他 5 月份回来的这段时间里，我听说了很多关于他的事，它们让我觉得如果没有这么多人的警告，我可能已经认识他了。他们警告我："根本无法描述他。真的，绝对不可能。"

"佩奇？那很简单，佩奇还是个孩子。"

"不，哥们，佩奇只是疯了。"

"佩奇是个疯狂的孩子。"

他们会讲各种各样关于他的故事，有时会被他几年前做的事激起短暂的愤怒，有时，佩奇会有点怪并且变得暴力，但他们的愤怒总会平静下来，最后他们会让步，然后富有感情地喊出他的名字："佩奇，该死的佩奇。"

他是一个来自伦敦的孤儿，十七岁结婚，一年后离婚。他在酒店当厨师，一路穿越了欧洲，然后向东漂流，经过印度、老挝（他声称在那里与间谍打过交道，一个十几岁的少年间谍），二十岁时来到越南。每个人都在说的一件事是，一开始他不像是个摄影师（他拿相机的方式就像你我拿罚单的方式一样），但他会去其他摄影师很少去的地方拍照。大家嘴里的他听起来疯狂又雄心勃勃，就像 20 世纪 60 年代的孩子，一个冰冷如石的怪胎身处越南，在这个国家，疯狂遍布山川、森林，且愈演愈烈。在这里，一切为了解亚洲、战争、毒品、所有冒险所必需的东西都近在眼前。

他第一次中弹是腿部和腹部，1965 年在朱莱，第二次是在 1966 年岘港佛教骚乱时期，他的头、背、手臂因弹片受伤。（《巴黎竞赛画报》的一张照片显示，弗林和一名法国摄影师把他抬到一扇门上，他的脸上一半是绷带，"蒂姆·佩奇，头部受伤"*。）朋友们开始试图说服他离开越南，他们说："嘿，佩奇，有空袭在找你。"结果他真的在中国南海乘快艇漂流时，被误认是越共船只。炮弹将船炸飞了，整个船上只有三个人幸存，佩奇身上有两百多处伤口，在水上漂浮了几个小时才终于获救。

情况一次比一次糟，最后佩奇屈服了。他离开了越南，据说是永远离开，并去巴黎找弗林待了一段时间，后来又从巴黎去了美国，为时代生活公司拍过些照片，在纽黑文和大门乐队一起被捕，然后独自周游美国（他还有一些钱），拍摄他计划称为"美国冬日"的系列照片。在春节攻势后不久，弗林回到越南，而当佩奇听到这个消息，回来就只是个时间问题了。当他 5 月份回来时，入境许可

---

* 原文为法语。

证不合规范，越南人让他在新山一机场住了几天，在那里，他的朋友们拜访了他，给他带了些东西。我第一次见到他的时候，他略略笑着，卖力地模仿两个越南移民局官员为了扣留他的钱而争斗的样子："明丰，欧克杨卜格样格鲁克朴扑克法克法特*，我想说你们应该听听那些野蛮人的话。我要去哪里睡觉，谁给佩奇准备了搁物架？越南人一直在和佩奇胡闹，佩奇现在很累！"

我第一次见到他的时候他二十三岁，我记得当时我希望在他还小的时候就认识他。他弓背、受挫、伤痕累累，就像每个人说的那样疯狂，但你会发现，当他生气的时候，他再也不会真的变得危险。他身无分文，所以朋友们给了他一个睡觉的地方，给了他皮阿斯特**、香烟、酒和鸦片。然后，当他拍了几张精美的春节攻势照片，挣了几千美元，他又会双倍地把这些还给我们。佩奇眼中的世界就是这样，当他破产的时候你照顾他，当他有钱的时候他照顾你，他凌驾于经济之上。

"埃尔斯沃思·邦克会喜欢发明之母乐队吗？"他会问。（他还想在下议院周围和对面的公园里安装扬声器，以设备能承受的最响音量播放他能找到的最古怪的音乐。）

"你觉得呢？佩奇。"弗林会说。

"不，是我问你，威廉·C.威斯特摩兰会不会喜欢发明之母？"

他说话喜欢无休止地引用，混合了战争、历史、摇滚、东方宗教、他的游记、文学（他阅读广泛并以此为荣），但你会发现他实际上只说了一件事，就是佩奇。他用第三人称谈论自己的次数比我认

---

　* 原文为佩奇模仿的越南语发音。
　** 旧时越南南方的货币单位。

识的任何人都多，但他说的话太天真了，从来都没有攻击性。他可以变得非常狡猾和无知，他可以是一个令人震惊的势利眼（他是新贵族的坚定信徒），他可以用近乎可怕的方式谈论人和事，但他不会这样做，他会选择滑稽并往往表现出深深的温柔。他随身携带着各种各样的剪报、他自己的照片、关于他受伤的报道、汤姆·梅耶尔写的一篇关于他的短篇小说，在故事里，他在一次跟随韩国海军陆战队的行动中阵亡。他对这个故事特别骄傲自豪，而且被它吓坏了。回来后的第一个星期，他带着这些东西去了任何他能想起来的地方，告诉自己可能会在这里被杀，就像他曾经历过的那样，就像故事里写的那样。

"看看你们，"他在晚上走进房间时说，"你们每个人都抽太多了。看看你们，如果不是在卷烟，你们在那里干什么？傻笑，弗林，傻笑是犯罪。烟草就是希望。帮帮我们！给我们一点，好吗？我没有做什么坏事，让我吸一口。啊哈，耶！不可能轮到我换唱片了，我才刚进来。有鸟飞过吗？米姆茜和普普茜在哪儿？（他给两个澳大利亚女孩起的名字，有时她们晚上会过来玩。）女人是好的，女人是必要的，女人绝对有助于工作。"

"别抽了，佩奇。你的脑袋已经黏得像湿哒哒的乳蛋饼了。"

"胡说八道，彻头彻尾的胡说八道。你为什么不在我为这只丑陋、肮脏的蟑螂准备一艘汽船的时候卷一根烟卷呢？"他会用他畸形的左手食指戳你来强调关键词，把谈话带到他大孩子般的奇思妙想之所在，策划各种活动，从纽约的大规模游击队行动到把酒店正面涂成荧光色，并相信越南人会喜欢："反正他们任何时候都是晕的。"如果有女孩出现，他会告诉她们关于战争的耸人听闻的故事，关于中东的故事（他和弗林都经历过几天六月战争＊，专门从巴黎飞过去的），关于他患有的性病，他以他和任何人交谈的方式和她们交谈。他只有一种说话的方式，对我是这样，对女王也是这样。（"你是什么意思，我当然爱女王，女王是一只非常可爱的小鸟。"）如果他抽到说不出话来，就会站在一面全身镜前，随着大门乐队的音乐跳一个小时的舞，完全沉浸其中。

　　西贡在 5 月的第三个星期再次变得平静，战争似乎已经结束了。什么事都没有发生，我意识到在连续七个月的工作后，我需要一些休息时间。无论如何，西贡是一个你总能看到你的朋友疲惫至极的地方，一个需要你有更多毅力的地方，在西贡，你可能某一天看起来非常棒，第二天又看起来非常糟糕，朋友们都和我说过这点。因此，当弗林跟着第 4 师的侦察队待了一个月，在可怕的穿越高地的四人夜间巡逻中打头阵时（他带着三卷用过的胶卷从那里回来），我在香港待了一个月，跟我认识的几乎所有人一起。这就像是把我拥有的"场景"原封不动地搬到了一个更宜人的环境，搬到了休战期。佩奇也来了，为了买很多昂贵玩意：更多的相机、一个鱼眼镜头、一个哈利布顿手提箱。他在那里待了一个星期，除了说香港有多糟，新加坡要有趣得多之外，什么都没说。当我 7 月初回到越南时，我和他在三角洲地区和特种部队一起待了十天，然后我们去岘港和弗林碰头。（佩奇总把岘港读成"险港"＊＊。在这场战争

＊　六月战争，又称"六日战争"，1967 年 6 月 5 日，以色列空军对埃及、叙利亚旦等阿拉伯国家发动大规模突袭，战争仅仅持续了六天。
＊＊　"险港"原文为 Dangers，英文中另有"危险"之意，是岘港的错读。后文的"金班"为柬埔寨首都金边的错写，"芹咀""西公""芽仕"等为越南地名的错写。

中，人们相当严肃地将香港读成"香客"，并谈到要去金班采访苏琪，一位叫唐·怀斯的英国记者编了一条越南行程图：芹咀、西公、芽仗、归热、波来佶、广呢、险港以及海边的顺哗。)

现在佩奇的头盔上多了"救命，我是一块石头！"的字样(来自扎帕的另一首歌*)和一个小小的徽章，但他没有太多机会戴上它。到处都很安静，战争结束了**。我想在9月离开，那时已经是8月了。我们参加了一些行动，但都没有和敌人发生交火。我觉得这样很好。我不想再要那些交火了(去他的)。在香港的那个月很有帮助，其中之一是它提供的休息让我清楚地意识到越南究竟有多糟。远离它，那个地方太特殊了。8月的大部分时间，我们都在岘港海滩上航行、游荡，与前来休整的海军陆战队员交谈，下午晚些时候再去岘港河边的新闻中心，那种感觉非常平静，比任何一次度假的时候都更平静。但我知道我要回家了，我在这的时间不多了，回忆里的恐惧总是跟着我，挥之不去。

在新闻中心的酒吧里，海军陆战队和海军支援处的成员，所有的情报专家在"情报战车间"度过漫长的一天后，会聚在一起喝点东西，直到天黑到可以放露天电影。他们大多是军官(E-6*** 以下的人不允许进入酒吧，包括我们过去一年里试图带进来喝酒的许多士兵)，我们之间一直存在着不信任。作战情报局的海军陆战队员似乎喜欢大多数民间记者，就像他们喜欢越共一样，甚至可能更喜欢越共。在那里，我们厌倦了他们不断试图将海军陆战队的规矩强加给

---

　　* 指《救命，我是一块石头》(*Help, I'm A Rock*)。
　　** 原文为法语。
　　*** 美国军衔，E-6 对应陆军和海军陆战队的上士。

我们的生活。那年冬天，你从糟糕得令人难以置信的地方回到新闻中心，我们的很多东西在运输过程中受损，然后因为一些小事发生愚蠢的争吵，比如穿着 T 恤和拖鞋出现在餐厅、在酒吧里戴头盔等。而现在我们从岘港海滩走进餐厅，他们看到我们都挥手大笑，问我们过得怎么样。

"我们要赢了。"弗林神秘地说，愉快地笑了，他们也不确定地微笑回应。

"看看佩奇让他们有多紧张，他真的让海军陆战队感到紧张。"弗林说。

"怪胎。"佩奇说。

"不，我向上帝发誓，我是认真的。看，你一走进来，他们就像小马驹一样害羞，挨得更近了一点。他们不喜欢你的发型，佩奇，你是个外国人，而且是个疯子，你真的把他们吓坏了。他们可能不确定自己对这场战争的感觉，他们中的一些人甚至可能觉得这场战争就是个错误，开始有点理解胡志明了。他们对很多事情都不确定，但他们对你很确定，佩奇。你是我们的敌人。'杀了佩奇！'你等着吧，佩奇。"

就在我回到西贡开始计划回家的飞机前，我们三个人在香河口附近一个叫三岐的地方碰面，佩奇正在试用他的鱼眼镜头拍汽艇，这些汽艇经历了一场失利，刚刚运回来。我们在那附近骑了一天车，然后坐船顺流而下到了顺化，在那里我们遇到了来自北卡罗来纳州的合众社记者佩里·迪安·杨。（弗林称他是"堕落南方盛开的饱满花朵"，但我们最接近堕落的是关于它的笑话，我们是多么糟糕的吸毒的猫咪啊。我们可能看起来比烂醉的酗酒者稍微好点，我们的肝脏也还挺得住。）佩里有一个名叫戴夫的兄弟，他领导着一支在战斗中成立的海军小分队，就在皇城南墙对面。几个月来，弗林和我一直以对方的战争故事——他的德浪河谷故事和我的顺化故事——为生，佩里的哥哥开着一辆海军卡车载着我们在顺化城里转悠，这座我发表过实时评论的城市。如果现在我能记得其中任何一条，就会显得特别权威。我们坐在卡车后座的折叠椅上，在炎热和尘土中颠簸。在河前面的公园里，我们经过许多骑自行车的年轻的可爱女孩，佩奇俯身，斜视着她们说："早上好，小女生，我也是一名小男生。"*

当我以前在这里的时候，一旦你让自己在河岸上被看到，对岸就会有机枪朝你开火。你在顺化的任何地方呼吸，都会有某人的死亡流进你的血液，横跨河流的大桥塌在中间，那一天又冷又湿，这座城市似乎是由满目疮痍和残渣组成的。而现在天气晴朗，非常暖和，你可以在法国球场总会停下来喝一杯，桥也架起来了，墙被推倒，所有的瓦砾都被运走了。

"不可能有你说的那么糟糕。"佩奇说。弗林和我笑了起来。

"你只是因为错过了它而生气。"弗林说。

"你说的是你自己，哥们，不是佩奇。"

我第一次意识到那时是多么危险，以一种 2 月份时所没有的目光看它。

"不，"佩奇说，"那太夸张了，顺化，我知道不可能有那么糟糕，我是说看看周围。我见过更糟的，糟很多的。"

---

* 引自 20 世纪 50 年代美国流行歌曲《早上好，小女生》（*Good Morning, Little Schoolgirl*）的歌词。

我打算问他在哪儿见过，但我想到的时候已经在纽约了。

三

现在我又回到了这个世界，而我们中的一些人没能做到这点。故事变得老套，或是我们变得老迈，总之我们的经历比当初把我们领入战场的故事要无趣得多，而当初的很多想法得到了满足，或者说看起来得到了满足，因为一年、两年或五年过后，我们意识到我们只是累了。我们开始害怕比死亡更复杂的东西，一种算不上终极但更彻底的毁灭，然后我们逃了出来。因为我们知道（更多是听说），如果你待得太久，你就会变成那些不得不一直打仗的可怜混蛋中的一个，但哪里一直在打仗呢？我们走了出来，变得像其他所有经历过战争的人一样：改变了，开扩了以及（某些事情谈论起来并不容易）不完整了。我们有的回来了，有的去了其他地方，从纽约或旧金山、巴黎或伦敦、非洲或中东继续同那里保持联系；一些人去了芝加哥、香港或曼谷的分社后，开始强烈地怀念那种生活（我们中的一些人）。我们似乎能理解截肢者"感受"几个月前失去的四肢的手指或脚趾活动的感觉。有几个极端的家伙认为，那就是一段精彩绝伦的经历。我认为越南对我们的影响，就像快乐童年对于一个人那样。

在我回来的第一个月里，有一天晚上我醒来，我知道我的起居室里全是死去的海军陆战队员，这种情况发生过三四次，那些夜里我一直在做梦（一种我们在越南从来没有做过的梦），而那一次，我知道那不是梦境残留的恐惧，我知道他们就在那里，所以我打开床头灯抽一支烟，躺在那里想我很快就得过去把他们盖住。我不想在这件事上大做文章，当然也不想要同情，去那个地方一开始就是我自己的想法，我随时都可以离开，而且几乎没有代价。有些人回来后，甚至会在白天、在大街上看到他们的噩梦，有些噩梦留下并一直在那里，各种各样的东西都在跟踪你。过了一段时间，跟踪我的那些东西几乎完全消失了，梦也消失了。但我认识一个人，他曾是中央高地的一名军医，两年后，他仍然开着所有灯睡觉。一天下午，我们走过第57街时路过一个盲人，他举着一块牌子，上面写着：我的白天比你的夜晚还暗。这位前军医说："要不要打赌，哥们。"

当然，回来后人总是低沉的。在经历了那些事情之后，你还能找到什么刺激的东西吗？有什么能与它们相比？你还能做些什么来"锦上添花"？一切事物、一切地方似乎都有些沉闷。你在各处放上小小的纪念物，以维持它们的真实，维持某种联系，你播放在顺化、溪山和五月攻势中伴随着你的那些音乐，试图让自己相信那些日子的自由和简单可以在你笑称的"正常环境"中继续。你读报纸、看电视，但你事先就知道了这些故事是关于什么的，它们只会让你生气。你想念战场，想念士兵和兴奋，想念身处一个永远不需要你去创造戏剧性事件的地方的那种感觉。你试图在这里获得和在那里一样的快感，但效果都很一般。你想知道，随着时间的推移，这一切是否都会流逝，变得和其他的一切一样遥远，但你对此深表怀疑，并且有充分的理由。友谊得到了延续，有些甚至还加深了，但我们的聚会总是被渴望和空虚困扰，而不仅仅是一次对军团哨所之夜的回顾。我们听发明之母乐队和吉米·亨德里克斯的歌，强迫自己回忆、讲述战争故事。不过这时这样做也没什么错。说到底，战争故事同样是关于人的故事。

　　4月，我接到一个电话，告诉我佩奇又被击中了，估计活不成了。他一直在古芝附近晃荡，欣赏大型玩具，他乘坐的一架直升机奉命降落并运送一些伤员。佩奇和一名中士跑出来帮忙，这名中士踩到了一枚地雷，他的双腿被炸没了，而一枚两英寸长的弹片飞向佩奇的额头，右眼上方，刺向他的大脑深处。他在去隆平医院的路上一直保持清醒。接到通知时，弗林和佩里·杨正在越南休整度假，他们立即飞往西贡。在将近两周的时间里，我在时代生活公司的朋友们通过他们的日常线路打电话告诉我消息。佩奇被转送到日本的一家医院，他们说他可能会活下来。后来他又被转到沃尔特·里德军事医院＊（一个英国平民想去那里并不容易），他们说他会活下来，但他左半边身体会永久瘫痪。我给他打电话，他的声音听起来很好，告诉我他的室友是一位信仰虔诚的上校，他一直在向佩奇道歉，因为他只是去检查一下身体，他没有受伤或经历什么其他惊奇的事。佩奇担心他把上校吓坏了。后来他们将佩奇转移到纽约的物理康复研究所。虽然他们中没有一个人能真正从医学上解释这一点，但他的左臂和左腿似乎正在恢复。我第一次去看他时，从他的床边走过，在房间的四个病人中没有认出他来，尽管他是我第一个看到的人，尽管其他三个人都在四五十岁。他躺在那里，咧着嘴，一边的嘴角上扬，露出他特有的疯狂笑容。他双眼湿润，举起右手

　　＊　沃尔特·里德军事医院，旧址位于华盛顿特区，被称为"总统的医院"。

差不多一秒钟，然后用手指戳了我一下。他的头发被剃光了，额头围了圈东西，他们就是从那里打开了他的脑袋（我问他："佩奇，他们在你脑子里发现了什么？找到洛林乳蛋饼了吗？"），医生们从右边取出些骨头后，那块就塌下去了。他看起来真的很老，很消瘦，但当我走近病床时，他仍然非常自豪地咧嘴笑着，好像在说："啊，这一次佩奇不是又挺过来了？"仿佛大脑中两英寸厚的弹片只是所有错误中最疯狂的那个，就像蒂姆·佩奇故事中的精彩时刻——我们的男孩带着不屑的表情，从死亡中蹒跚归来，和自己的鬼魂成了孪生兄弟。

他说，越南之旅结束了*，不可能再去了。不可能再这么幸运了，他已经被警告过了。佩奇当然很疯狂，但也没那么疯。现在他有了一名女友，一个很棒的英国女孩，名叫琳达·韦伯，他在西贡遇到了她。她一直在隆平的医院陪着他，尽管看到佩奇那副样子的第一个晚上，她震惊、害怕得昏倒了十五次。"现在，如果放弃这个女孩，我就是个蠢货，不是吗？"他说。我们都说，是的，哥们，你就是个蠢货。

在他二十五岁生日那天，他和琳达在医院附近的公寓里举办了一个盛大的派对。佩奇希望所有几年前在西贡跟他打赌的人都到场，那些人赌他不可能活过二十三岁。他穿着一套很大的蓝色运动服，绘有人物图案，袖子上是黑色的骷髅和骨头。那天，你只是走进房间，就可能被熏昏，佩奇非常高兴能继续活着，和朋友们一起，甚至连路过的陌生人都被打动了。"邪恶正在进行，"他一边笑

---

*　原文为法语。

着坐在轮椅上追赶别人，一边说："不做邪恶的事，不想邪恶的事，不抽邪恶的东西……好的。"

过了一个月，他取得了惊人的进步，离开轮椅，换上了一根拐杖，并戴上一个支架来支撑左臂。

有一天，他说："我给医生们准备了个精彩的戏法。"他使劲把左臂从支架上甩出来，举过头顶，微微挥了挥手。有时他会站在公寓的全身镜前，看着残破的身体，笑到流泪，摇着头说："哦，该死！我是说，看看这个好吗？佩奇是个半身不遂的人了。"他举起拐杖，跌跌撞撞地回到椅子上，突然又大笑起来。

他用他所有的佛像搭建了一座祭坛，把祈祷蜡烛放在一条空的.50口径的子弹带上。他用一台立体声音响不停地播放唱片，讲述晚上出去布置阔刀地雷以赶走"不受欢迎的人"，建造飞机模型（"非常好的疗法"），在天花板上悬挂玩具直升机，张贴弗兰克·扎帕和奶油乐队的海报，以及琳达制作的一些荧光海报，上面有僧侣、坦克，可靠的黑人兄弟正在越南的田野里抽烟卷。他开始越来越多地谈论这场战争，当他想到他和我们在那里是多么快乐时，几乎快要流下泪来。

有一天，一位英国出版商寄来了一封信，邀请他写一本书。书名是"告别战争"，目的是一劳永逸地"去除战争的魅力"，佩奇无法接受这个说法。

"去除战争的魅力？我是说，这他妈怎么可能做到呢？你能去除'休伊'，去除谢里登＊，去除'眼镜蛇'＊＊的魅力吗？或者去除在

＊　M551 谢里登轻型坦克。

＊＊　AH-1 武装直升机，绰号"眼镜蛇"。

岘港海滩抽得晕头转向的魅力？这就像是说让一把 M-79 失去魅力，让弗林失去魅力，"他指着自己拍的一张照片，弗林得意洋洋地狂笑（照片上他得意地说"我们赢了"），"这个男人没什么问题，对吗？你会让你的女儿嫁给他吗？哦，战争对你有好处，你不能剥夺它的魅力。这就像是试图抹掉性的魅力，抹掉滚石乐队的魅力。"他不知道说什么好，于是上下摆动双手来强调这事完全疯了。

"我的意思是，你知道，这是不可能的！"我和他都耸耸肩，笑了笑，佩奇看起来若有所思。"就是这样，"他说，"太好笑了！把血腥的魅力从血腥的战争中去除吧！"

呼 气

我要回家了。十八个月中,我在越南看过很多地方。

愿上帝保佑这个地方。预计返回日期,1968 年 9 月 10 日。

门多萨来过这里。1968 年 9 月 12 日。得克萨斯州。

我要走了。(门多萨是我的好朋友。)

我们在新山一机场的墙上胡乱涂鸦,突然弗林严肃了一秒钟,送给我一句特别的祝福("别在鸡尾酒会上撒尿")。佩奇给了我一小团鸦片,让我在返程的飞机上吃,然后在"梦"中经过威克岛、檀香山、旧金山、纽约,以及家的幻觉。鸦片时空:一个大圈,时间外的时间,一次发生在几秒或几年间的旅行;亚洲时间,美国空间,不清楚越南是东方还是西方,在我后面还是前面。1968 年 8月,也就是几周前,一名士兵对我们说:"在我看来,我回家那天,这场战争就结束了。"当时我们刚结束一场行动,坐在一起讨论战争的结束。"别抱人人希望。"达纳说。

家:二十八岁,感觉就像瑞普·范·温克尔*,心脏就像那种

---

* 瑞普·范·温克尔,本为美国作家华盛顿·欧文(1783—1859)创作的同名小说中的人物,他在山上喝了仙酒,睡了一觉,醒来下山回家,发现时间已过二十年,后常用来指对世界变化之大感到惊讶的人。

中国制造的小纸丸一样，把它们扔进水里，就会变成一只老虎、一朵花或一座宝塔。我的"纸丸"打开则会变成战争和失去。那里发生的一切都还存在，盘旋、等待着回到这个世界。我从没去过任何地方，我只完成了一半的行为。战争中只有一种方式能迅速带走你的痛苦。

现在似乎每个人都认识一个去过越南却不想谈论它的人。也许他们只是不知道该说什么。我遇到的人都理所当然地认为我口齿伶俐，问我是否介意提到它，但通常他们的问题都是政治性的，无知又乏味，他们已经知道他们想听的了，而我几乎忘掉了那套话语。对有些人，如果我告诉他们，不管怎样我很喜欢那里，他们就会觉得反感或困惑。如果他们只是问："你在那里的情况是怎样的？"我也不知道该说什么，于是我说我正试着写下来，不想驱散它们。但在驱散它们之前，你必须找到它们，就像种下土豆，过段时间再来找它们：那些印在眼睛里的信息，储存在大脑中的信息，编码在皮肤上的信息，以及通过血液传播的信息，也许这就是他们所说的"血液意识"。它们在越来越强的频率上一遍又一遍地不间断传输，直到你最后一次收到或屏蔽它们——来自信息的千刀万剐，每一刀都是那么精确微妙，你甚至没有感觉到它们的累积，直到一天早上你起床，过载了。

第9师有一个黑人士兵，他自称是歌手。我问他为什么。"因为我很摇滚。"说着，他在"半自动"和"全自动"之间来回拨弄他的M-16自动步枪旋钮。然后他拉开距离开始跳舞，身体像是变成了两部分，屁股比胸口慢一拍，身份识别牌重重地拍打他的身体。他脚后跟旋转，向后挪了几码，然后停下，把手伸过头顶。当他把胳膊放下来时，一阵弹雨倾泻而下。"我在这里待太久了，我随时可以叫来这些混蛋。"他在摇摆舞上投入了大量的精力，这让他成为部队里的明星，但他不只是一个会跳舞的黑人。所以，当他告诉我，他每次夜间巡逻都会看到鬼魂时，我没有笑，当他说他开始在外面看到自己的鬼魂时，我甚至有点被吓到了。他说："不，这很酷，很酷，那个混蛋就跟在我身后。当他走到你前面时，才是真的糟了。"我试着告诉他，他看到的可能是汇聚在腐烂树干周围的磷光，闪烁的光从一个潮湿的地方传到另一个潮湿的地方。"这说法真蠢，"他说，"以后再聊吧。"

他们用推土机推平22号公路(西宁附近)和老的"铁三角"地区的交叉口时，发现了一个越共墓地。骨头从地面上飞出来，堆积在车辙旁，就像倒放了一部关于集中营的电影。"相机之城"，人们疯狂地拿着相机赛跑、拍照、攫取骨头当作纪念品，也许我也应该拿块骨头。三个小时后我回到西贡，不确定自己刚才是不是真的看到了那些。当我们在那里时，战争似乎与我们所认为的现实生活和正常情况是不同的，它是一种反常情况。我们迟早都会出现糟糕的"闪回"，而且通常不止一次，就像反酸一样，它是精神反应的残留，就像有时摇滚乐会混杂在快速的枪声和人们的尖叫声中。有一次在西贡，我看着一份牛排，想到另一些肉，在前一个冬天的顺化腐烂、燃烧。最糟糕的是，你会看到你在救助站和直升机里亲眼所见的死者走来走去。那个年轻的海军陆战队员的喉结很大，戴着金边眼镜，独自坐在大陆酒店露台的一张桌子旁，看起来似乎比两周前在岩堆死去时要有生气得多，他戴着红色的第1师徽章，向服务员要了一杯可乐，几只草原蜥蜴在他脑后的白色柱子上来回追逐。

我愣了一秒钟，当我看到他的时候都快要晕倒了。我快速地又看了一眼，才知道他不是鬼，也不是和他长得像的人，实际上他们根本没有任何相似之处，但那时我的呼吸都哽住了，脸色惨白，止不住地颤抖。"没什么好担心的，哥们，"佩奇说，"这只是你第十九次精神崩溃。"

他们总是告诉你不要忘记逝者，他们也总是告诉你不要老想着他们。如果你将全部心思都放在死者身上，陷入病态的敏感、永恒的哀悼，你就不能保持作为一名士兵或记者的效率。人们说"你会习惯的"，但我从来没成功过，实际上，它变成了一个私人问题，走上了另一条路。

达纳曾做过一件不同寻常的事，他给战火下的我们拍照，然后把这些照片作为礼物送给我们。我有张照片，是在甘露的一架"支奴干"直升机的舷梯上，只有模糊的右脚表明我还没完全失去行动能力。我只有二十七岁，但照片里我看起来快五十了，伸手去拿头盔试图挡住什么。在我身后的直升机里，一名舱门机枪手戴着一顶巨大的黑色头盔，一具尸体躺在座位上，而我前面是一名黑人海军陆战队员，身体前倾，满脸恐惧地盯着即将到来的子弹。我们四个一起被抓拍下来，达纳则躲在相机后面笑。当他把这张照片给我时，我说："去你的。"他说："我觉得你应该知道自己看起来是什么样子。"

我没有达纳的任何照片，但我不太可能忘记他的样子，那张前线的脸，所有他拍过的事情他都经历过，三年后，他变成了自己来越南拍摄的对象中的一个。我有弗林的照片，但没有一张是他自己拍的，他陷得太深了，过了一阵子他几乎懒得拍照了。弗林，绝对地远离媒体。他身后早已有一场战争，他在其中面对并清理了迫使他父亲燃烧殆尽的电影明星的"因果"。就表演而言，肖恩是一位伟大的演员*。他说电影把人吞没了，所以他选择在战场中工作，然后战场把他吞没了（肖恩，我认识的人中没有一个像你一样，投入得那么深）。1970年4月，他和达纳一起去了某个地方，骑自行车进入柬埔寨，"推测被俘虏"，谣言很多，很长时间都没有他们的消息，至少可以说是战斗失踪人员。

"就在那儿。"士兵们总这么说，比如，你和一些步兵坐在路边，一辆"两吨半"卡车呼啸而过，后面载着四个死人。挡板降低了一半，支起他们的腿和靴子，现在每只靴子看起来都有一百磅重。当卡车遇上隆起的路面时，完全安静的他们高高抬起双腿又重重摔在挡板上。有人会问："那些该死的家伙怎么样？""就像那个混蛋一样"，或者"就在那儿"。这就是越南的本质，即便你不曾踏上这片土地，你也可以把它理解为笑着的光亮骷髅幻象，或者说它只是又一具装在袋子里的尸体，说它为了"收获"会把你砍成两截，或者像情人一样冲过来把你压在身下，没有什么能让它的味道变得不那么浓烈；在"入会"的那一刻，你得趴下咬掉一具尸体的舌头。而弗林会说："干得不错。"

那些记得过去的人也被迫重新体验它们，这是一个小小的关于过去之事的笑话。将记忆往前推，毁灭你的纪念品：一件在我离开

---

  *　"表演""演员"原文分别为"acting"和"actor"，在英语中也分别有"行动""行动者"的意思。

前一周开始合身的迷彩服，一个大陆酒店的烟灰缸，一堆照片——
比如我在一座叫"多山"的山的顶上，它是三角洲地区的"七姐
妹"山峰之一，我和一些柬埔寨雇佣兵（实际上是强盗，每个小队
都带着拔金牙的钳子）站在一起，但看起来就像我们在很开心地等
待直升机的到来，我们只能通过它离开。我们占据山底和山顶，但
除此之外的地方都是越共。一张《国家地理》的中南半岛地图，上
面大约有一百个铅笔记号：我去过的每个地方，我战斗或差点战斗
的地方，都有圆点、十字和大十字。我的虚荣心告诉我，我已经渡
过了难关，没有"损伤"。我喜欢每一个记号和它们周围汇聚的复
杂的面孔、声音和动作。这些都是真实的地方，现在则只真实地存
在于我身后的远方，面孔和地点承受着严重错位，意识滑落，记忆
混杂。当地图沿着对折线分崩离析时，它所象征的那些情绪、记忆
还在一起，最后，地图落在一双安全但颤抖的手中。其实只要一个
标记就够了，那个"疯子降落区"的标记。

　　天黑时，他们完成了防线部署，增加了一倍的卫兵，并派出半
个连巡逻。全新的、没有名字的海军陆战队降落区位于这个"印第
安国家"的中心。那天晚上，我睡得像打了吗啡一样，不知什么时
候醒着，什么时候睡着，看到升起的帐篷帘上的黑色三角，不断地
变换颜色，深蓝、雾白、日光黄，然后差不多可以起床了。就在我
飞回岘港前，他们把它命名为"疯子降落区"。弗林说"他们应该
这样称呼整个国家"，这个名字比"越南"更精确，更适合用来描
述这片死亡之地和其中的生活。那天我们在岘港海滩上重建"疯子

降落区"时，两个人都笑得直不起腰。

我喜欢这扇门，尤其是在飞机稍微转一下，就让我在一百英尺的高空中朝地面倾斜的时候。很多人认为这会给你带来额外的危险，比如地面的火力可能溅射到你，而不是破坏液压系统，或者射断固定主旋翼的耶稣螺母。我的一个朋友说他不能像我这么做，高空飞行让他感到狂喜，他害怕自己会扭动安全带上的插销，然后就飘出去了。而我还是害怕，害怕封闭，最好能去看看。我经历这一切就是为了去看。

午夜时分，这架武装直升机在永隆上空，低飞经过东部边缘的越共部队七八次。起初，曳光弹只是消失在黑暗中，在火花中耗尽了自己，或者在地上跳一两下，后来火花照出很多人在露天奔跑，我们就立刻停止发射曳光弹了。白磷燃烧的烟在黑暗的衬托下是那么明亮，你不得不眯着眼睛看它。到了四点，半个城市都着起火来。武装直升机上本来不允许有记者，但在春节攻势的第二个晚上，一切都是那么疯狂，没有规则可言。我也再没机会坐上一次了。

一架武装直升机在我们的左右伴飞，护送这台吊载弹药的"支奴干"前往顺化。我们沿着河飞，穿过一条狭窄的通道进入皇城，右边是茂密的树木，左边是墓地。在一百英尺的高空中，我们开始被敌人射击。对空火力引起条件反射，你绷紧屁股，从座位上升起几英寸。收缩，混蛋，你用到了自己都不知道自己拥有的肌肉。

有一次我坐在一架直升机上，机身被击中了，下降到大约三百英尺的高度。最后飞行员踩踏板进入自转状态，让直升机重新稳定，也救了我们的命。我们经过了三架被击落的直升机，其中两架完全撞毁了，第三架几乎完好无损，旅长和机组成员的尸体就在附近，他们都是降落后阵亡的。

那天晚些时候，我和骑兵师的明星飞行员一起坐"泥鳅"爽了一把。我们飞得又快又靠近地面，几乎是贴地飞行，起落架和地面、树顶、棚屋屋顶之间不过几英寸的距离。然后我们飞到河边，河流穿过一条蜿蜒的沟壑，河岸非常陡峭，几乎是一个峡谷，他飞过河面，像大师一样带着我们在各种危险间穿行。等我们越过沟壑后，他又径直冲向丛林，在我确信他会升起的地方下降，那一刻我感到了濒临死亡的冷意。就在那层层树冠下，机身摇晃地转了个"U"形弯。当我们冲出丛林时，我甚至都无法微笑。我动不了，一切看起来都像是用闪光灯拍出的画面，所有阴影都轮廓分明。有人在降落区说："那家伙能把人飞得塞进自己的屁股里。"然后飞行员走过来说："真可惜，我们没有遇到袭击，我本想让你看看我是怎么躲避炮弹的。"

在美符西的一个特种部队 A 营，有块牌子上写着："如果你为钱杀人，你就是一个雇佣兵。如果你为了快乐而杀人，你就是虐待狂。如果你同时为两者杀人，你就是绿色贝雷帽。"听起来不错，那里的指挥官喜欢滚石乐队。在恩和，我们正要和一位真正的英雄交流时，收音机里播放着"渴望那些美好的东西，非常渴望，宝贝"*。这名海军陆战队员刚刚把他的小队从深渊中救了回来，但

---

* 出自保罗·里维尔和奇袭者乐队（Paul Revere & The Raiders）《渴望》（*Hungry*）的歌词。

他哭得太厉害了，什么话也说不出来。"加尔维斯顿，哦，加尔维斯顿，我非常害怕死亡。"*在斯塔德降落区，两个从坟墓登记处出来的年轻人正在争吵，一个人说："他气得不行，因为他们不让他在袋子上缝骑兵师的标。"另一个人愤怒地噘着嘴说："去你的，我是说，去你的，我觉得那看起来太酷了。"只有一首歌来自顺化："如果这是我们做的最后一件事，我们必须离开这个地方。"**一个记者朋友看起来就像疯了，那天早上醒来，他听到两名海军陆战队员躺在他旁边。"黑就是黑，我想我的宝贝回来。"***我们和"来自北方的伊戈尔"（头盔上这么写着）一起在岘港海滩，桌上的每一张牌都是黑桃 A。他戴着宽边帽，搭个披肩，当一朵云从他脸上掠过时，他的脸就像一块石头一样变换频繁。他几乎住在海滩上，每次他攒够了数，他们就送他过来，作为奖励。他一小时只说了两句话，声音阴沉、清晰，但不友好，就像缓慢的子弹，最后，他站起来说："好了，该去东河再杀几个人了。"然后就离开了。"我说了霰弹枪，在他们逃跑前开枪打死他们。"****在芽庄，一个刚开始第二次服役期的人对我说："我回去时，看到你们有多害怕了。我的意思是，这不是战斗情形，甚至什么都不是。但相信我，你们当时害怕极了。我在这里和那里都看到了，去他的，现在我回来了。"在离开芹苴的路上，没有任何声音，我们二十个人排成一条直线，突

---

   * 出自格伦·坎贝尔（Glen Campbell）（1936—2017）《加尔维斯顿》（*Galveston*）的歌词。

   ** 出自动物乐队《我们必须离开这个地方》（*We Gotta Get Out Of This Place*）的歌词。

   *** 出自勇敢者乐队（Los Bravos）《黑就是黑》（*Black Is Black*）的歌词。

   **** 出自小沃克（Junior Walker）创作的《霰弹枪》（*Shotgun*）的歌词。

然变成了一个弧线，围着一名越南男子，他一言不发地站着，把死去的孩子举到我们面前。我们逃走了，路上扬起了灰尘，我向上帝发誓我会尽快离开，只要再过八个月。

在街上，我分不清摇滚老兵和越战老兵。20 世纪 60 年代制造了如此多的伤亡，它的战争和音乐，在很长一段时间里都在同一条线路上，甚至都不需要所谓的融合。当摇滚乐变得比斗牛更耸人听闻、更危险的时候，战争为你准备好了步履蹒跚的岁月，摇滚明星开始像少尉一样坠落。狂喜和死亡，还有（当然且必需的）生命，但当时似乎并非如此。我以为的两种痴迷其实只有一种，我不知道怎么告诉你这让我的生活变得多么复杂。冰冻，燃烧，陷入文化的泥淖中，然后紧紧抓住什么，缓慢地移动。

那年 12 月，我收到了一张我在顺化认识的海军陆战队员寄来的圣诞贺卡。卡片上画了一只精神错乱的史努比，它穿着破旧的丛林迷彩服，嘴里叼着一根香烟，手持 M-16 扫射。贺卡上面写着："愿地球和平，向人类致以美好的祝愿。另外祝你 1969 年快乐。"

也许它会成为经典，也许我怀念的是我的二十多岁，而不是 20世纪 60 年代，但在其中任何一个行将结束前，我开始同时怀念两者。那一年是如此炎热，我认为它缩短了整个 60 年代，随之而来的是某种突变，可怕的 1969-X。这不只是因为我在变老，我的时间在流逝，就像我从我们拥有的一件杀伤性武器上取下一块碎片，它很小很小，却可以杀死一个人，而且永远不会出现在 X 光片上。海明威曾经描述过他受伤后的灵魂一瞥，那感觉就像一条精美的白色手帕从他的身体中抽出，飘走，然后又回来。从我身上飘出来的更像是一个巨大的灰色降落伞，我在那里坚持了很久，等待它打开，或者它永远不会打开。我的生死与他们的生死混在一起，在两者之间随性奔跑，测试它们各自的引力，但其实我两者都不是很想要。我曾经有过一个非常糟糕的想法，我认为死亡只是对痛苦的一种赦免。

我被梦境审问，那一边的朋友们来看我是否还活着。有时他们看起来有五百岁，有时他们看起来和我刚认识他们的时候一模一样，但站在一种奇怪的灯光下。这灯光讲述了故事，它的结局并不像我想象的任何战争故事。如果你在一场战争中找不到勇气，无论如何你都要继续寻找它，而不是在另一场战争中寻找。那里陈旧拥挤，直到岩石移动，有一点光和空气进来，好久不见。不同的频率、不同的信息，哪怕死亡都不能阻止你感受它。战争结束了，然后它真的结束了，城市"倒塌"，我看着我喜欢的直升机坠入中国南海，越南飞行员跳了出来，最后一架直升机加速，上升，飞出了我的胸口。

我看到一张照片，一名北越士兵坐在岘港河边，那是过去新闻中心所在的地方，我们曾坐在那里抽烟、开玩笑，然后说"废话太多了！""真是离谱！""天呐，去战场简直太刺激了！"之类的话。他看起来非常平静，我知道那天或每天晚上，在某个地方，都会有一些人坐着谈论"禧年"的糟糕往事，其中一个人可能会说，是的，但没关系，也有一些美好的日子。而我没有什么可做的，只能写下最后几句话，然后离开，越南，越南，越南，我们都曾在那里。

译名对照表

"安定"计划，Pacification
"白鼠"队，White Mice
"部队"师，Bo Doi Division
"脆脆杰克"，Cracker Jack
"千码凝视"，thousand-yard stare
"铁三角"，Triangle
"新边疆"，New Frontier
"血泪之路"，Trail of Tears
《宝贝，你有没有看到你的妈妈站在
　阴影中》，*Have You Seen Your Mother,
　Baby, Standing In The Shadow*?
《比利·乔颂歌》，*Ode to Billy Joe*
《动物乐队精选》，*Best of the Animals*
《海湾码头》，*Dock of the Bay*
《花儿都去哪了》，*Where Have All the
　Flowers Gone*
《每天都有麻烦》，*Trouble Every Day*
《奇怪的日子》，*Strange Days*
《铁托和他的女人们》，*Tito and His
　Playgirls*
《雅克兄弟》，*Frère Jacques*
《约翰·韦斯利·哈丁》，*John Wesley
　Harding*
《紫色迷雾》，*Purple Haze*
C.D.B.布莱恩，C. D. B. Bryan
阿尔及尔，Algiers
阿尔托，Artaud
阿拉莫，Alamo
阿奇·贝尔和德雷尔们，Archie Bell
　and The Drells
阿特·格林斯潘，Art Greenspahn
阿肖谷，A Shau Valley
埃德·福希，Ed Fouhy

埃德·武利亚米，Ed Vulliamy
埃尔德里奇·克里弗，Eldridge Cleaver
埃尔斯沃思·邦克，Ellsworth Bunker
埃弗雷特·德克森，Everett Dirksen
埃罗尔·弗林，Errol Flynn
埃文斯，Evans
艾伦·坡，Allan Poe
艾瑞莎，Aretha
爱德华·兰斯代尔，Edward Landsdale
安德鲁斯，Andrews
安旧，An Cuu
安南，Annam
安南山脉，Annamese Cordillera
奥蒂斯·雷丁，Otis Redding
奥尔登·派尔，Alden Pyle
奥林，Orrin
奥斯卡·迈耶热狗，Oscar Mayer weiner
八宿，Ba Xoi
巴里·佐西安，Barry Zorthian
巴特寮，Pathet Lao
柏利康，Poli Klang
班梅蜀，Ban Me Thuot
保罗·麦卡特尼，Paul McCartney
鲍勃·斯托克斯，Bob Stokes
北卡罗来纳州，North Carolina
贝比·鲁斯，Babe Ruth
贝蒂·卢，Betty Lou
奔卜乐，Buon Blech
比利·巴蒂尔，Billy Buttier
彼得·阿内特，Peter Arnett
彼得·布雷斯特拉普，Peter Braestrup
彼得·卡恩，Peter Kann
槟椥，Ben Tre

波来丁，Plei Vi Drin
波来古，Pleiku
波来梅，Pleime
伯顿，Burton
伯纳德·费尔，Bernard Fall
伯尼·温劳布，Bernie Weinraub
博罗季诺，Borodino
布拉格堡，Fort Bragg
查尔斯·狄更斯，Charles Dickens
查尔斯·莫尔，Charles Mohr
查理，Charlie
查理·埃格尔斯顿，Charlie Eggleston
冲绳，Okinawa
春节攻势，Tet Offensive
达多，Dak To
达高，Dakao
达罗鹏，Dak Roman Peng
达马罗，Dak Mat Lop
达纳·斯通，Dana Stone
达斯蒂，Dusty
大叻，Dalat
大陆酒店，Continental Hotel
大门乐队，Doors
戴尔·代，Dale Dye
戴夫，Dave
戴维·格林威，David Greenway
戴维·朗兹，David Lownds
戴维斯，Davies
当，Dang
倒计时综合征，Short-Timer Syndrome
得克萨斯州，Texas
德浪河谷，Ia Drang Valley
蒂姆·佩奇，Tim Page
奠边府，Dien Bien Phu
东河，Dong Ha
东京，Tonkin
多山，Nui Tok
俄亥俄州，Ohio
恩和，An Hoa
恩索尔，Ensor

发明之母乐队，The Mothers of Invention
法国总参二局，Deuxième Bureau
佛蒙特州，Vermont
弗兰克·扎帕，Frank Zappa
弗朗西斯·培根，Francis Bacon
富尔顿·施恩，Fulton Sheen
富禄，Phu Loc
富牌，Phu Bai
盖伊·佩勒特，Guy Peelaert
甘露，Cam Lo
感恩而死乐队，Grateful Dead
戈登，Gordon
哥伦比亚 Columbia
格雷厄姆·格林，Graham Greene
格林，Greene
古禄山脉，CoRoc Ridge
古越河，Cua Viet River
古芝，Cu Chi
瓜达尔卡纳尔岛，Guadalcanal
关岛，Guam
广治，Quang Tri
归仁，Qui Nhon
海明威，Hemingway
海云关，Hai Vanh Pass
亨利·方达，Henry Fonda
亨利·卡伯特·洛奇，Henry Cabot Lodge
洪波林，Ho Bo Woods
胡志明，Ho(Ho Chi Mihn)
华，Hoa
华埠，Cholon
华莱士，Wallace
华莱士·史蒂文斯，Wallace Stevens
会安，Hoi An
基尔戈，Kilgore
基思·凯，Keith Kay
基思·理查兹，Keith Richards
吉米·亨德里克斯，Jimi Hendrix
吉姆，Jim
加缪，Camus

交趾支那，Cochin China
杰弗森飞机乐队，Jefferson Airplane
杰克·劳伦斯，Jack Laurence
金兰湾，Cam Ranh Bay
旧金山，San Francisco
卡蒂·勒鲁瓦，Cathy Leroy
卡拉维尔酒店，Caravelle Hotel
卡罗尔营，Camp Carrol
卡斯滕·普拉格，Karsten Prager
凯文·鲍尔斯，Kevin Powers
凯西·勒罗伊，Cathy Leroy
堪萨斯城，Kansas City
康天，Con Thien
柯林斯，Collins
科·伦特迈斯特，Co Rentmeister
科波拉，Coppola
克兰，Crane
克里米亚，Crimea
克里斯蒂安·西蒙-皮埃特里，Chris-
  tien Simon-Pietrie
克利夫兰，Cleveland
克伦斯基，Krynski
库布里克，Kubrick
库什曼，Cushman
匡提科，Quantico
昆嵩，Kontum
拉里·伯罗斯，Larry Burrows
拉普·布朗，Rap Brown
莱溪，Lai Khe
兰尼·布鲁斯，Lenny Bruce
劳伦斯，Lawrence
老村，Langvei
老香料，Old Spice
雷克斯单身军官宿舍，Rex BOQ
李·莱斯卡兹，Lee Lescaze
里克·梅隆，Rick Merron
里兹平原，Plain of Reeds
列坎多，Recondo
林登·约翰逊，Lyndon Johnson
琳达·韦伯，Linda Webb

六月战争，June War
隆安省，Long An Province
隆平，Long Binh
卢·科奈恩，Lou Conein
卢克，Luke
禄宁，Loc Ninh
路易吉，Luigi
伦纳德·伍德，Leonard Wood
罗伯特·科默，Robert Komer
罗伯特·肯尼迪，Robert Kennedy
罗伯特·斯通，Robert Stone
罗纳德·里根，Ronald Reagan
绿色贝雷帽，Green Berets
马丁·路德·金，Martin Luther King
马尔罗，Malraux
玛琳，Marlene
迈尔斯城，Miles City
迈克尔·赫尔，Michael Herr
梅尔·基尔戈尔，Merle Kilgore
梅肯，Macon
梅休，Mayhew
美符西，Me Phuc Tay
美国劳军联合组织，United Services
  Organization，USO
美国联合公共事务办公室，Joint United
  States Public Affairs Office，JUSPAO
美国战略情报局，Office of Strategic
  Service，OSS
美景水上餐厅，My Canh floating restau-
  rant
美军专用商店，Post Exchange，PX
门多萨，Mendoza
蒙大拿州，Montana
蒙蒂菲奥里，Montefiori
米克·贾格尔，Mick Jagger
米姆茜，Mimsy
密歇根州，Michigan
摩苏尔，Mosul
莫里西，Morrisey
姆斯蒂斯拉夫·罗斯特罗波维奇，Ms-

tislav Rostropovitch

穆特岭，Mutter's Ridge

奶油乐队，Cream

尼克·惠勒，Nick Wheeler

纽黑文，New Haven

纽约，New York

诺曼底，Normandy

帕萨迪纳，Pasadena

佩里·迪安·杨，Perry Dean Young

蓬山，Bong Son

皮阿斯特，piastre

蒲沓，Bu Dop

普鲁斯特，Proust

普普茜，Poopsy

奇克莫加，Chickamauga

乔，Joe

乔治·奥威尔，George Orwell

切·格瓦拉，Che Guevara

钦利，Chinle

芹苴，Can Tho

琼·卡特，June Carter

阮高祺，Ky(Nguyen Cau Ky)

阮玉鸾，Loan(Nguyen Ngoc Loan)

瑞普·范·温克尔，Rip Van Winkle

三岐，Tam Ky

山姆和法老，Sam the Sham and The Pharaohs

圣莫尼卡，Santa Monica

史蒂芬·斯蒂尔斯，Stephen Stills

史蒂夫·麦奎因，Steve McQueen

顺化，Hue

朔庄，Soc Trang

司汤达，Stendhal

斯库多，Scudo

斯佩尔曼，Spellman

斯塔布，Stubbe

斯塔德降落区，LZ Stud

斯托纳，Stoner

松北，Song Be

苏琪，Sukie

他者的战争，Other War

檀香山，Honolulu

汤姆·巴克利，Tom Buckley

汤姆·梅耶尔，Tom Mayer

汤姆·沃尔夫，Tom Wolfe

汤普金斯，Tompkins

唐·怀斯，Don Wise

田纳西州，Tennessee

铁托，Tito

外围战略，Stragy of the Periphery

威尔逊·皮克特，Wilson Pickett

威克岛，Wake

威廉·C.威斯特摩兰，William C. Westmoreland

威廉·S.巴罗斯，William S. Burroughs

威廉·本迪克斯，William Bendix

威廉·布莱克，William Blake

威廉·图伊，William Touhy

温吉·曼努，Wingy Manone

温特斯，Winters

闻文属，Cua(Van Van Cua)

沃德·贾斯特，Ward Just

沃尔特·里德军事医院，Walter Reed Army Hospital

乌隆，Udorn

吴光长，Truong(Ngo Quang Truong)

武元甲，Vo Nguyen Giap

武装部队广播网，Armed Forces Radio Network

西尔玛，Thelma

西贡，Saigon

西宁，Tay Ninh

锡拉丘兹，Syracuse

溪山，Khe Sanh

暹罗，Siam

岘港，Danang

香港，Hong Kong

香河，Perfume River

肖恩·弗林，Sean Flynn

小乔治·巴顿，George Patton Jr.

小沃克，Junior Walker
谢尔曼，Sherman
心灵与智慧，Hearts and Minds
新山一，Tan Son Nhut
休伊·牛顿，Huey Newton
芽庄，Nha Trang
亚拉巴马州，Alabama
亚利桑那州，Arizona
岩堆基地，the Rockpile
伊戈尔，Igor
永隆，Vinh Long
远程侦察部队，long-range reconnais-
　　sance patrol，LRRP
约蒂，Yorty
约翰·奥尔森，John Olson
约翰·惠勒，John Wheeler
约翰·坎特韦尔，John Cantwell
约翰·肯尼迪，John Kennedy

约翰·列侬，John Lennon
约翰·伦格尔，John Lengle
约翰·伦纳德，John Leonard
约翰·施耐德，John Schneider
约翰·托儿森，John Tolson
约翰·韦恩，John Wayne
约翰尼·卡什，Johnny Cash
战术责任区，Tactical Area of Responsibility，
　　TAOR
战术作战中心，Tactical Operational Center，
　　TOC
朱迪，Judy
朱尔斯·罗伊，Jules Roy
朱拉蒂·卡齐卡斯，Jurati Kazikas
朱莱，Chu Lai
驻越美军广播网，American Forces Viet-
　　nam Network，AFVN
佐治亚州，Georgia

译后记

　　《战地快讯》是一部越战文学作品。20 世纪 60 年代美国新新闻主义盛行，新闻效法小说，纪实与虚构的界限不断模糊。迈克尔·赫尔在接受采访时也承认书中有虚构，但结合他的记者身份、1967 年至 1969 年的战场经历，我仍然将本书归为"纪实文学"。之所以谈论这一点，是因为其透露出作者的真实观，继而影响整本书的风格。

　　迈克尔在书中嘲讽美国新闻机构制造了一个个"战争故事"，它们可能有所依据，但数据的不可靠、发布会的虚张声势早已是公开的秘密。一个书中的例子是，一些美国士兵将那些死去的村民都当越共计算，而新闻很可能报道最后的数字。所以迈克尔才会说："《战地快讯》中的所有故事都因我而发生了，即使它们未必都发生在我身上。"[1]诚然，本书很难用纪实与虚构来界定，这部分是作者有意为之，就像其他新新闻主义的作品一样。在技法上，他学习小说，用大量的细节、对话等，刻画了梅休、弗林、佩奇等人物，而这些人物和情景一起，"还原"了一个"真实"的战场："从你身

---

　　[1]　Eric James Schroeder. *Vietnam*，*We've All Been There*：*Interviews with American Writers*. Westport：Praeger，1992，p.46.

前直到下一座山丘的土地都被烧成焦土，坑坑洼洼，还冒着烟。"
《战地快讯》中还有大量的心理细节、意识流动，这些在新闻里都是
不可考的"感觉"，却切中了战场上士兵们的真实感受。此外，本
书的写作也呈现"碎片化"的特征，这固然因为它是结集之作，但
也是作者的风格使然，如"照明弹"一章，片段的切分宛若夜间明
灭的炮弹，正如"回忆是来自过去的断裂的碎片"[1]。

　　回到翻译本身，也遇到了许多困难无奈，此处略作记录。

　　一是与"源语"读音词形有关的内容的处理，如：

　　　　佩奇总把岘港读成"险港"。在这场战争中，人们相当严肃
　　　地将香港读成"香客"，并谈到要去金班采访苏琪，一位叫唐·怀
　　　斯的英国记者编了一条越南行程图：芹咀、西公、芽仗、归热、波
　　　来估、广呢、险港以及海边的顺哗。

　　这里的地名全部是错读，岘港（Danang）被读成 Dangers，香港
（Hong Kong）被读成 Hongers，金边（Phnom Penh）被读成 Pnompers，
后面的越南地名也都是错拼错读，正确的翻译应为：芹苴、西贡、
芽庄、归仁、波来古、广宁、岘港、顺化。迈克想表达什么，仁者
见仁，让我觉得遗憾的是不得不删掉半句原文：Page called Danang
"Dangers"，with a hard g。我可以根据"Dangers"将岘港译成险
港，但"with a hard g"没法翻译，尽管岘港（Xian Gang）的拼音里确
实有"g"，但在汉语里，重读它并不会产生歧义，我也不能将它改
为"换个音调"，那就无中生有了。最后的处理是另外作注。

────────────

　　[1]　[美]宇文所安：《追忆：中国古典文学中的往事再现》，郑学勤译，生活·
读书·新知三联书店 2014 年版，第 122 页。

二是用中文传递原文的"情绪"。这本书里面有些段落像诗，有些段落像（或是）梦，有些片段的形式与内容相通，就像《时代》周刊的评价："他的写作就像在用散文创作摇滚，充满了切分、快剪以及一种近乎迷幻的气质。"以下引述一段。

……当摇滚乐变得比斗牛更耸人听闻、更危险的时候，战争为你准备好了步履蹒跚的岁月，摇滚明星开始像少尉一样坠落。狂喜和死亡，还有（当然且必需的）生命，但当时似乎并非如此。我以为的两种痴迷其实只有一种，我不知道怎么告诉你这让我的生活变得多么复杂。冰冻，燃烧，陷入文化的泥淖中，然后紧紧抓住什么，缓慢地移动。

那年 12 月，我收到了一张我在顺化认识的海军陆战队员寄来的圣诞贺卡。卡片上画了一只精神错乱的史努比，它穿着破旧的丛林迷彩服，嘴里叼着一根香烟，手持 M-16 扫射。贺卡上面写着："愿地球和平，向人类致以美好的祝愿。另外祝你 1969 年快乐。"

三是原文中不加解释的引用和"梗"很多，比如在叙述中突然插入一句诗或歌词，将某部作品的名字"融入"句子中（"有时他看起来更像是从沉重的'黑暗的心'之旅中走出的阿尔托"）等等。我们（译者和编辑）尽可能找到更多的"出处"，来自文学、音乐、电影，甚至爆米花零食的包装盒（Cracker Jack box）。毫无疑问，这本书和美国 20 世纪 60 年代的社会文化深深交融，许多"梗"在今天来看早已过时，甚至在网络上也痕迹寥寥。翻译有时像是"考古"，听着滚石乐队的《离家两千光年》，搜集、推理 20 世纪 60 年代的残影，深感物非人非。

记录困难不是为可能的错漏开脱，而是因为它们也是译者的收获所在。我不好说在《战地快讯》的翻译中完成了多少"译作者的任务"——不遮蔽甚至加强原作的光芒，对于本雅明的翻译理论，我也并非全盘接受，实践教会我很多现实的内容，但我的确相信翻译不是为原作服务的，而是为让原作的生命之花在其译作中得到最新也最繁盛的绽放[1]，这是一个美丽且值得努力的梦想。

最后想说，本书的翻译历时一年半，其间辗转两位编辑之手，时事迁移，不说艰辛，从翻译到付梓也颇为不易。翻译过程中，我受到张怡微、龚万莹、罗盘、李秋君、吴非等多位师友的鼓励和帮助。两位编辑更不必说，贺俊逸老师给了我充分的信任，对我多加勉励。刘茹老师审稿细致严谨，给我提出了许多建议，并"考据"了不少初稿错漏的历史细节，让人心安，这本书能以现在的面貌呈现，刘茹和复审、终审老师的贡献绝不是"审校"二字能涵盖的。另本书翻译如有错漏不妥之处，请读者指正。

谢诗豪

2023 年 4 月 1 日

---

[1] 参见［德］本雅明：《译作者的任务》，载［德］汉娜·阿伦特编：《启迪：本雅明文选(修订译本)》，张旭东、王斑译，生活·读书·新知三联书店 2012 年版，第 83—91 页。

图书在版编目(CIP)数据

战地快讯 / (美) 迈克尔·赫尔著 ；谢诗豪译. —
上海 ：格致出版社 ：上海人民出版社，2023.9
(格致·格尔尼卡)
ISBN 978 - 7 - 5432 - 3483 - 3

Ⅰ. ①战… Ⅱ. ①迈… ②谢… Ⅲ. ①回忆录-美国
-现代 Ⅳ. ①I712.55

中国国家版本馆 CIP 数据核字(2023)第 141659 号

责任编辑 刘 茹 顾 悦
封面装帧 菜瓜布合作社

格致·格尔尼卡

战地快讯

[美]迈克尔·赫尔 著

谢诗豪 译

出 版 格致出版社
上海人民出版社
(201101 上海市闵行区号景路 159 弄 C 座)
发 行 上海人民出版社发行中心
印 刷 上海颛辉印刷厂有限公司
开 本 890×1240 1/32
印 张 8.75
字 数 187,000
版 次 2023 年 9 月第 1 版
印 次 2023 年 9 月第 1 次印刷
ISBN 978 - 7 - 5432 - 3483 - 3/K·228
定 价 52.00 元

格致 · 格尔尼卡

《战地快讯》
[美]迈克尔·赫尔/著　谢诗豪/译

《加里波利:一场一战战役》
[英]艾伦·穆尔黑德/著　张晶/译

《唐行小姐:被卖往异国的少女们》
[日]森崎和江/著　吴晗怡　路平/译

《什么也别说:一桩北爱尔兰谋杀案》
[美]帕特里克·拉登·基夫/著　熊依旆/译

《希腊内战:一场国际内战》
[加]安德烈·耶罗利玛托斯/著　阙建容/译

《纳粹掌权:一个德国小镇的经历》
[美]威廉·谢里登·阿伦/著　张晶/译

《藏着:一个西班牙人的33年内战人生》
[英]罗纳德·弗雷泽/著　熊依旆/译